REINVENTAR EL AMOR

MONA CHOLLET

REINVENTAR EL AMOR

CÓMO EL PATRIARCADO SABOTEA LAS RELACIONES HETEROSEXUALES

Traducción de
Núria Petit

Portátiles
PAIDÓS

Título original: *Reinventer l'amour*, de Mona Chollet
Publicado originalmente en francés por Éditions La Découverte

1.ª edición, septiembre de 2022
1.ª edición en esta presentación, marzo de 2026

Paidós es un sello editorial de Editorial Planeta, S. A.
Avda. Diagonal, 662-664
08034 Barcelona, España
www.paidos.com
www.planetadelibros.com

ISBN: 978-84-493-4500-5
Fotocomposición: Realización Planeta
Depósito legal: B. 24.508-2026

Impreso en España – *Printed in Spain*

PEFC Certificado
Este libro procede de bosques gestionados de forma sostenible
PEFC
PEFC/14-38-00305
www.pefc.es

SUMARIO

INTRODUCCIÓN

La ilusión del oasis

En cuanto tuve mi primer *smartphone*, decidí poner una determinada imagen en la pantalla de inicio, y desde entonces no la he cambiado. Es una miniatura india de 1830 que se titula *A Lady Comes to Her Lover's House in a Rainstorm [Una mujer llega a casa de su amante durante una tempestad]*.[1] Los colores son espléndidos: el rojo anaranjado del sari que la mujer sostiene con las dos manos, apartándolo ligeramente de la cabeza mientras atraviesa corriendo el jardín, empapada por el chaparrón; el blanco rosado del traje de él, que la saluda desde un balcón abierto en el primer piso de la casa; el verde pálido de la hierba, de un árbol inclinado por el viento y de las colinas onduladas en segundo plano; el negro de una nube enfurecida, estriada de relámpagos, que va rodando por el cielo encima de ellos... La amante es captada en ese instante delicioso en que todavía la maltratan los elementos, pero ya ha alcanzado su meta. Pronto estará a salvo. No solamente podrá quitarse el vestido mojado, secarse, calentarse, aspirar los perfumes de una habitación, sino también reunirse con el hombre al que desea, abrazarlo, revolcarse en una cama con él. Me la imagino corriendo, el frescor de las gotas de agua en su cara y sus brazos, y los latidos acelerados de su corazón al ritmo del tableteo de la lluvia.

A fuerza de tener cada día esta escena ante los ojos, ya no pienso mucho en su sentido, pero me acompaña, que es lo que en definitiva se le pide a una pantalla de inicio. Me recuerda la existencia o, en su defecto, la posibilidad del amor. Tengo la sensación de que el amor aviva de pronto la llama bajo la caldera de la vida, hasta el punto de dilatarla, de densificarla, un poco como hace la escritura. Igual que la escritura, me ayuda a formar parte del mundo. «La felicidad amorosa —escribe Alain Badiou— es la prueba de que el tiempo puede acoger la eternidad.»[2] Y Annie Ernaux resume en estos términos, al final de *Pura pasión*, su relación con el hombre al que llama A.: «Gracias a él, me he acercado tanto al límite que me separa del otro que, a veces, hasta he imaginado que lo cruzaba. He medido el tiempo de otra forma, con todo mi cuerpo».[3]

Todos los días, fuera de los momentos que pasamos con nuestros seres más queridos, debemos tratar en nuestra vida social y profesional con gente que puede inspirarnos tanto simpatía como indiferencia, aburrimiento, irritación e incluso odio. Nos resignamos a esos condicionantes, y a la superficialidad y soledad que implican. Pero, al mismo tiempo, se produce un fenómeno asombroso: de repente —y normalmente en el momento en que menos lo esperamos— bajamos la guardia, por un ataque de generosidad gratuita del destino, ante alguien que conocemos desde hace unos segundos o desde hace unos días (o incluso años, a veces), y un velo se desprende con un discreto silbido, anunciando la caída próxima, ahora ya ineluctable, de nuestras ropas al suelo. Nuestros ojos se abren. Comprendemos quién es esa persona, lo mismo que ella comprende quiénes somos nosotros, y nos fascina. Nos parece demasiado hermosa para ser verdad. Nos ha caído un regalo en las manos: una complicidad embriagadora, una intimidad inmediata y locamente benevolente con una persona que puede sernos totalmente desconocida. Ese *big bang* engendra una energía que podría hacernos dar tres veces la vuelta a la Tierra. Hay algo de botas de siete leguas, o de esas tiradas de dados que, en el juego de la oca de mi infancia, te permitían un atajo espectacular hacia la cumbre, mientras los otros jugadores seguían progresando laboriosamente de casilla en casilla.

Al hacer que dos existencias se entrelacen, el amor pone en común la sabiduría acumulada, las historias, los recursos, las herencias, las maneras de aprovechar la vida, los amigos, los países. Multiplica las conexiones y las posibilidades. En nuestra identidad, abre puertas cuya presencia ni siquiera sospechábamos. Deposita a nuestros pies la posibilidad de una nueva vida. Pienso en ese día de primavera, en Cannes, hace más de treinta años, en que mi amiga K. invitó a reunirse con ella en una terraza de café al joven moreno que llevaba varios días lanzándole desde lejos unas miradas sumamente lánguidas. Los dos estaban acreditados en el festival como críticos de cine (sí, difícilmente un encuentro podría ser más exquisito). Empezaron a conversar en inglés, e ignoro si ella pudo intuir siquiera el mundo que se le abría en el instante en que le preguntó de dónde era y él contestó: «De Grecia». Un país que ella jamás había pisado, que nunca le había interesado especialmente, pero del que pronto se enamoraría; un país en el que viviría durante siete años, cuyo idioma llegaría a dominar; al que, incluso tras el divorcio, seguiría volviendo cada año, y donde luego se compraría una casa. Un país al que regalaría una ciudadana en la persona de su hija, que aquel día en que sus futuros padres compartían una mesa de café por primera vez se desperezaba de su sueño en la nubecita de la virtualidad.

No concibo una mejor representación de la huella dejada por el amor en nuestras vidas que el acontecimiento que se produjo en 2010, la primera noche de la *performance* de Marina Abramović *La artista está presente* en el Museo de Arte Moderno de Nueva York. El dispositivo era el siguiente: Abramović, ataviada con un vestido de un rojo intenso, está sentada en una silla, frente a una mesa y a otra silla vacía, en medio de un gran espacio despejado. Los visitantes desfilan, se sientan unos instantes, sostienen su mirada en silencio y luego ceden la silla al siguiente. Sin previo aviso, su examante y compañero de creación, el artista Ulay, con barba gris, zapatillas deportivas y traje negro, aparece y se sienta frente a ella. Cuando Abramović levanta la cabeza y lo descubre, sus ojos se llenan de lágrimas que luego corren por sus mejillas. No se habían vuelto a ver desde 1988, cuando cada uno recorrió una mitad de la Muralla de China para encontrarse a medio camino y decirse adiós (al comienzo, habían previsto casarse allí, pero con lo que tardaron en conseguir los permisos...). En su intercambio silencioso de esa tarde en Nueva York, en sus miradas, sus asentimientos, sus parpadeos, sus esbozos de sonrisas, está todo: la nostalgia, la ternura y el arrepentimiento. Rompiendo el protocolo de su propia *performance*, Marina Abramović se inclina hacia delante y le ofrece sus manos. Él las toma sobre la mesa que los separa, mientras el público alrededor estalla en aplausos y aclamaciones. Unos años más tarde, Ulay puso un pleito a su excompañera —un pleito que ganó, por cierto— a propósito de los derechos de una de sus obras comunes. Sin embargo, tuvieron tiempo de reconciliarse antes de la muerte de él, que se produjo el 2 de marzo de 2020.

Dar el gran salto

Me encantaría hablar de amor únicamente así, repitiendo hasta el infinito las historias más bellas que conozco. Existe un estrecho parentesco entre la pulsión amorosa y la pulsión narrativa, y yo nunca he podido resistirme a una buena narración. Enamorarse es tener la sensación de atravesar la página o la pantalla, y ver cómo la propia vida engendra todos esos mecanismos y esos procedimientos tan gozosos que normalmente salen del cerebro genial de un buen escritor o de un buen guionista. Cuando cierro una novela que me ha mantenido en vilo durante días o semanas, o cuando llego al final de una serie que he disfrutado particularmente, después de haberme debatido entre la tentación de devorar las páginas y encadenar los episodios o administrármelos para que el placer dure más, tengo una sensación en cierto modo parecida a la que proporciona una ruptura amorosa: la nostalgia, la impresión de abandonar un universo encantado, de verme privada de un privilegio y ser devuelta a una vida cotidiana triste y sin interés, la sensación de que se acaba un estado de gracia, que mientras duraba interponía una capa protectora entre yo y todo lo duro y amargo que nos reservan el mundo y la vida.

Me encantaría poder hablar del amor como de un mundo aparte, un oasis, un santuario. Pero hay un obstáculo que se interpone cada vez más. Ya se trate de situaciones de opresión indignantes o de situaciones de incomprensión quizá no trágicas, pero sí terriblemente frustrantes, todo un abanico de situaciones diversas, observadas en la sociedad, en mi entorno o en mi propia vida, hacen crecer en mí las ganas de enfrentarme al tema del amor heterosexual. Durante mi adolescencia, nada vino a poner en cuestión la visión idílica que me daban las películas o las novelas, y creo que durante bastante tiempo albergué la ilusión de que las desigualdades, la dominación y la violencia estaban ausentes de nuestras vidas sentimentales. Se produjo algo muy angustiante y desestabilizador al comprender que podíamos sufrirlas incluso allí donde se concentran algunas de nuestras aspiraciones más profundas, allí donde somos más vulnerables. Es cuando menos perturbador pensar que, con toda probabilidad, entre las noventa y ocho mujeres asesinadas por su compañero o su excompañero en el año 2020,[4] algunas fueron intensamente felices cuando conocieron al que se convertiría en su perseguidor y luego en su asesino.

A menudo he oído a mujeres comparar su descubrimiento del feminismo con el momento de la película *Matrix* en que Neo (Keanu Reeves) elige la píldora roja —la de la lucidez, que le permite entrar en la matriz—, en vez de la píldora azul, que le aseguraría una bienaventurada ignorancia. Tratándose del amor, yo habría preferido seguir tragando las píldoras azules como caramelos. Me asusta un poco la idea de poner en peligro el edificio de representaciones y creencias que, desde siempre, sirve de soporte a una de mis pulsiones vitales más importantes. Pero se hace difícil ignorar los ataques que sufre. Me doy cuenta cuando me sumerjo en la lectura de *A favor del amor*, el ensayo de la periodista americana Cristina Nehring.[5] Su estilo luminoso me atrae como un imán desde las primeras líneas, pero enseguida comprendo que no podré estar totalmente de acuerdo. La autora confirma mi sensación de hallarme acorralada, de verme obligada a renunciar a mi «amor al amor» incondicional, pues me tiende un espejo al ofrecerme el espectáculo de su propia obstinación en querer preservar el suyo incólume. Anima a sus lectores a amar valerosamente, con audacia, con combatividad, asumiendo el riesgo de fracasar; puede haber más nobleza en un fracaso que en muchos éxitos, afirma, y con razón. «En su forma más fuerte, más salvaje y más auténtica, el amor es un demonio —escribe—. Es una religión, una aventura de alto riesgo, un acto de heroísmo. El amor es el éxtasis y la herida, la trascendencia y el peligro, el altruismo y el exceso. En muchos aspectos, es una locura divina, y ha sido reconocido como tal desde la época de Platón.» Cuando repasa el destino de enamorados célebres, brilla a la vez por su habilidad narrativa y por las lecciones que extrae, tanto si se trata de personajes poco conocidos (la periodista feminista Margaret Fuller, la poeta Edna St. Vincent Millay...) como si se trata de los que creemos conocer de memoria (Eloísa y Abelardo, George Sand y Alfred de Musset, Frida Kahlo y Diego Rivera). Le perdono incluso sus pullas contra algunas figuras feministas. Sin embargo, mis dudas no tardan en salir de nuevo a la superficie.

Al principio me seduce cuando defiende el amor como una especie de lucidez suprema, como un estado raro que nos permite ver claramente dentro de otra persona, y no como una ceguera y una ilusión, tal como pretende el tópico. Pero, en un segundo momento, se me impone la imagen de una mujer llamada Mary Bain, que volveremos a encontrar en el capítulo 2. Estamos en 1987; esa neoyorquina se ha enamorado del padre de una compañera de su hija, a quien acusan de haber asesinado a su esposa. Lo ha dejado todo por él y ahora, en plena noche, él la persigue por el bosque que rodea la casa donde viven juntos. Ella lo creía inocente, pero ahora comprende que realmente mató a su mujer. ¿El amor es realmente una vía de acceso a la suprema lucidez? ¿No habría que examinar con algo más de cuidado los mecanismos que a veces nos hacen enamorarnos? «Podemos dejarnos seducir por la tesis de que el amor no puede equivocarse, porque el lenguaje del corazón es el lenguaje mismo de la libertad. Ese romanticismo, sin embargo, podría ser justamente lo que mejor disimula las relaciones de poder», observa la investigadora Wendy Langford.[6]

Finalmente, pegué un frenazo cuando Cristina Nehring elogia el desequilibrio de poder en la pareja, más propicio a la tensión erótica, según afirma, que la igualdad. Habla de los «efectos afrodisíacos de la desigualdad», sin pararse a considerar que puedan ser debidos al hecho de que hemos aprendido a erotizar la dominación masculina. Da ejemplos —sacados de la literatura— en que se barajan una y otra vez las cartas, en que ora es el hombre y ora la mujer quien domina la relación, en que el amor confiere poder ora al uno y ora al otro. La jerarquía, dice, se convierte entonces en una ocasión para «hacerse bromas, provocar, insinuar y flirtear». Sobre el papel es muy bonito, pero pienso en los numerosos ejemplos que conozco en los que la jerarquía solo ha servido para aplastar a unas mujeres que se habían creído libres y consintientes. Evocando el hecho —confirmado por las encuestas— de que la mayoría de los hombres no quieren compañeras que tengan más éxito que ellos, Nehring rechaza esa idea: «No quieren compañeras que triunfen exactamente igual que ellos —sostiene—. Prefieren, como las mujeres, a alguien que se sitúe ya sea por debajo, ya sea por encima de ellos. Lo que molesta es la horizontalidad».[7] Muestra la misma ceguera cuando explica la atracción que ejercen sobre ciertas mujeres los hombres «difíciles» por el hecho de que «a las chicas les gusta el desafío». Considera que esas preferencias amorosas traducen «fuerza y recursos, más que inseguridad y heridas psicológicas». Esta hipótesis, desgraciadamente, no resiste el análisis, ni siquiera el más somero.

La negación no nos salvará. Demos pues el gran salto, afrontemos las cuestiones que surgen y desmontemos el edificio con la esperanza de reconstruir otro, más hermoso y más sólido. Las primeras lecturas que hago para alimentar este libro ya me producen una especie de desintoxicación violenta que me deja al mismo tiempo aliviada —en la medida en que frena ciertas lógicas nefastas— y un poco triste, porque echo en falta la intensidad. Si tuviera que fijar un objetivo a la escritura, diría que es el de permitirme recuperar el impulso amoroso, pero sobre otras bases. Mi objetivo no es evitar el sufrimiento a toda costa; el amor siempre es un riesgo que hay que correr, el paraíso y el infierno no andan lejos el uno del otro; pero creo que, cuando eres una mujer, hay sufrimiento y *sufrimiento*.

En el momento en que empiezo este libro, a principios de 2020, tengo la impresión de que las preguntas se abren camino a la vez en la cabeza de otras mujeres y en la mía. A partir del otoño de 2017, al revelar por primera vez a esa escala el volumen de las violencias sexuales, el movimiento #MeToo produjo un efecto dominó que, en una fascinante manifestación de inteligencia colectiva, va extendiendo poco a poco su lógica de poner en cuestión todos los aspectos de las relaciones entre las mujeres y los hombres. Se habla de consentimiento, de carga mental (el peso de la logística familiar, que por lo general descansa sobre los hombros de las compañeras y las madres) y también de foso orgásmico (el hecho de que las mujeres gocen menos que su compañero masculino en una relación sexual). Y, poco a poco, nos acercamos al corazón mismo de la relación.[8]

El tema no es fácil. Muchos siguen convencidos de que nuestros sentimientos y nuestras actitudes en este terreno son debidos a decisiones individuales enteramente libres —«sobre gustos no hay disputa»—, y que no tienen nada que ver con condicionamientos sociales; como si la cultura no fuera lo que nos constituye desde el origen, lo que nos moldea hasta en lo que creemos más profundo, más íntimo y más personal, sino solo una mano de barniz aplicada sobre una naturaleza humana que podría existir independientemente de ella. «Todos estamos *fabricados* —escribe Amandine Dhée—. Solo una vez que lo hemos reconocido podemos inventarnos un poco.»[9]

Al intentar describir la manera en que nos hemos «fabricado» corremos el peligro de caer en la caricatura, en las generalizaciones abusivas. En mi opinión, ha sido la autora de cómics Liv Strömquist la que ha hecho caer esas inhibiciones enfrentándose al tema a pecho descubierto, con una mezcla de ferocidad y de humor.[10] Me ha enseñado que valía la pena asumir el riesgo de manejar tópicos; que, sin olvidar sus límites y sus excepciones, se podían analizar e intentar extraer de ellos las grandes leyes del amor heterosexual. Me ha mostrado lo bien que podía sentar ver expuestas en una página situaciones que antes vivíamos en la soledad y la confusión. El amor a puerta cerrada es embriagador cuando todo va bien, pero también puede fragilizarnos terriblemente. Necesitamos un discurso público que rompa ese aislamiento.

La perversidad de nuestras sociedades es bombardearnos instándonos a la heterosexualidad y, al mismo tiempo, educar y socializar metódicamente a hombres y mujeres para que sean incapaces de entenderse. Ingenioso, ¿verdad? Las parejas que se adapten a pies juntillas a sus guiones de género respectivos tienen muchísimas probabilidades de hacerse sumamente infelices. Esos guiones producen, por una parte, a una criatura sentimental y dependiente, con demandas tiránicas, que se implica excesivamente en la esfera afectiva y amorosa, y por otra, a un grandullón rudo y de pocas palabras, que se encierra en la ilusión de una autonomía feroz, que parece estar siempre preguntándose por qué dramática falta de vigilancia ha podido caer en esa emboscada. Incluso cuando no nos encarnamos totalmente en esos papeles, podemos encontrar sus elementos en nosotros. Al menos somos conscientes de su existencia, y generan unas interferencias problemáticas, sobre todo el primero, que funciona como un contraejemplo.

Desde las violencias conyugales hasta los malentendidos que pueden surgir entre dos personas que se respetan, no todas las situaciones a las que me gustaría referirme entrañan la misma gravedad. Las unas amenazan la salud física y psíquica de las mujeres, y a veces hasta su vida; las vacían de su energía vital y de su autoestima, les cortan las alas. Las otras impiden la comprensión y la confianza mutuas; privan a los individuos de los placeres de una verdadera complicidad, y comprometen la relación a más o menos largo plazo. Este libro nace de mi propia sensación de estropicio. Nace de un deseo de disolver esos obstáculos y de proporcionarnos a todas y todos unas referencias para establecer relaciones más enriquecedoras.

El amor y la rabia

Conviene precisar, porque esto influirá necesariamente en mi forma de tratar el tema, que he tenido la suerte de llegar al final de la cuarentena habiendo conservado una relación con los hombres más bien serena. He tenido un padre dulce y bondadoso. Tengo un hermano maravilloso. Nunca he vivido una relación amorosa tóxica. No habiendo querido tener hijos, no he conocido ese brusco desequilibrio en el reparto de las tareas domésticas que a menudo provoca un nacimiento. Tampoco he pasado por uno de esos divorcios devastadores que veo a mi alrededor. Sigo estando (o mejor dicho, he vuelto a estar) muy próxima al hombre con el cual he vivido durante dieciocho años, y sigo amándolo profundamente. Tuve una vez un jefe desagradable, que me cortaba la palabra para extasiarse alabando mi belleza y cotorreaba acerca de mi compañero, a quien había visto una sola vez; pero no lo veía mucho, y pude irme dando un portazo cuando la situación se hizo insoportable. Finalmente, pude escapar de los dos principales intentos de agresión que recuerdo. La noche en que, de adolescente, volviendo a casa por las calles desiertas de Ginebra, creía oír pasos detrás de mí, corrí el cerrojo apenas hube entrado en el edificio. Vi la cara del hombre que me seguía enmarcada en la parte superior de la puerta, que era de cristal, mientras con todo el peso de su cuerpo empujaba para tratar de abrirla. La noche en que más o menos por esa misma época, en el Valais, en las montañas suizas, tres tipos con máscaras de gorila (acababa de empezar el carnaval), apestando a alcohol por todos los poros de la piel, irrumpieron en el chalet donde me encontraba con mi hermano y una amiga de la misma edad, y uno de ellos se inclinó sobre mí pidiéndome «un besito», logré rechazarlo, salir corriendo por el pasillo, con él pisándome los talones, y encerrarme en el cuarto de baño. El hombre se pasó luego un tiempo que me pareció larguísimo sacudiendo la puerta y vociferando, mientras yo permanecía acurrucada sobre la tapa del retrete y sus dos acólitos desvalijaban la reserva de botellas del chalet. Terminaron por largarse porque mi amiga (estábamos en su casa) reconoció a uno de ellos por la voz y acabó con su anonimato. Treinta años más tarde, sigue costándome un poco dormir en una casa si la puerta no está cerrada con llave y, como mujer, odio tener que estar constantemente pendiente de mi seguridad, pero he evitado el trauma. No siento esa rabia profunda, por supuesto justificadísima, que albergan muchas víctimas de violaciones, pero me solidarizo totalmente con ellas.

Me sorprende la facilidad con la cual la lucidez y el idealismo, el furor y la exaltación pueden cohabitar en mí. En el fondo, sé muy bien que la aspiración que se expresa en todos los casos es la misma, aunque las modalidades sean diferentes. Como dice la novelista Joumana Haddad, «tengo dos fuentes de energía: la rabia y el amor. Podría pensarse que son contradictorias, pero se complementan: saco de la una lo que no encuentro en la otra».[11] Pero eso no es óbice para que en mis libros, normalmente, solo se manifieste la rabia. Sin duda porque, cuando escribo para ser publicada, me dirijo instintivamente hacia la postura más prestigiosa y más segura. Saboreo las *boutades* feministas bravuconas con las cuales puedo conjurar, por ejemplo, mi condicionamiento para esperar un príncipe azul, un salvador. Adoro ese dibujo de Ellie Black en *The New Yorker* donde, cuando el caballero llega para salvar a la princesa prisionera del dragón, y ella lo recibe con los brazos cruzados y una expresión desafiante junto al animal, este le anuncia: «Chico, ella no quiere verte». Pero también siento que la *boutade* no basta, o mejor dicho, ya no basta.

Con todo, hablar de amor obliga a asumir la propia vulnerabilidad, los propios deseos, debilidades y dudas —la propia sentimentalidad también, ese rasgo embarazosamente femenino que aprendemos a despreciar y a censurar—. «No hemos abordado plenamente nuestra intensa aspiración al amor por miedo a que esa confesión comprometa nuestra imagen de feministas poderosas y consumadas», constataba en 2002 la autora afroamericana bell hooks.[12] Y concluía así: «Podemos hablar de nuestro deseo de poder, pero no de nuestro deseo de amor. Este ha de permanecer secreto. Formularlo sería alinearse con los débiles y los sentimentales».[13] Recientemente, al contarle que cada vez me reconocían más por la calle, mi amiga I. me comentó: «¿Quieres decir que ya no puedes estar segura de seguir siendo anónima cuando te cuelgas del cuello de un hombre en público?». Y añadió maliciosamente: «¿O cuando te agarras a su pierna suplicándole que no se vaya?». Solté una carcajada al imaginar el efecto que produciría semejante escena tras mis arengas feroces acerca de la independencia femenina en *Brujas*.[14] Poco después descubrí, gracias a Cristina Nehring, que la tormentosa vida sentimental de la filósofa inglesa Mary Wollstonecraft había hecho que renegasen de ella incluso ciertas colegas, molestas porque la autora de *Vindicación de los derechos de la mujer* (1792) hubiese intentado suicidarse dos veces por culpa de un hombre (el mismo hombre las dos veces: una mujer coherente). Nehring, por su parte, no ve en ello ninguna contradicción, al contrario, y yo estoy bastante de acuerdo con ella: la fuerza de las ideas y la de los sentimientos atestiguan el mismo temperamento entero y apasionado, la misma intrepidez.[15]

Leyendo *Todo sobre el amor*, de bell hooks, me doy cuenta de que, sin saberlo, he empezado mi libro de la misma manera que ella el suyo: con la descripción de un elemento de la vida diaria que equivale a una proclamación de fe. Por su parte, bell hooks no habla de una miniatura india, sino de una fotografía que adorna la pared de su cocina, la fotografía de un grafiti delante del cual pasaba todos los días en la época en que enseñaba en la Universidad de Yale: «Seguimos buscando el amor aun cuando todo parezca perdido». Cuando la inscripción se borró, conoció al artista, que le regaló esa imagen. «Y desde entonces, en todas las casas en las que he vivido, la he colgado siempre en la cocina, justo encima del fregadero. Todos los días, cuando bebo un vaso de agua o saco un plato del armario, encuentro ante mis ojos la frase que me recuerda lo mucho que anhelamos el amor y que lo buscamos incluso cuando ya no esperamos que sea realmente posible encontrarlo.» En su entorno, su interés por el amor despierta incomodidad y perplejidad. Sus amigos no ven en él una búsqueda intelectual legítima, sino una debilidad un poco embarazosa. Regularmente, cortan la conversación sugiriéndole que se someta a terapia. El tema, según observa ella, solo se considera serio y legítimo cuando lo teorizan hombres, cuando «lo más frecuente es que sean las mujeres las que practiquen el amor».[16] Es un fenómeno similar al de la cocina, un terreno en el que se celebra a los grandes chefs, que son mayoritariamente hombres, negándoles a las mujeres su pericia, cuando son muchas más las que preparan a diario la comida.

Al elegir este tema, sé que me condeno a caer al pie de los caballos de la radicalidad feminista. Algunas militantes, sobre todo si son lesbianas, se disponen a contemplar críticamente el espectáculo cada vez que una de sus camaradas heterosexuales, en un momento de inconsciencia, intenta justificar su costumbre problemática de establecer relaciones amorosas y sexuales con hombres. Y, a decir verdad, por qué habrían de privarse. Considerada un poco fríamente, la heterosexualidad es una aberración. Al fin y al cabo, como observan Patricia Mercader, Annik Houel y Helga Sobota, «las relaciones amorosas entre hombres y mujeres tienen la particularidad de ser las únicas relaciones de dominación social en las que se da por sentado que el dominante y el dominado se aman»[17] (junto con las relaciones entre padres e hijos, tal vez). Aludiendo a un célebre programa de Ménie Grégoire,[18] Alice Coffin escribe en *Le génie lesbien [La genio lesbiana]*: «La heterosexualidad de las mujeres sigue siendo para mí un problema doloroso —y añade—: Creo que para ellas también, a juzgar por muchas conversaciones».[19]

Este tema es desde hace tiempo una cuestión que suscita perplejidad y controversias. En 1972, en Nueva York, las mujeres del Partido de la Liberación Homosexual (Gay Liberation Party) publicaron una declaración en la que mostraban su preocupación al ver que las feministas heterosexuales «creían que podrían liberarse creando "hombres nuevos"» e invertían en esa tarea «cantidades enormes de energía», para obtener unos resultados más bien mediocres.[20] En Francia, Emmanuèle de Lesseps[21] escribía en un artículo de la revista *Questions Féministes* en 1980: «Hace unos días, conversaba con una feminista y le pregunté si se definía como heterosexual. "¡Por desgracia, sí!", me contestó. Me dijo que "preferiría ser homosexual" porque todas estábamos de acuerdo en que "las relaciones con los hombres son una mierda"».[22] Ese mismo año, la poeta y ensayista feminista americana Adrienne Rich publicaba *La contrainte à l'hétérosexualité [La coacción a la heterosexualidad]*. Deploraba en este ensayo que la existencia lesbiana hubiera sido «borrada de la historia o relegada a la rúbrica de las enfermedades», lo cual impide reconocer que la heterosexualidad «puede no ser en modo alguno una "preferencia", sino algo que ha tenido que ser impuesto, dirigido, organizado y extendido por la propaganda y mantenido por la fuerza».[23] En una conferencia, un año antes, Monique Wittig ya había teorizado la heterosexualidad como un régimen político.[24]

En 2017, estas palabras de Virginie Despentes, que se volvió lesbiana a los treinta y cinco años, causaron sensación: «Salir de la heterosexualidad ha sido un alivio enorme. Sin duda, yo no fui nunca una hetero muy dotada. Hay algo en mí que no cuadraba con esa feminidad. Al mismo tiempo, no conozco a muchas para las cuales haya sido un éxito durante toda una vida. Pero la impresión de cambiar de planeta fue fulgurante. Como si te pusieran cabeza abajo haciéndote dar suavemente una voltereta completa. ¡Uf! Y es una sensación genial. Me quitaron cuarenta kilos de golpe. Antes, me podían señalar todo el tiempo como a una tía que no era lo bastante así o lo bastante asá. En un abrir y cerrar de ojos, el peso desapareció. ¡Eso ya no va conmigo! ¡Liberada de la seducción heterosexual y de sus dictados! Ya ni siquiera puedo leer una revista femenina. Nada de lo que pone ahí me afecta. Ni el careto, ni la moda».[25]

En su libro *The Tragedy of Heterosexuality [La tragedia de la heterosexualidad]*, la ensayista americana Jane Ward confiesa, como Despentes, su alivio al escapar de la *straight culture* (cultura hetero), de su conformismo, su aburrimiento, sus opresiones, sus decepciones y sus frustraciones; un sentimiento ampliamente compartido en su entorno, según dice. La cuenta de Instagram anglófona @hets_explain_yourselves [@heteros_explicaos], que muestra ejemplos de la indigencia de la cultura hetero, lo atestigua con humor.[26] Es evidente, escribe Jane Ward, que la norma heterosexual dominante provoca sufrimiento a las lesbianas y los gais, pero «esta no es más que una pequeña parte de la experiencia homosexual, que oculta la alegría y el placer, así como el alivio de no ser heterosexual». Por otra parte, se pregunta si la homofobia no estará motivada por una envidia oscura: «Los homosexuales somos odiados y envidiados porque la gente sospecha que hemos escapado de algo». Observando que, a finales del siglo XX, la cultura mayoritaria reprochaba con frecuencia a ese colectivo su actitud «demasiado espectacular, demasiado exuberante, demasiado sexual, demasiado confiada», concluye que si esa cultura es «demasiado», quizá sea porque la cultura heterosexual no es «lo bastante», pero sí demasiado apagada, demasiado encogida, demasiado poco imaginativa. También señala que la cantinela de las que se lamentan por «no ser lesbianas» irrita sobremanera a muchas de sus amigas: «¿Por qué no lo son entonces? ¡No es tan difícil!».[27]

El sueño de una «heterosexualidad profunda»

Las palabras de Despentes han contribuido a reavivar las discusiones sobre el lesbianismo político en el feminismo francés. Se corre el riesgo, sin embargo, de idealizar las relaciones homosexuales, que no necesariamente están desprovistas de relaciones de dominación, aunque no se trate de una dominación estructural, como en el caso de la dominación masculina. En Quebec, la política en materia de violencias conyugales incluye, por cierto, a las lesbianas desde 1995, partiendo del principio de que «no viven fuera de la sociedad y pueden reflejar, en sus relaciones, actitudes y comportamientos que existen en su entorno».[28] ¿Acaso se puede elegir la orientación sexual? No voy a meterme ahora en este debate, pero sea como fuere, vale la pena abrir el melón de las relaciones heterosexuales. Y eso es precisamente lo que quiso hacer la propia Jane Ward en su libro: *actualizar* la heterosexualidad más que *deshacerla*. Puesto que algunas mujeres y hombres se aferran a su atracción mutua, al mismo tiempo que tratan de superar las dificultades estructurales con las que se topan, le pareció que su experiencia y su punto de vista de lesbiana podían serles útiles.

Para llevar a cabo su estudio, se sumergió en la cultura hetero, llegando a asistir como observadora a seminarios destinados a enseñar a los hombres a ligar («mientras miro a los participantes tomar notas sobre ese monólogo heteronormativo que da náuseas, tengo que luchar para no abrir los ojos como platos por la repulsión *queer* que siento»). En la estela de la militante y realizadora de filmes pornográficos Tristan Taormino, subraya que las lesbianas han mostrado muchas veces el camino a los heterosexuales en materia de sexo y de relaciones amorosas. «A esas feministas lesbianas les debemos la aparición de *sex shops* bien iluminados, liberados de la vergüenza, orientados a la educación, como Good Vibrations o Babeland [empresas americanas], donde parejas heteros corrientes pueden ahora comprar juguetes sexuales sin tener la impresión de ser unos pervertidos. También les debemos a ellas el concepto de *no monogamia ética,* la existencia del porno feminista, la noción audaz según la cual uno puede seguir manteniendo lazos de amistad y constituir una familia con excompañeros amorosos, la insistencia en el consentimiento y el respeto en las prácticas más atrevidas, o la idea radical según la cual las mujeres pueden llevar consoladores con arnés y penetrar a gente, incluidos sus novios y sus maridos.»[29]

Uno de los mayores problemas que identifica Jane Ward es la «paradoja de la misoginia» (una paradoja de la cual Donald Trump es sin duda la encarnación suprema): el hecho de que los hombres heterosexuales expresen su deseo por las mujeres en el seno de una cultura que los anima a despreciarlas y a odiarlas. Esa asociación entre heterosexualidad y misoginia ha estado tan enraizada que, simétricamente, se interpreta la ausencia de machismo como un signo de homosexualidad. En uno de sus cursos (ella enseña en la Universidad de California en Riverside), Ward mencionó la experiencia propuesta por el escritor Jason Schulz, que quiso organizar una despedida de soltero alternativa, durante la cual sus amigos y él, en vez de contratar a una artista de estriptis, hablarían de sexo y de deseo. Sus estudiantes se mostraron categóricos: aquello sonaba decididamente gay. En su fabuloso espectáculo *Bonhomme*, tan pasado de rosca como profundo, el humorista francés Laurent Sciamma constata lo mismo: cuenta su conversación en una fiesta con otro invitado, que le pregunta si es gay porque «habla mucho de feminismo». La lógica que implica semejante razonamiento lo desconcierta: «Como si fuera incompatible ser tío, hetero y feminista. En fin, no sé... ¡NO ESTARÉ LOCO, ¿VERDAD?! Si te gustan las tías, bueno..., en un momento dado, puede ser, no sé, que te entren ganas, aunque sea un poco..., de que les vaya bien [...]. ¿Cómo hemos llegado hasta aquí? Un mundo tan misógino y homófobo que, de repente, la reacción es: "Espera un momento, ¿a ti te importan las tías? ¡SEGURO QUE ERES GAY! Oye macho, el cabrito ese que piensa en el bienestar de las tías que lo rodean, ¡tiene que ser gay a la fuerza!". ¡No lo entiendo!».

En unas páginas francamente deliciosas, Jane Ward sugiere abrazar lo que ella denomina *heterosexualidad profunda.* Más que someterse a su orientación sexual como si se tratase de una fatalidad, dice, los hombres y las mujeres heteros podrían abrazarla activamente, reflexionar sobre ella, apropiársela. Eso sería especialmente útil para los hombres, a los que se alienta a considerar su deseo como «puramente fisiológico, como algo que no controlan, y tan compartimentado que pueden desconectar su deseo por las mujeres de su apreciación de ellas como personas». Si les gustan las mujeres, dice Ward, pues que les gusten *de verdad.* «Los hombres heteros podrían volverse tan irresistiblemente heterosexuales que estarían ávidos por oír lo que las mujeres tienen que decir, que desearían verlas en puestos de poder, que estarían ansiosos por conocer su plena humanidad y vibrarían con su liberación. Así es como las feministas lesbianas desean a las mujeres. Yo no estoy desesperada por la tragedia de la heterosexualidad, porque otra vía es posible.»

Contrariamente a muchas obras de autoayuda reaccionarias (empezando por el famosísimo *Los hombres son de Marte, las mujeres son de Venus*, publicado por John Gray en 1992), que postulan diferencias esenciales e insuperables entre hombres y mujeres, y que aconsejan acomodarse a ello, Ward invita a los hombres heteros a comprender cómo se puede a la vez «identificarse con una persona y follarla», es decir, cómo se puede «desear a las mujeres humanamente», viéndolas a la vez como objetos y como sujetos. Subraya una contradicción en particular: se supone que esos hombres sienten un deseo instintivo e irreprimible hacia las mujeres, y sin embargo el cuerpo femenino debe con frecuencia presentar determinadas características o alteraciones bien precisas para gustarles: debe ser joven, delgado, depilado, perfumado... Una vez más, podrían inspirarse en las lesbianas, más capaces de desear a una mujer en su totalidad, con sus cicatrices, sus michelines, sus arrugas, su experiencia y su personalidad. Así, concluye, se convertirían en «unos hombres auténticamente heterosexuales, y no en unos seudoheterosexuales que utilizan a las mujeres para impresionar a otros hombres».[30] La tendencia de algunos a perder todo interés por una mujer una vez que se han acostado con ella también puede interpretarse como un signo de esa seudoheterosexualidad o heterosexualidad superficial: estos hombres manifiestan no un interés por la persona y la relación por sí mismas, por la manera como podrían enriquecer su vida, sino una simple necesidad de «conquista», de gratificación narcisista, una forma de mejorar su estatus o su imagen. Ward anima a sus lectoras a mostrarse «lo bastante audaces como para esperar esto de ellos, para pedir mucho más a los hombres heterosexuales y a su supuesto amor por las mujeres».[31] En resumen, la «heterosexualidad profunda» sería una heterosexualidad que se desolidarizaría del patriarcado[32] y de sus intereses; una heterosexualidad que traicionaría al patriarcado.

Ver la fuente de todos los problemas en la heterosexualidad misma sería ignorar una visión más depurada de todo lo que, en su seno, puede discutirse, reinventarse y reacomodarse. En su artículo de 1980, Emmanuèle de Lesseps consideraba que el deseo de las mujeres heterosexuales también debería liberarse: «Hemos sufrido desde la infancia, en efecto, presiones para ser heterosexuales más que homosexuales. Pero quisiera recordar que lo que hemos sufrido, de hecho, son presiones para no ser "sexuales" en absoluto». A propósito de la contradicción entre el hecho de ser feminista y el hecho de que te gusten los hombres, escribía: «Si el radicalismo feminista debiera consistir en rechazar toda contradicción, en autosatisfacerse con principios puros, duros, lisos y sin mancha, sería incapaz de dar cuenta de la realidad, incapaz de adaptarse, de servirse de esa realidad, incapaz de representar, y por lo tanto de ayudar, al conjunto de las mujeres».[33] Confieso que, como a ella, me gustan las tensiones y las discordancias. Encuentro que tienen una fecundidad y un interés especiales. Cuando leo a Alice Coffin,[34] me doy cuenta de que mi feminismo no será jamás tan desacomplejado como el suyo. Su deseo la deja totalmente libre, mientras que el mío implica una parte irreductible de tensiones y de conflictos de lealtad. Pero me interesa trabajar a partir de esas tensiones y esos conflictos de lealtad. Y además, si denuncias las violencias y las injusticias sufridas por las mujeres, si te tomas la molestia de sacar a la luz también las manifestaciones de sexismo más insidiosas, es porque crees que hay una vía para salir del mundo obstinadamente patriarcal en el que vivimos; porque crees que este sistema se puede subvertir. Y entonces, también podemos creer en la posibilidad de un cambio en nuestras relaciones íntimas y personales.

Empezaré por examinar el telón de fondo cultural sobre el que se despliega el amor en nuestra sociedad; un cañamazo marcado, a mi parecer, por la pusilanimidad y la falta de imaginación, pero también, en el otro extremo, por una cierta complacencia ante el fracaso, la tragedia y la muerte. Estas dos actitudes traducen, en definitiva, la misma incapacidad para abrazar el amor, para vivirlo en su realidad y su cotidianidad de forma a la vez inventiva y confiada (prólogo). Examinaré luego hasta qué punto nuestras representaciones románticas están construidas sobre la sublimación de la inferioridad de las mujeres, de forma que a muchas de ellas se les dice que son «demasiado» para gustar a un hombre: demasiado altas, demasiado fuertes (en el sentido físico y literal de estos términos), demasiado brillantes, demasiado creativas, etcétera. Pero resulta que las que parecen cumplir con todos los requisitos para no amenazar el ego masculino no son forzosamente más felices en el amor, lo cual no es de extrañar, pues es difícil construir el desarrollo pleno sobre la negación o la limitación de uno mismo (capítulo 1). Luego me interesaré por los mecanismos de las violencias conyugales, no como anomalía o desviación, sino como consecuencia lógica de los comportamientos prescritos a los hombres y a las mujeres por las normas sociales (capítulo 2). También quisiera describir el valor muy diferente que las mujeres y los hombres son invitados a conceder al amor, la implicación a menudo mucho mayor de las primeras en la relación, así como los desequilibrios y las disfuncionalidades que esto crea, y las maneras de remediarlo (capítulo 3). Finalmente, me preguntaré cómo pueden salir las mujeres de su papel secular —ofrecer a los hombres una imagen muda que responda a sus fantasías— para convertirse también ellas en sujetos de deseo. Sin rehuir el problema que se plantea inmediatamente: ¿son nuestras fantasías realmente nuestras? ¿Cómo reconquistar un imaginario propio cuando te has pasado la vida sumergida en el universo de la dominación masculina? (capítulo 4).

No creo que el amor heterosexual exista simplemente para servir al patriarcado de caballo de Troya en el corazón de las mujeres. «Si las mujeres desean a los hombres es porque un hombre no puede definirse en todo su ser como opresor, lo mismo que una mujer no puede definirse enteramente como oprimida», escribía Emmanuèle de Lesseps en 1980.[35] Pero su relación está efectivamente envenenada por la dominación. Y si uno ama el amor, debe tener el valor de examinar lúcidamente ese veneno. Esta es «la aventura de alto riesgo, el acto de heroísmo» que ahora se nos impone.

PRÓLOGO

Entre conformismo y nihilismo

Muchas veces las historias de amor que nos cuentan se detienen en el momento en que, tras toda clase de dificultades y peripecias, los dos protagonistas se han confesado sus sentimientos. Nuestros cuentos de hadas se terminan con esta fórmula ritual y notablemente evasiva: «vivieron felices y tuvieron muchos hijos». Parecemos desamparados cuando se trata de contar lo que pasa después, la manera en que ese amor continúa siendo vivido y evoluciona día a día. Consideramos que no hay nada que decir; tropezamos y de pronto la imaginación se paraliza. Pienso en ello viendo *Normal People*, la serie inspirada en la novela de la joven escritora Sally Rooney (que también es coautora del guion).[1] Seguimos las aventuras de Marianne y Connell, dos estudiantes de instituto de una pequeña ciudad irlandesa. Se enamoran, y su historia sigue después cuando entran en la universidad en Dublín. La visión de Sally Rooney es innovadora en muchos sentidos, sobre todo por la masculinidad sensible y empática que encarna Connell, interpretado en la pantalla por el impresionante Paul Mescal. Pero no es innovadora hasta el punto de acabar con esa costumbre de reflejar únicamente las primicias de un amor. En la historia de esos dos personajes hay separaciones que nacen de razones fuertes y legítimas; pero también hay una —larga y de consecuencias importantes— que parece realmente traída por los pelos: rompen a causa de un malentendido que podría disiparse en tres o cuatro mensajes, o en diez minutos tomando un café. Naturalmente, existen separaciones por razones estúpidas. Pero se diría que esta traduce una especie de pusilanimidad de las guionistas, como si temieran no encontrar nada que contar sin recurrir al resorte narrativo trillado (y sin duda alguna eficaz) que es la ansiedad suscitada en el espectador ante dos personajes que se aman, pero que tienen dificultades para comunicarse: ¿acabarán admitiendo su deseo de estar juntos, sí o no? «Es mucho más fácil hablar de pérdida que hablar de amor —escribe bell hooks—. Es más fácil expresar el sufrimiento que provoca la ausencia del amor que describir su presencia y significado en nuestra vida.»[2] La frontera entre la aceptación de la adversidad y la complacencia ante ella es a veces muy tenue, como si paradójicamente resultase tranquilizadora.

En ciertos casos, esta falta de interés por lo que pasa tras el reconocimiento del amor mutuo se debe a una visión convencional en la que no hay nada que discutir, puesto que, una vez reunidos, los protagonistas ya no tienen más que seguir la receta universal: boda (idealmente), vida en común, fidelidad mutua y procreación. Interrogamos poco esos elementos; consideramos que convienen a todo el mundo. No solo nuestra inseguridad afectiva nos incita a exigir del otro pruebas de amor cuidadosamente codificadas, sino que la importancia de nuestro estatus conyugal y familiar para nuestro prestigio social también nos disuade de abandonar los caminos trillados y exponernos a juicios poco halagüeños. Además, incluso cuando los enamorados siguen a pies juntillas el programa prescrito, se encuentran muy solos frente a las dificultades o desilusiones con las que se topan. Los modelos que nos ofrece nuestro entorno, el buen sentido popular, las comedias románticas, la regulación social sutilmente elaborada cada día por los mil y un comentarios que oímos y transmitimos a nuestro alrededor, con lo que contienen de mandatos más o menos velados, reiteran y confortan sin cesar los tópicos de la felicidad. Medimos el éxito de nuestras vidas por la fidelidad con la cual los reproducimos. Y mala suerte si se sufre cuando la realidad resulta ser menos idílica que las representaciones.

En otros casos, la negativa a interesarse por la manera en que es vivido el amor se debe a un desprecio por la convivencia de dos personas, que se considera algo prosaico, burgués y aburrido. Ese desdén contribuye a explicar una afición muy extendida por las historias imposibles, por las que no llegan a buen puerto o acaban mal, por un asesinato, un suicidio, o ambas cosas. Los finales trágicos —Julieta expirando sobre el cadáver de Romeo, el joven Werther disparándose una bala en la cabeza porque su amada se ha casado con otro— no solo proporcionan la ocasión de grandes desahogos emocionales, sino que también dispensan de imaginar una manera de vivir efectivamente el amor. En el ocaso de su vida, en 2006, el pensador ecologista André Gorz tomó conciencia de los prejuicios que durante mucho tiempo le impidieron apreciar la suerte que tenía de compartir su vida con su compañera Dorine. Para reparar esta injusticia hacia ella, publicó *Carta a D.*, un libro en el cual le confiesa todo su amor y agradecimiento. Se reprocha sobre todo que en una obra de juventud, cuando ya vivían juntos, habló de ella con una «condescendencia desenfadada», prefiriendo diseccionar detalladamente una ruptura con otra mujer. Con la perspectiva del tiempo, analiza así las razones de esa distorsión de su vivencia: «Estar apasionadamente enamorado por primera vez y ser correspondido era aparentemente demasiado banal, demasiado privado, demasiado corriente; no era una materia capaz de hacerme acceder a lo universal. Un amor naufragado, en cambio, un amor imposible, constituye una literatura noble. Me siento cómodo en la estética del fracaso y la aniquilación, no en la del éxito y la afirmación».[3] En el diario a cuatro manos que escribió con su tercer marido, Paul Guimard, y en el cual asistimos a la génesis de su conciencia feminista, Benoîte Groult escribía, el 27 de octubre de 1952: «Leído el diario de

Paul. Cada vez que habla de lo que no hay más remedio que llamar nuestra felicidad emana una impresión de melancolía, no sé por qué. Descrita por él, la vida conyugal feliz parece monótona, apagada, "tranquilizadora y convencional"». Y la autora exclama: «¡Convencional! La convención, la banalidad es no ser feliz. El riesgo, la aventura, es ser feliz».[4]

Las historias oscuras y torturadas permiten a los hombres (intelectuales, novelistas, cineastas...) hablar de amor sin dejar de ser «serios», dando una ilusión de profundidad, sin exponerse al ridículo ni arriesgarse a comprometerse con una ñoñería embarazosamente femenina. En *La edad del hombre* (1939), según observa Anne-Marie Dardigna, el escritor Michel Leiris acusaba a su padre de haber manifestado siempre una «sensualidad simplona», que al hijo le molestaba. Y todo porque le gustaba «cantar romanzas de Massenet»...: «Yo no concibo el amor si no es en el tormento y las lágrimas», escribe Leiris en el mismo libro.[5] Con lo cual, mantener una dignidad viril pasa por sacrificar lo femenino —no solo lo que se interpreta como femenino, y por lo tanto infamante, dentro de uno, sino también, si se tercia, al propio personaje femenino—. En los relatos machistas de pasiones «malditas» que abarrotan nuestras bibliotecas y nuestras filmotecas, los asesinatos de mujeres se rodean de un aura romántica, cuando no heroica, lo cual alimenta la complacencia con la que son acogidos los feminicidios reales. Pienso, por ejemplo, en esa película francesa para estómagos fuertes de la década de 1980 que fue *Betty Blue* (1986), de Jean-Jacques Beineix, adaptación de la novela de Philippe Djian, y cuyo protagonista (interpretado por Jean-Hugues Anglade) acaba por asfixiar a su amante (Béatrice Dalle) con una almohada. Habiendo conjurado así la amenaza que representaba Betty, encarnación de la bestialidad y el caos, puede por fin realizar su noble vocación de escritor.

Nuestra cultura amorosa es, pues, a la vez conformista y mórbida (y misógina). En *El amor y Occidente* (1939), Denis de Rougemont mostró cómo nos debatimos entre dos morales contradictorias: la moral burguesa, que valora el matrimonio, la estabilidad, y la moral pasional o novelesca, que nos hace soñar con amores tempestuosos, atormentados, tan irresistibles como imposibles. En un trabajo cautivador de arqueología de los afectos, se remonta a los orígenes de la afición de los occidentales por esa forma particular de la pasión: los trovadores, que cantaban a una dama a la vez idealizada e inaccesible. Ve en ellos la influencia de los cátaros, esos herejes que se autoproclamaban «puros», «perfectos», que despreciaban la carne y la vida terrenal. El mito de Tristán e Isolda representa, según él, la matriz oculta de nuestras aspiraciones y de nuestras emociones: aunque no lo hayamos leído, «el imperio nostálgico de ese mito se trasluce en la mayoría de nuestras novelas y nuestras películas, en su éxito entre las masas, en las complacencias que despiertan en el corazón de los burgueses, de los poetas, de los malcasados, de las chiquillas que sueñan con amores milagrosos».[6] En la pasión tal como la define aquí, el otro es un simple proveedor de arrebatos emocionales. Se prefiere que sea lejano antes que próximo. Se ama un estado más que a una persona. A través de su amor imposible (Isolda debe casarse con el rey Marc), Tristán e Isolda aspiran al absoluto de la muerte, una muerte que al final alcanzan. «Amar, en el sentido de la pasión, ¡es entonces lo contrario de vivir! —escribe Denis de Rougemont—. Es un empobrecimiento del ser, una ascesis sin más allá, una impotencia para amar el presente sin imaginarlo como ausente, una huida sin fin ante la posesión.» De Rougemont es consciente de la dificultad de hacer aceptar una crítica de esa disposición, ya que los que se entregan a la pasión se enorgullecen precisamente de obstinarse en el error: «El hombre de la pasión es justamente el que elige estar en el error a ojos del mundo, en ese error supremo e irrevocable que significa elegir la muerte frente a la vida».[7]

Bella del Señor, el antimapa de Tendre*

Entre las obras célebres que reflejan esta «elección de la muerte» figura en un lugar destacado la novela de Albert Cohen *Bella del Señor.*[8] Sus protagonistas, Ariane y Solal, encarnan de la forma más extrema la incapacidad de aventurarse más allá del estado de gracia del encuentro. Eso los conduce al suicidio, en una escena final sin duda alguna muy emocionante —el autor se había ejercitado mientras tanto con dos personajes secundarios, abandonados al glorioso idilio naciente—, de manera que, una vez más, cerramos el libro enjugándonos una lágrima. *Bella del Señor*, considerada una de las grandes novelas de amor de la literatura francesa del siglo XX, puede leerse como una cartografía ficticia de todos los errores en los cuales nos hace caer el culto a la pasión. Vale la pena detenerse un poco en ello.

Sus protagonistas se conocen en la Ginebra de la década de 1930. Solal es subsecretario general de la Sociedad de Naciones; Ariane, de la aristocracia ginebrina, está casada con Adrien Deume, un infeliz que trabaja en la Sociedad de Naciones (Denis de Rougemont señalaba que «la existencia concreta del marido, despreciado por el amor cortés», es el más evidente de los obstáculos que alimentan la pasión; en el mito de Tristán e Isolda, el rey Marc, esposo de Isolda, representa el arquetipo).[9] Para deshacerse de su subordinado y seducir a su mujer, Solal le confía una misión que ha de mantenerlo un tiempo en el extranjero. Cuando el marido vuelve, los amantes huyen juntos al sur de Francia, donde viven encerrados, primero en el hotel, y luego en una suntuosa

* La *carte du Tendre* o mapa de Tendre es la representación de un país imaginario (Tendre) que aparece en la novela *Clélie*, escrita por Madeleine de Scudéry en el siglo XVII. El mapa representa el juego de la seducción típico del amor galante, con topónimos como «lago de la Indiferencia», «río del Agradecimiento», «Sensibilidad», «Ternura», «Obediencia», «Orgullo» u «Olvido». En 1970, el cantautor Georges Moustaki titula así, «Carte de Tendre», una de sus canciones. *[N. de la T.]*

mansión que han alquilado. Su soledad es medio impuesta, medio elegida. Convertidos en parias dentro de la buena sociedad que solían frecuentar, se hallan aislados y rechazados; pero se sienten obligados a hacer como si no necesitasen a los demás, como si se bastasen el uno al otro. En esa situación, podrían mantener viva la intensidad de su *tête-à-tête*, pero, en vez de ello, se contentan con representar indefinidamente los inicios de su historia, cuyo recuerdo han convertido en fetiche, como en una especie de pantomima fúnebre. Muy pronto, sin atreverse a confesárselo, se aburren mortalmente, y el único medio que encuentran para reavivar la llama es hacerse sufrir. Solal recurre a veces a una crueldad repentina y gratuita con el único fin de asustar a su amante, de despertar en ella el temor a perderlo. Y Ariane aviva sus celos hablándole por primera vez de un amante que tuvo antes que él.

Asumir una relación duradera implica también aceptar al otro en su realidad como ser humano, cosa de la cual son incapaces. Solo se muestran el uno al otro vestidos de gala. Ariane siente pánico al menor borborigmo intempestivo, y hasta huye de la habitación cuando va a estornudar. En el hotel, ocupan habitaciones separadas. Cuando se mudan a la casa que han alquilado, Ariane aleja a Solal durante todo el tiempo necesario para proceder a unas obras faraónicas destinadas a poner unos retretes en cada uno de sus cuartos de baño respectivos. En aras de una discreción mayor aún, hace abrir una puerta de comunicación entre su dormitorio y el cuarto de baño. Está dispuesta a mover cielo y tierra para preservar su imagen de criatura etérea; y aunque Solal ironiza sobre el tema en sus monólogos interiores, parece que le va bien dejarla hacer. La paradoja es evidentemente que sus funciones corporales, como todo lo que se reprime, adquieren un lugar invasivo en su relación. Cuando Mariette, la criada, es testigo de sus delirios pudibundos, dice: «Si el amor es esto, no lo quiero, yo y mi difunto hubiéramos hecho nuestras necesidades juntos con tal de no separarnos»[10] y adivinamos que es ella la que tiene razón; pero ella no es la gran enamorada, la heroína que se nos presenta para que la admiremos y con la que se nos invita a identificarnos. La aceptación del cuerpo del otro queda del lado de la conyugalidad sórdida, del marido paleto que cuenta con pelos y señales sus problemas intestinales a su esposa. Al detenerse en medio del vado, la novela nos encierra un poco más en la visión del amor que pretende condenar. Aquí se revela toda su ambigüedad. Albert Cohen definía *Bella del Señor* como un «panfleto apasionado contra la pasión».[11] De hecho, denuncia los tópicos de la pasión..., al tiempo que los alimenta.

Ariane y Solal no llegan a superar el bache por el que pasan todos los amantes, pero que en general logran negociar: seguir amando al otro después de haberlo visto al salir de la cama y haber tenido que admitir que ese ser luminoso está provisto de un sistema digestivo, cosa que traicioneramente había omitido mencionar en la primera cita. Es un momento de vulnerabilidad particular para las mujeres, que se ven presionadas por las normas sociales para trabajar su apariencia durante el día, aumentando así la diferencia con su personalidad nocturna. Es el momento en que descubren si son amadas como una persona real, familiar, o como un icono, una figura idealizada y desencarnada, a semejanza de la dama sobre la cual fantasea de lejos el trovador, colocándola «en un pedestal lo bastante elevado como para que no haya necesidad de tocarla», según la fórmula de Anne-Marie Dardigna.[12] En el curso de su estudio sobre las relaciones amorosas contemporáneas, la socióloga Eva Illouz ha entrevistado a Claudine, de cuarenta y ocho años, a la que describe como «de una gran belleza». Claudine cuenta que un día su amante, que volvía de un viaje, llegó a su casa por la mañana, cuando ella aún estaba en camisón. No se había cepillado los dientes ni se había peinado y maquillado. «Cuando entró, vi que ponía una cara rara. Me dijo: "¿Qué ha pasado? ¿Estás enferma? ¿Te encuentras bien? Estás tan distinta de lo habitual". Lo abracé, creí que me iba a besar, pero no lo hizo. Entonces me pregunté si aquel tipo seguiría amándome cuando fuera vieja y tuviese arrugas.»[13]

También se supone que las mujeres son una especie de diosas o de hadas sin tripas ni intestinos, con un capullo de rosa entre las nalgas: la culpa es del «patriarcado».[14] «Las niñas aprenden desde pequeñas a "contener" sus funciones corporales naturales», explica Nick Haslam, autor de *Psychology in the Bathroom [Psicología en el cuarto de baño]*[15] (y naturalmente, después de inculcarles la vergüenza de su cuerpo, se las ridiculiza cuando dan muestras de pudibundez). A veces se las pone en situaciones extremas para disimular una terrible verdad. Una noche de 2017, una joven británica, después de ir al baño en casa de un chico al que conoció por Tinder y con el cual hasta el momento todo iba muy bien, comprobó con horror que la cisterna del retrete no funcionaba. Entonces intentó deshacerse del paquete comprometedor tirándolo a la calle, pero con la mala fortuna de que cayó entre las dos hojas de la ventana. Con la ayuda del chico —de nombre Liam—, a quien no tuvo más remedio que explicarle lo ocurrido, logró recuperarlo y tirarlo al váter, pero ella misma se quedó atrapada cabeza abajo en la ventana. Hubo que llamar a los bomberos para que la rescataran. La historia dio tres veces la vuelta al planeta, con las fotos correspondientes (afortunadamente para el anonimato de la joven acróbata el cristal era esmerilado),[16] lo cual resume bastante bien el destino general de nuestros esfuerzos de discreción. Al menos, el percance permitió a Liam lanzar una campaña de financiación participativa para reparar su ventana. Como recogió diez veces la cantidad necesaria gracias a una oleada de solidaridad mundial, abonó el dinero sobrante a una asociación que construye retretes en los países del sur, así como a los bomberos. Según las últimas noticias, pensaba volver a contactar con su invitada de una noche para proponerle tomar un café.[17]

En este contexto, la alegre obsesión escatológica de Rachel Bloom, creadora y actriz de la serie americana *Crazy Ex-Girlfriend*, adquiere una dimensión casi política. Asimismo, hacía falta mucha jeta y el carisma de la escritora australocanadiense Fariha Róisín, interrogada en 2019 por la página web americana Into the Gloss acerca de su rutina de cuidados de belleza, para cantar las alabanzas no solo de su rímel Chanel y de su crema con miel para el cabello Santa Maria Novella, sino también de su taburete Squatty Potty, que le permitía cagar más cómodamente. «Como mujeres, nuestras madres nos dicen que no hablemos de esas cosas, por eso nos censuramos y las escamoteamos», declaraba[18] (pulverizando todos los tabúes a la vez, también hablaba de los problemas de salud mental, de su consumo de hierba, y mencionaba su marca de lubrificante y su tipo de consolador favoritos).

Para el Solal de *Bella del Señor*, no es solo el cuerpo fisiológico lo que es problemático: también el cuerpo sexual. A las mujeres les reprocha que se sientan atraídas y seducidas por su belleza, que considera mentirosa y superficial. El erotismo, asimilado a una animalidad repugnante y grotesca, solo puede justificarse a sus ojos —y ya sería mucho— si es santificado por la pasión más elevada. Le irrita que sus amantes quieran hablar después del amor en vez de dejarlo «digerir su vergüenza en paz». Su repugnancia estalla, al mismo tiempo que su sentido posesivo, en las escenas de celos cuando se entera de que Ariane ha tenido otro amante antes que él. Entonces se pone a destrozar la habitación, a automutilarse y humillarse. Poco importa que él mismo haya tenido otras amantes durante su relación: le horroriza imaginar a su Ariane, a la que quisiera creer tan «pura», mancillada por una sexualidad bestial. Estas son las páginas donde las ideas retrógradas de Albert Cohen aparecen más claramente. Resulta interesante que en 1980 contase que su tercera esposa, Bella Cohen, a la que primero había contratado como secretaria y que pasó «cuatro veces» a máquina el manuscrito de *Bella del Señor* porque él no paraba de hacer añadidos (el libro ocupa mil cien páginas en edición de bolsillo...), estaba en contra de esas escenas y hubiera querido que las suprimiera. «Se equivocaba», concluía él perentoriamente.[19]

La pasión permite, pues, al protagonista masculino quedar encerrado en su visión inmadura y desconfiada de las mujeres.

Sirve para ocultar una postura elitista que desprecia tanto la vida terrenal, cotidiana y carnal, como a las mujeres asociadas a ella (salvo que esa postura es mucho más banal y convencional de lo que quisieran pensar sus adeptos: al referirse a la moda del esnobismo nihilista en la literatura, Nancy Huston hablaba en 2004 con mucha gracia de «elitismo gregario»).[20] Las convicciones misóginas de Solal, que se supone que es el magnífico amante de la literatura francesa, dan lugar a pocas dudas.[21] No se atreve, por ejemplo, a confesarle a Ariane que le han cesado de su cargo en la Sociedad de Naciones después de haber defendido, con una insistencia algo excesiva en pleno auge del nazismo, que se acogiera a los judíos que huían de Alemania, ni que le han retirado la nacionalidad francesa, convirtiéndolo en un apátrida, pues no cree que el amor de su amante sobreviviese a la desaparición de su prestigio social. Según él, las mujeres adoran el poder: si lo encuentran guapo, es porque de él emana fuerza, una fuerza en la cual las mujeres reconocen el poder de matar. También está convencido de que son masoquistas. Se presenta como un hombre bueno, tierno, dulce como un corderito, pero que se fuerza a mostrarse cruel, incluso violento, porque eso es lo que «ellas» esperan. Finge creer que si Ariane no ama a su marido, es porque es demasiado amable, cuando el problema de Adrien Deume es que es necio y desesperadamente prosaico, pero sin duda no es «demasiado amable». Solal ridiculiza a Deume haciéndolo cómplice sin saberlo de sus propios cuernos, y presenta esa ridiculización como tristemente necesaria para seducir a Ariane (él mismo, en el fondo, más bien se compadecería de su «hermano»), cuando adivinamos muy bien que goza (y con él, el autor) con este proceder, y nosotras gozamos también de él como lectoras, sobre todo tras las escenas de violación conyugal a las que hemos asistido al comienzo de la novela.

Cuando descubrí *Bella del Señor* hace veinticinco años, era una de esas «chiquillas que sueñan con amores milagrosos», por retomar la expresión de Denis de Rougemont. Necesité tiempo para darme cuenta de todo lo que no funcionaba en su visión del amor, y en su visión de las mujeres. Sigo admirando el virtuosismo literario de Albert Cohen, su estilo a la vez torrencial y lapidario, su lirismo, su agilidad, su jocosidad, pero por eso mismo me irrita más. Ha instilado sus ideas en mí con eficacia, sobre todo porque lo ha hecho con talento. La adaptación cinematográfica realizada en 2012 por Glenio Bonder (con Jonathan Rhys-Meyers y Natalia Vodianova en los papeles de Solal y de Ariane, y Marianne Faithfull en el de la criada, Mariette) muestra perfectamente lo que queda cuando no está su escritura para sublimar la intriga: un guion de un sexismo y un esnobismo exagerados (con la perspectiva del tiempo, el desprecio clasista —por ejemplo, cuando Solal observa a una pareja de jóvenes proletarios en un tren—, del que no me había percatado en la primera lectura, también me llama la atención).

Las delicias de la amplitud temporal

Necesitamos volver a dar juego a nuestra manera de ver el amor, volver a insuflarle vida, pulverizando tanto el marco burgués del recorrido obligado como el lastre igualmente convencional y limitador de la pasión destructora. Necesitamos a la vez un poco más de audacia y un poco menos de complacencia en las posturas neurasténicas. Esta operación solo puede ser muy personal, y el ideal que me propongo esbozar ahora no pretende evidentemente ser universalmente válido. Pero permitirá al menos a mis lectoras y lectores saber quién les habla, y tal vez también examinar los deseos que ellos mismos abrigan, precisar su propia visión a través de su adhesión o su desacuerdo.

Tras *Bella del Señor*, mi imaginario amoroso se alimentó de modelos muy distintos. Admiré a parejas que, precisamente, se revelaban capaces de instalar su historia en la duración, en lo cotidiano, con confianza, felicidad y voluptuosidad. Para mí, los lazos tejidos a lo largo de los años —amores o amistades, por cierto—, alimentados con el genio propio de cada uno, con su generosidad y sus recursos insospechados, los que hacen entremezclarse profundamente dos existencias, son lo que da sentido a la vida, la única victoria posible sobre la muerte. La amplitud temporal de una relación amistosa o amorosa es un regalo inestimable. El hecho de no estar peleada con mi excompañero tras nuestra separación me permite seguir diciéndole: «¿Te acuerdas...?», rememorar con él nuestro pasado común, todos los acontecimientos que solamente nosotros recordamos; eso me llena cada vez de una gratitud infinita. Asimismo, prefiero las series a las películas, porque me gusta seguir la evolución de un personaje durante varias temporadas, descubrir aspectos inesperados de él, ver desplegarse su riqueza, su complejidad, medir el camino recorrido. Algunos guionistas, por otra parte, saben jugar maravillosamente con esa baza, solicitando por alusiones o *flashbacks* los recuerdos que el espectador tiene en común con los protagonistas, haciéndole percatarse de la larga intimidad que ha trabado con ellos. Saben bien que esta es una sensación intensamente satisfactoria, incluso con seres de ficción.

Me objetarán quizá que también yo estoy expresando un ideal de «amor eterno» sumamente convencional. Y es cierto. Se trata de una aspiración generalmente considerada como romántica, ingenua, irreal y típicamente femenina, y además de un ideal decididamente monógamo, cuando en la actualidad cada vez son más las voces que estiman que no es razonable esperarlo todo de una sola y misma persona. Pero, para mí, la gracia del amor es indisociable del hecho de conceder a una persona un lugar privilegiado en nuestra vida y ocupar un lugar similar en la suya, *distinguir* al otro y ser *distinguida* por él, o sea, que el poliamor[22] se sitúa sencillamente más allá de mis capacidades de comprensión. En cuanto a las relaciones abiertas, me parece que requieren una inmensa confianza en uno mismo; admiro a los que lo consiguen. Ese tipo de relación fue probablemente elevada al rango de obra de arte por

Frida Kahlo y Diego Rivera durante su matrimonio. Ambos vivieron historias intensas y apasionadas con otras personas, sin poner jamás en peligro el lazo que los unía. Los amantes y las amantes de los dos artistas mexicanos, escribe Cristina Nehring, «se sentían atraídos por Diego y Frida como los vendedores de chuches se ven atraídos por los circos, y los bufones por los reyes shakespearianos».[23] El intelectual Travers Scott, por su parte, imaginó diez tipos de arreglos posibles, que experimentó con su compañero: la monogamia estricta («más el porno»), la monogamia con terceros ocasionales elegidos de común acuerdo, la no monogamia solo durante los viajes, la no monogamia solo con desconocidos (no amigos ni ex)...[24]

Por mi parte, adoro la idea de un *tête-à-tête* lo suficientemente intenso y cautivador como para colmar a ambos miembros de la pareja. No creo en la fidelidad sacrificial: si hay frustración, más vale separarse, o encontrar un arreglo que permita ponerle remedio. No, en efecto, no siempre es posible sentirse colmado por una sola persona, pero tampoco quiero rechazar de plano esta hipótesis. Creo que la exclusividad amorosa puede aportar placeres irreemplazables; que cada uno y cada una es lo bastante amplio para contener el mundo entero y ofrecérselo al otro, y que nunca se acaba de conocer del todo a una persona. Me gusta bastante la definición de *fidelidad* que da Denis de Rougemont: «La aceptación decisiva de un ser en sí, limitado y real, que uno elige no como pretexto para exaltarse, o como "objeto de contemplación", sino como una existencia incomparable y autónoma a su lado, una exigencia de amor activo».[25]

En su libro *El algoritmo del amor*, que mezcla encuesta y relato personal, la periodista Judith Duportail relata su encuentro con un hombre en Tinder. Los principios son idílicos. Luego, un buen día, descubre que, al igual que ella, él fue entrevistado hace algún tiempo por una revista para un artículo sobre las páginas de contactos. Allí, él dijo concretamente: «Cuando trincas a una tía en AdopteUnMec, sigues conservando tu cuenta. Así, incluso si la cosa va bien, siempre tienes la tentación de volver a la página para ver si no hay en oferta algo mejor» (negará haber dicho «en oferta»). A ella estas palabras la perturban. Más tarde, una antropóloga americana le explicará que, para hacer adictos a los usuarios, las aplicaciones recurren a la «recompensa aleatoria y variable», uno de los mecanismos psicológicos más poderosos de la adicción, al que las máquinas tragaperras —una industria de beneficios colosales— deben su éxito: necesitan que los usuarios vuelvan lo más a menudo posible a consultar su cuenta. Su modelo económico se basa, pues, en la eterna insatisfacción de los hombres y mujeres que las utilizan, en su incapacidad de decidirse. Mientras tanto, la cabeza de Judith «es un torbellino»: «¿Cómo reaccionar? ¿Sigue teniendo él la tentación de volver a la página? ¿Lo hace continuamente? ¿Pero por qué? ¿Qué decir? ¿Que me siento ofendida, so pena de que me considere una pelma? ¿Fingir que no me importa?».[26] Esta lógica de la vuelta periódica «al escaparate» me hace pensar en un jardinero que tuviese abandonadas o que pisotease sus flores. ¿Hay algo más siniestro que vivir el amor como un arbitraje permanente entre las cualidades respectivas de diversos objetos? Evocando los «sermones de las revistas» y la felicidad que hacen brillar ante los ojos de sus lectores, Denis de Rougemont ya señalaba una contradicción fundamental: «Todo lo que nos proponen [para ser felices] nos introduce en el mundo de la comparación, donde no hay felicidad posible».[27]

Leemos continuamente que es imposible mantener con vida el amor y el deseo durante largo tiempo. Me pregunto si no se trata de una conclusión algo precipitada. Probablemente sea muy difícil, en efecto, cuando nuestro modo de vida nos reduce al papel de gestores extenuados y desbordados de la logística familiar. Aunque no dispongamos de ningún medio para escapar de ese rol, me parece importante tener conciencia del hecho de que el desencanto y las insatisfacciones tal vez no sean debidos a la relación misma, sino a las condiciones concretas, cotidianas, en las que se inserta;

a todo lo que, desde fuera, impide que florezca. Un padre joven me cuenta, maravillado, la dulzura y la facilidad de su vida recién estrenada; una dulzura y una facilidad que no se esperaba, y que atribuye a que su compañera y él trabajan en casa y por lo tanto son dueños de organizar su horario y están disponibles el uno para el otro, y al mismo tiempo para su hija. Por mi parte, recuerdo mi sensación de duelo, de expoliación y de terror el día que mi compañero, al que conocí cuando éramos estudiantes, se convirtió en asalariado a tiempo completo (yo seguí siendo periodista independiente unos años más). No es que hubiese querido estar pegada a él todo el rato (al contrario, tengo una gran necesidad de estar sola), pero en el empleo a tiempo completo hay algo invasivo, vampirizador, que podríamos decir que captura al otro y lo convierte, en cierta medida, en un extraño.[28] Los primeros tiempos, cuando volvía por la tarde, tenía la impresión de que lo habían vaciado y me devolvían un trapo que se suponía que era él; después, evidentemente, te acostumbras y te adaptas. Creo que existen muchas maneras de vivir y de actuar en el mundo, de irse y de volver, que permiten más flexibilidad, que no implican ese agotamiento especial, esa atrofia del lazo con la persona amada. El confinamiento de la primavera de 2020, aunque se instauró por razones funestas y fue de una extremada violencia social, permitió sin embargo a algunas parejas reencontrarse de una forma que sin él no habría sido posible. Una profesora de Francés en excedencia, que vive en un pueblecito de la región del Loira Atlántico, describía, por ejemplo, el placer de tener a su marido en casa las veinticuatro horas, «cuando normalmente está ausente desde las ocho de la mañana hasta las ocho de la tarde».[29] ¿Cómo hemos podido aceptar como normal ese modo de vida que nos priva profundamente de la persona con la que, sin embargo, compartimos nuestra casa y nuestra cama?

«Si la vida solo ha sido una siesta de verano»

La pareja que más me ha dado que pensar, la formada por el escritor, pintor y compositor Serge Rezvani y por su esposa Danièle, apodada Lula, ha escapado a esa suerte. Tampoco han tenido hijos, de manera que nada los ha distraído de su *tête-à-tête*. Esa falta de descendencia obedecía a una decisión firme y meditada: «Un hijo es una parte de nosotros que es rehén de lo social —explicaba Serge Rezvani en 2003—. Y nosotros no queríamos dar nada nuestro a lo social».[30] Tras conocerse en París en 1950, cuando ambos eran muy jóvenes (ella tenía diecinueve años y él veintidós), las pasaron bastante canutas durante unos años, primero en habitaciones en buhardillas y luego en un piso en el extrarradio. Después, un buen día, durante un viaje por la región del Var, descubrieron, perdida en el fondo de un valle del macizo de Maures, una casita con las paredes de un color ocre desteñido, con una palmera, a la que se accedía por unos jardines dispuestos en terrazas. Su nombre: La Béate. Al propietario le cayeron simpáticos y aceptó alquilársela, aunque apenas tenían dinero. Acabaron instalándose allí y pudieron comprarla. En aquel sitio mágico, de un refinamiento extraordinario, aunque los primeros años no tenían ni electricidad ni agua corriente (iban a buscar el agua a un manantial cercano), han vivido un embelesamiento que ha durado cincuenta años. «Algunas noches, mientras Danièle leía y escuchaba un cuarteto de Beethoven, tumbada en los cojines del sofá del gran salón de la planta baja, con la gata en el regazo y el perro acostado a sus pies, sí, a menudo salí a la noche bajo las palmeras de la terraza presa de repente de una especie de irresistible sollozo por ese exceso de felicidad», escribe Serge Rezvani en *Le roman d'une maison [Relato sobre una casa]*. «Por la ventana abierta veía al amor de mi vida envuelto en la hermosa luz dorada de los quinqués, y sufría, con el corazón dolorosamente encogido por la nostalgia de un presente tan delicado, tan perfecto, cuya belleza sublime solo había podido formarse para quedar suspendida en la eternidad. ¡No, la muerte nunca podrá alcanzarnos aquí, no, jamás podrá aniquilar semejante suma de serena perfección!»[31] En «Les grains de beauté» canta: «Tú te ríes de los años. / Qué importan las estaciones / si la vida solo ha sido / una siesta de verano...». También me gusta su obra porque aporta un desmentido rotundo al prejuicio perezoso según el cual «la gente feliz no tiene historia». «Todas las familias felices lo son de la misma forma, las familias desdichadas lo son cada una a su manera», escribe por ejemplo León Tolstói al principio de *Anna Karenina*. Esto resume un cliché muy extendido, pero de una falsedad flagrante, por poco que lo pensemos un minuto. Para Serge Rezvani, la felicidad es una fuente de singularidad —y de creación y de reflexión— impresionante.

En esta historia, el amor me fascina tanto como la casa. En *Chez soi [En casa]* he citado las hermosísimas líneas de Serge Rezvani sobre las «sorpresas de la repetición», sobre el interés maravilloso que se puede encontrar repitiendo cada día unos gestos y unos rituales que para nosotros están cargados de sentido, aprendiendo a apreciar las más ínfimas variaciones, como una paleta que uno amplía y enriquece sin cesar. Encuentro otro elogio en la filósofa Séverine Auffret: «De la audición repetida de una música, proviene un aumento continuo de goce. La primera audición no nos convence. Es en la segunda, en la tercera, en la siguiente, cuando el placer se afirma, al igual que ese ritmo propio del cuerpo que se escande y se repite: recorrido de un mismo espacio, reiteración de un mismo gesto; esta demanda que uno hace en el coito, como el niño pequeño al que se mece, se levanta, se balancea: "¡Más!"».[32] El mismo estado de ánimo ligeramente monomaníaco inspira mis tendencias caseras y mi preferencia por la exclusividad amorosa. Es la misma afición por una intimidad sensual, la misma apuesta por una abundancia oculta allí donde una mirada superficial solo ve monotonía, el mismo deseo de profundizar infinitamente, la misma confianza en procesos invisibles y misteriosos que solamente necesitan que uno crea en su existencia, que los deje acaecer, que acepte dejarse llevar. También la escritura, que siempre te lleva un poco a otro lugar distinto de aquel al que creías ir, que hace surgir bajo tus dedos una trama inesperada, me ha enseñado que es un error temer que las fuentes interiores se sequen, ya sea en un proceso de creación solitaria o en un diálogo amoroso y sexual.

André Gorz y su esposa Dorine también se pasaron toda la vida juntos sin cansarse nunca el uno del otro, y también acabaron instalándose lejos de París, en un pueblecito del Aube. Allí se suicidaron juntos el 22 de septiembre de 2007, tras la agravación de la enfermedad que padecía Dorine. «Cada uno de nosotros desea no sobrevivir a la muerte del otro —escribió Gorz el año anterior—. Nos hemos dicho muchas veces que si, cosa imposible, tuviéramos una segunda vida, nos gustaría pasarla juntos.»[33] También ellos se sustrajeron al empleo asalariado, con los condicionantes que implica y la separación del otro que provoca, y tampoco tuvieron hijos. En esas dos parejas, además, los hombres fueron capaces de compartir y apreciar una intimidad cotidiana con una mujer real, en vez de idolatrar un icono lejano. Lamento, sin embargo —y es un lamento importante—, que solo la actividad creativa de ellos se desarrollase, mientras que las mujeres se limitaron a apoyarlos. Las vocaciones de ellos se impusieron como evidentes, legítimas e imperiosas. Sus compañeras permanecieron mudas. Danièle Rezvani, lo mismo que Dorine Gorz, amaban la discreción, la sombra, pero son demasiado a menudo las mujeres las que presentan ese rasgo de carácter para que podamos atribuirlo a la casualidad. Por otra parte, solo conocemos esas historias de amor porque sus protagonistas masculinos las han relatado: Serge Rezvani en una serie de libros soberbios (*Les années-lumière [Los años de la luz]*, *Les années Lula [Los años de Lula]*, *Mille aujourd'hui [Un millar de hoy]*, *Le testament amoureux [El testamento amoroso]*, *Le roman d'une maison*...), y André Gorz en *Carta a D.* Dorine Gorz, que era culta y carismática, sirvió a su marido de documentalista, de consejera, de interlocutora, de relectora.[34] Danièle Rezvani (muerta en 2004) fue una cómplice y una musa. Serge Rezvani me dijo recientemente que había conservado sus cuadernos y que pensaba publicarlos algún día. Como me maravillaron las pocas líneas que leí de ella, espero impaciente que hallen un día el camino de la publicación.

Para escapar a las trampas habituales del amor, más que volver a cuestionar el principio de una relación exclusiva, me parece que también se puede intentar cambiar las condiciones concretas en las que se desarrolla. Lo cual me lleva a enmendar un poco más el modelo de las dos parejas que acabo de mencionar. La decisión de retirarse a un lugar aislado me gusta por la confianza que expresa en la riqueza del lazo amoroso, pero, por mi parte, necesitaría de un lugar de vida lo bastante céntrico como para permitirme también ver a mis amigos y hacer nuevas amistades. Y sobre todo, no creo que la convivencia permanente forme parte todavía de mi ideal. La he amado mucho; adoro mis recuerdos de ese levantarme de la cama con un humor de perros (no soy de mañanas) y ver que mi compañero lograba hacerme reír con una broma oportunamente colocada, momentos en que nos abrazábamos mientras nos preparábamos un café o un té en la cocina antes de ir a trabajar. Cuando nos separamos, soñaba con un paisaje doméstico en el que todo lo que tuviera a la vista me perteneciera, un apartamento en el cual lo habría elegido yo todo; como si necesitara, tras una vida en común tan larga, reunirme conmigo misma, experimentar quién era yo sin él. Estoy muy satisfecha de haber realizado ese deseo, aunque a veces también siento nostalgia de las estanterías de la biblioteca donde nuestros libros, nuestras fotos y nuestros objetos fetiches se mezclaban, de las paredes donde convivían nuestros carteles y nuestras postales respectivas, de la fusión de nuestros dos universos, del ambiente único que desprendía nuestra casa. Me siento feliz de que eso haya existido. Duró lo bastante como para confundirse con la vida misma, de manera que, cuando me aventuro a ir a mi antiguo barrio, y más aún a mi antiguo apartamento, que él todavía ocupa, tengo la impresión de ser un alma que vuelve a vagar por los lugares donde transcurrió su existencia terrenal.

Quizá un día volveré a tener ganas de convivir. Pero, tal como veo las cosas actualmente, me parece preferible que cada uno tenga su espacio, ya se trate de dos viviendas separadas o al menos de dos habitaciones en la misma vivienda. Me gusta la idea de tener la soledad como estado primero, de mantener una retaguardia, de estar con el otro durante unas horas o durante unos días porque lo he elegido, porque lo deseamos ambos, y no porque da la casualidad de que también él vive aquí. Me gusta la idea de no sentir jamás que su presencia se me impone y no imponerle nunca la mía. «Te deseo unido a mi corazón, pero no deseo tenerte pegado al codo constantemente», le escribía Mary Wollstonecraft a su marido, el filósofo político William Godwin. Cada uno alquilaba un piso: «Se enviaban notas a través de mensajeros, quedaban para cenar o para charlar, como dos adolescentes —cuenta Cristina Nehring—. Sin embargo, lejos de convertir su relación en adolescente, esa distancia elegida los mantenía intensamente comprometidos el uno con el otro». El mismo modelo mantuvieron Frida Kahlo y Diego Rivera: «Durante la mayor parte de su matrimonio, vivieron en dos casas distintas —azul para Kahlo y rosa para Rivera— unidas por un puente y separadas por docenas de animales en jaulas, árboles frutales y parcelas de desierto».[35] La cronista británica Grace Dent explica que, según ella, la solución perfecta, la que permite «conservar el pastel y comértelo» es convivir cuatro días a la semana: «Ahí está toda la vida humana: la charla, las tareas domésticas, los despertares, el cepillado de dientes y la vida social compartida. Pero luego, durante tres días, está el silencio. Me encanta el silencio».[36]

«Dos seres que se aman forman uno solo: ¿cuál de ellos?»

En muchas parejas que conviven, cada uno se alegra de las ausencias del otro, porque ofrecen la ocasión para una orgía de libertad y de tranquilidad. Es un poco triste, y dice mucho de la falta devoradora de soledad que constituye su día a día. Me parece también que el hecho de tener un territorio personal materializa el espacio mental, interior, el lugar que le concedemos. Ello evita las guerras que pueden librarse de manera más o menos soterrada en las viviendas comunes para decidir, por ejemplo, quién ocupará el único despacho disponible. Ello puede impedir también esos arreglos venidos del fondo de nuestro inconsciente, esas maneras de interactuar espontáneas, viscerales, que instalan unos modos de funcionamiento, unos reflejos imposibles de desterrar posteriormente, y que son nocivos tanto para la pareja como para los individuos que la componen, por la atrofia de la identidad que provocan. Ello puede finalmente permitir no caer en la trampa que resume esta fórmula cruel de Nancy Huston: «Dos seres que se aman forman uno solo: ¿cuál de ellos?».[37] O esta observación de Rainer Maria Rilke: «Cuando dos personas renuncian a sí mismas con el fin de acercarse la una a la otra, ya no hay ningún suelo bajo sus pies, y su vida común es una caída continua».[38]

Me dirán que vivir separados es caro, y es verdad (también es menos ecológico). Pero a menudo esta objeción emana de gente que tendría los medios para mantener viviendas separadas, y lo que habla a través de ellos es el conformismo. Podrían decidir que una historia de amor no es un medio para ahorrar, sobre todo si no tienen el deseo profundo de cohabitar y si eso tiene que acabar dañando la relación. Y hablando en general, lo mínimo sería que nuestros ingresos, los de todos, estuvieran concebidos de manera que nos permitieran vivir de forma independiente. En *El fin del amor*, Eva Illouz dice que tiene actualmente la impresión de que están aumentando mucho «los lazos negativos», es decir, el rechazo o la incapacidad de establecer relaciones duraderas. Entre las señales que, según ella, lo atestiguan, cita el «fuerte aumento durante las dos últimas décadas de las unidades familiares compuestas por una sola persona».[39] Ahora bien, es un error asimilar cohabitación y compromiso, como hace la autora de manera implícita. Naturalmente, se puede querer y venerar a la persona con la que se convive, igual que se puede vivir solo o sola, y ser un o una psicópata fría como un témpano. Pero también se puede vivir solo o sola, y estar perdida y apasionadamente comprometido o comprometida con alguien, y se puede vivir en pareja por comodidad, por pereza, por conformismo, porque no se tienen los medios o el valor de cambiar de casa. Ser cautivo no es estar comprometido.

En 1975, el sociólogo americano Joseph Harris comparó el modo de vida de 247 hombres gais de la ciudad de Detroit, todos con una relación estable desde hacía al menos un año, con el de parejas heterosexuales. Mientras que estas últimas compartían casi todas una vivienda, este no era el caso más que de las tres cuartas partes de las parejas gais. La última cuarta parte consideraba que mantener domicilios separados permitía evitar las preguntas del entorno. El sociólogo no había observado diferencias en el grado de compromiso mutuo de esas parejas en comparación con las que cohabitaban. Esta solución, resume la periodista Julia Sklar, «no era obstáculo para la fortaleza de esas relaciones, y explicaba quizá incluso por qué lograban durar pese a la opresión social y a la presión financiera que implicaba pagar dos viviendas».[40] Aunque muchos de ellos sin duda habrían querido poder vivir juntos, a la luz del día, los gais y las lesbianas, como las parejas clandestinas de cualquier orientación sexual, han demostrado desde hace tiempo que un lazo amoroso no tiene que reflejarse forzosamente en la composición de un hogar.

«La única forma de preservar el amor en la condición extática que le hace merecedor de poseer una apelación específica —de lo contrario, este sentimiento es de deseo o de amistad—, la única forma, decía, de preservar el amor es mantener la distancia», insistía en 1907 la teórica anarquista Voltairine de Cleyre. Pensaba que «para que la vida pueda crecer, es necesario que los hombres y las mujeres se mantengan como personalidades separadas. La aflige oír un día a un sindicalista declararle que, si no estuviera casado, viviría «como un vagabundo y un borracho»; no comprendía cómo podía admitir sin vergüenza semejante incapacidad de cuidar de sí mismo, de alimentarse y vestirse. Le parecía esencial que cada uno velase por «ser una persona completa».[41] Me acordé de Voltairine de Cleyre en la primavera de 2020. Toda mi vida, e incluso después de haber vuelto a vivir sola, hace unos años, me las había arreglado para no cocinar nunca, alimentándome de picar entre comidas en un restaurante o de platos para llevar. Luego llegó el primer confinamiento de 2020, otra vez él. O me condenaba a dos meses de comida insípida, en un contexto en el que comer era uno de los pocos hilos susceptibles de atarte a la vida que no fueran las pantallas, o me decidía a intentarlo. Descubrí que era capaz de darme placer a mí misma con lo que cocinaba, una especie de autoerotismo gustativo. Mi excompañero me indicó páginas de recetas y me dio consejos. Al cabo de los días, empecé a enviarle fotos de cada nuevo plato que cocinaba y saboreé sus cumplidos con una fatuidad asumida. Si aún viviéramos juntos, me habría contentado con comer lo que él me preparaba. Y habría sido una lástima.

Queda la cuestión de los hijos. ¿Qué hacer con los que hemos tenido juntos si no deseamos cohabitar? Voltairine de Cleyre no es ninguna gran fan de la procreación («ya no estamos obligados a actuar a ciegas, a tratar continuamente de propagar la especie para proveer a la humanidad de cazadores, pescadores, pastores, agricultores y ganaderos»), y se adivina que le irrita un poco tener que resolver ese tipo de detalles. Ella estima que un niño puede criarse «igual de bien en un hogar, en dos hogares o en una comunidad». Cualquiera de estos ambientes le parece más beneficioso y más estimulante que el de la pareja. Finalmente, admite no tener «ninguna solución satisfactoria que ofrecer a las diferentes cuestiones que plantea la educación de los hijos»; pero, añade maliciosamente, «los partidarios del matrimonio están en el mismo caso que yo».[42] Tal vez habría que generalizar, para todos los padres que no quieren compartir domicilio, el sistema inventado tras su separación por los actores Romane Bohringer y Philippe Rebbot, que escenificaron en 2018 en la deliciosa película *Un acuerdo original*: dos apartamentos independientes que se comunican a través de la habitación de los niños...

En las parejas heterosexuales, el principio de las viviendas separadas es más interesante sobre todo para las mujeres. «Creo que el tema que se plantea a través de la pareja y la cohabitación es el del territorio —escribía Évelyne Le Garrec en 1979—. Tanto si la mujer se gana la vida como si no, tanto si estudia como si no, si accede o no a profesiones de prestigio, la regla, para ella, es siempre compartir un territorio, una desposesión total de los medios para existir por sí misma en el espacio.» Veía el hogar conyugal como un eslabón social problemático y obsoleto: «La cohabitación institucionalizada de una pareja en un mismo territorio debilita a la vez al individuo y a la colectividad. Al menos la colectividad entendida como una reunión voluntaria de individuos libres y autónomos, que la construyen y la dominan. Me parece que una humanidad adulta funcionaría en el doble modo de lo individual y de lo colectivo, con el uno reforzando al otro. La pareja aparece como un refugio cerrado contra el miedo de verse enfrentado al propio vacío y al vacío de una colectividad condicionante». Pero sabía que el tema era sensible. En febrero de 1978, el «Programa común de las mujeres» elaborado por Choisir la cause des femmes, la organización fundada por Gisèle Halimi, había suscitado una bronca a causa de una sola frase: «Si la finalidad que hay que perseguir es la supresión de la familia patriarcal, tal vez será necesario, para alcanzar este fin, suprimir la cohabitación de la pareja durante al menos una generación». Un editorial de *Le Monde* (12 de febrero de 1978) denunciaba: «El odio: he aquí lo que expresa cada página de ese singular programa común que se propone a las mujeres» (seguía el inevitable añadido «así-perjudicas-tu-causa», que tan bien conocen aún hoy todas las feministas: «Los autores *[sic]* de ese panfleto incendiario desacreditan más que sirven a la causa que pretenden defender», etcétera).[43]

La no cohabitación tiene la ventaja de resolver la cuestión del reparto de las tareas domésticas... suprimiéndola. «Cuando no compartes tu vivienda con un hombre —comenta la psicóloga Bella DePaulo—, no te sientes obligada a fregar los platos o a recoger sus calcetines. Evidentemente, también puedes no sentirte obligada a hacerlo si vives con él, pero es un poco más fácil resistir cuando el fregadero y los platos son *suyos*.»[44] Los domicilios separados cortocircuitan la pareja y la familia como dispositivos de explotación de la fuerza de trabajo de las mujeres. Aquí volveré solo brevemente sobre este tema, que ya he tratado en otro lugar.[45] Obligar a las mujeres a realizar el trabajo doméstico, muchas veces agotador, obedece a un orden tan arraigado que puede superar la voluntad individual de los protagonistas. Pero también ocurre a veces que los hombres encuentran muy naturales las ventajas que les procura la cohabitación, lo cual, ineluctablemente, siembra la duda: ¿esta explotación es una consecuencia fortuita de la vida en común, o es su razón de ser? En la cuenta de Instagram @taspensea (@setehaocurridoque), dedicada a la carga mental y gestionada por Coline Charpentier, una mujer cuenta que cuando, tras «quince años pasados corriendo sin parar para gestionarlo todo sola», habló de divorcio, su marido le contestó: «Tendré que buscar una asistenta».[46] Y en el estudio de la socióloga Marie-Carmen Garcia sobre las parejas ilegítimas, encontramos este pequeño hecho revelador: los hombres casados a los que entrevistó a principios de la década de 2010 (y no en los años 1950...) estimaban que sus amantes solteras llevaban una buena vida, que eran «libres», pues estaban dispensadas del servicio doméstico que a ellos les proporcionaban sus esposas.[47]

Asimismo, en una crónica titulada «J'en ai marre des mecs, mais marre, marre, marre...» [«Estoy harta de los tíos, harta, harta,

harta», France Inter, 11 de marzo de 2020], el médico y escritor Baptiste Beaulieu (que es gay y solidario con los combates feministas) habló de algunos comportamientos masculinos repugnantes observados en su consulta. Acusado por algunos de haberse inventado las situaciones que describía, publicó al día siguiente en su cuenta de Facebook relatos del mismo tipo recibidos a raíz de su crónica. Una oyente recordaba que, cuando era pequeña, su madre se había tenido que pasar tres semanas en el hospital: «Mi hermano y yo nos alimentamos de plátanos y espaguetis a palo seco durante tres semanas. Después, mi madre tuvo que volver a cocinar, aunque se suponía que debía permanecer todavía durante un tiempo en cama». Christelle Da Cruz, asistenta social en un hospital, decía haber perdido la cuenta de estos comentarios: «Es preciso que mi mujer salga del hospital, y enseguida. Estoy harto de tener que hacerme la comida y ocuparme de los recados y de la casa». Coline Charpentier señala haber recogido para @taspensea un centenar de testimonios de mujeres que «gestionan la casa cuando están hospitalizadas» y que «reciben SMS del tipo: "¿Cuándo vas a volver? ¿Qué comemos?" después de haber sufrido una operación».

La cultura popular se ocupa de no presentar las cosas de una forma tan cruda en la visión que da del matrimonio. La célebre comedia británica *Love Actually* (2003), por ejemplo, ofrece un caso paradigmático de romantización de la explotación doméstica a través de la historia de amor que se teje entre Jamie, un escritor londinense que se ha retirado a su casa del sur de Francia tras una ruptura, y Aurélia, su empleada doméstica portuguesa. Cuando ha regresado a su país, la noche de Navidad, Jamie tiene un arrebato, coge el avión para Marsella y se reúne con la joven en el café donde trabaja como camarera. En una gran escena teatral, mientras ella está subida a una escalera, él le pide matrimonio delante de los clientes del café y los miembros de su familia; entonces descubrimos que, mientras estaban separados, cada uno ha aprendido la lengua del otro. En adelante, con toda probabilidad, Aurélia proveerá a Jamie de los mismos servicios que antes —llevará la casa y le servirá el café mientras escribe—, pero ahora ya no tendrá necesidad de pagarle. Negarse a cohabitar permitiría saber si una es amada por sí misma o por los servicios que presta. También permitirá a ciertos hombres adquirir algunas competencias útiles y convertirse en «personas completas», por retomar la expresión de Voltairine de Cleyre (es inadmisible esa gente que se niega a aprender a cocinar...).

Se me objetará tal vez que el ideal que expongo aquí no es muy realista, pero si lo fuera ya no sería un ideal. Puede ser útil explorar nuestros deseos, concretarlos, cultivarlos, perfeccionarlos, seguir sus ramificaciones, con independencia de las posibilidades que tenemos de realizarlos, esperando poder acercarnos lo más posible a ellos. Como veremos ahora en detalle, el amor heterosexual es un camino lleno de trampas. Por eso, más vale dotarse de todos los márgenes de maniobra que se tengan a mano, empezando por no dejarse imponer unos esquemas prefabricados sobre la buena manera de vivirlo, o no dejar que conceptos mortíferos saboteen nuestros deseos —nobles y legítimos— de realizarnos plenamente y de compartir.

CAPÍTULO 1

¿«Hacerse pequeñita» para ser amada?

La inferioridad de las mujeres en nuestro ideal romántico

«Nicolas Sarkozy, un hombre apasionado. Francia, la política, Carla: el libro que hace furor.» En verano de 2019, la portada de *Paris Match* en la que figuraban Nicolas Sarkozy y Carla Bruni provocó una carcajada general. La antigua *top model* apoyaba la cabeza en el hombro de su marido, que aparecía como un coloso protector, cuando, como todo el mundo sabe, ella es más alta que él. En vista de las burlas, el semanario publicó una explicación hipócrita: no, la foto no había sido retocada. Simplemente, la pareja había posado en la escalera que conduce al jardín de su propiedad, y el expresidente estaba un peldaño más arriba que su esposa...[1] Aquí se combinan dos modelos de deseabilidad: por un lado, el del hombre al cual el poder convierte en irresistible, dispensándolo de cumplir con cualquier otro criterio de seducción masculina convencional; por otro, el de la mujer trofeo, que presenta las características que se esperan de una modelo, empezando por la altura.

En aquella ocasión, la periodista Pauline Thurier sacó a relucir las portadas anteriores de *Paris Match* donde figuraba la pareja. Todas las veces, Carla Bruni estaba situada en posición de inferioridad, en posturas que sugerían fragilidad o sumisión. La vimos sentada en el regazo de su marido como una niña, tumbada en un sofá con la cabeza sobre los muslos de su marido, acurrucada contra él al fondo de una góndola en Venecia, o caminando a su lado en una playa, pero... con la cabeza inclinada, como para quedar por debajo de una barra invisible definida por la estatura de él. Charlène, la esposa del príncipe Alberto II de Mónaco, fue tratada igual en las fotos de familia tras el nacimiento de sus gemelos, lo mismo que Diana Spencer cuando estaba casada con el príncipe Carlos en la década de 1980: en las fotos oficiales, Carlos siempre parece pasarle una cabeza, cuando en realidad medían lo mismo.[2]

Tragarse la píldora roja de *Matrix* es prestar oídos a la tesis de la feminista americana Catharine MacKinnon: «Lo masculino y lo femenino se crean mediante la erotización de la dominación y de la sumisión». Según ella, «la dominación y la sumisión son actitudes a partir de las cuales se constituye la diferencia de géneros», resume Manon Garcia, que la cita.[3] Usando esta clave de comprensión, vemos de repente cómo toda nuestra cultura amorosa se dedica a naturalizar, e incluso a celebrar, los signos de dominación en el hombre y de sumisión en la mujer, presentándolos como los secretos de una unión armónica. El discurso convencional según el cual la liberación creciente de las mujeres habría arruinado las relaciones amorosas implica, por otra parte, una confesión: nuestra organización sentimental se basa en la subordinación femenina. ¿No es asombroso que ese orden de cosas nos parezca tan natural, y que sea ponerlo en cuestión y no la situación de partida lo que contraría a mucha gente? Así, en 2010, el título de un artículo del *New York Times* resumía cándidamente el problema de nuestra época: «Keeping Romance Alive in the Age of Female Empowerment» [«Cómo preservar el romanticismo en una época de emancipación de las mujeres»]...[4] La inferioridad femenina está, como quien dice, encapsulada en nuestro imaginario amoroso. Empezando por una inferioridad literal, visible inmediatamente: en una pareja, el hombre debe ser más alto que la mujer. «La vida en pareja es menos frecuente entre los hombres de baja estatura —señala el sociólogo Nicolas Herpin—. Esta situación no es debida a su condición social. Si bien los obreros son de media más bajos que los ejecutivos, los efectos de la estatura a la hora de emparejarse es parecida en ambos ambientes sociales.»[5] Los hombres buscan esta diferencia, pero por lo visto las mujeres aún más.[6] Miriam, una joven que mide 1,82 metros, cuenta que un hombre con el que tenía una cita palideció cuando ella se puso de pie: «Nunca volvió a llamarme». Algunos de sus novios le pidieron que no llevase tacones, pero ella se negó: «Ahora, lo hago como una especie de protesta. No quiero empequeñecerme».[7]

La diferencia promedio de estatura entre hombres y mujeres (que es actualmente una realidad en todo el planeta), ¿obedece a una fatalidad biológica? En 2013, el comentario de Véronique Kleiner *Pourquoi les femmes sont-elles plus petites que les hommes? [¿Por qué las mujeres son más pequeñas que los hombres]*[8] popularizó una hipótesis de la antropóloga Priscille Touraille[9] que se inclina por la negativa. En todas las latitudes, en efecto, las mujeres están peor alimentadas que los hombres. Según la Organización de Naciones Unidas para la Alimentación y la Agricultura (FAO), sufren el doble de malnutrición que los hombres. Las niñas corren el doble de riesgo de morir y tienen más carencias de proteínas animales. Las mujeres preparan y sirven la comida, pero se conforman con las partes menos buenas y a menudo prescinden de la carne. Ahora bien, durante el embarazo y la lactancia, necesitarían un 30 % más de proteínas animales y cinco veces más hierro (también necesario para prevenir las anemias debidas a la menstruación) que los hombres. Una vez terminado el crecimiento, estos últimos, contrariamente a las ideas recibidas, necesitan sobre todo glúcidos...

La antropóloga Françoise Héritier contaba que, en su campo de investigación, en Burkina Faso, había tardado años en percatarse de que, cuando los bebés reclamaban el pecho, las madres se lo daban inmediatamente si eran niños, pero a las niñas les hacían esperar. Cuando preguntó por qué, le contestaron que los primeros tenían el cuerpo rojo y corrían el peligro de explotar de furor si no los alimentaban enseguida. En cuanto a las segundas, le dieron una respuesta de naturaleza sociológica, y ya no «fisiológica»: había que «enseñarles la frustración», porque, como mujeres, no obtendrían «nunca satisfacción en la vida». «Así creáis dos variedades humanas totalmente diferentes en cuanto a expectativas —comentaba Françoise Héritier—. Una que esperará la satisfacción inmediata de todas sus necesidades y todas sus pulsiones, y la otra que estará destinada a esperar la buena voluntad de otra persona. Es una domesticación extraordinaria, y eso pasa por la alimentación.»[10] La lógica es la misma en Europa o en Norteamérica, como han demostrado especialmente los trabajos de la filósofa americana Susan Bordo sobre la delgadez.[11]

A lo largo de la evolución, esa «carencia organizada» acaso haya podido terminar haciendo a las mujeres más bajas, puesto que detener el crecimiento es el medio que el organismo utiliza para resistir las privaciones. La hipótesis de Priscille Touraille provocó un ataque en toda regla en la prensa de derechas y por parte de los antifeministas, que dieron la palabra a unos científicos según los cuales no se sostiene. Interrogado por la periodista Peggy Sastre, el biólogo Michel Raymond recuerda esta otra explicación: «Los gorilas machos luchan, y los más altos tienen una ventaja, lo cual contribuye a explicar que su estatura sea mayor que la de las hembras. En el hombre, la violencia es inmemorial, como demuestra la arqueología, y la estatura no es independiente de la dominación social. Además, las mujeres prefieren a hombres más altos que ellas». Su colega Robert Trivers señala que «el dimorfismo sexual no empezó con nuestro linaje en la época paleolítica; los machos son más altos y más gordos que las hembras en todos nuestros primos más próximos, tanto en las dos especies de chimpancés, como en los gorilas y los orangutanes».[12] Sea como fuere, no vemos sin embargo por qué esa superioridad del hombre respecto a la mujer tendría que estar presente en *todas* las parejas.

«SI APRIETAS UN POCO, SE ROMPEN»

Si bien el mundo de la moda exige de las modelos que sean más altas que la media, muchos otros criterios de seducción y atributos femeninos denotan una forma de debilidad, de impedimento o de impotencia. La delgadez traduce la obligación de ocupar el menor espacio posible. Las faldas y los tacones altos dificultan el movimiento.[13] La juventud se considera más deseable porque se asocia a la ingenuidad y a la maleabilidad.[14] «El hombre es bello cuando es poderoso. La mujer es bella cuando es débil», resume Noémie Renard, que firmó en 2016 una serie de artículos demoledores sobre el tema.[15] En ellos demuestra la universalidad de ese ideal de impotencia, por diferentes que sean las formas que adopte. Por ejemplo, la alimentación forzada de las muchachas cuando se las prepara para el matrimonio, una costumbre que practican algunas poblaciones nómadas del oeste del Sáhara, permite inmovilizar a las mujeres y controlarlas mejor; viven enclaustradas y dependen enteramente de los hombres. En cuanto al vendado de los pies de las chinas, que se usó hasta principios del siglo XX, tenía como efecto, al dotarlas de una marcha precaria, el sugerir delicadeza y fragilidad. Noémie Renard cita a la universitaria Wang Ping: «Los hombres no pueden evitar sentir lástima por ellas y enamorarse. Todos estos elementos son indispensables para el erotismo chino y el encanto femenino».

La expresión de la debilidad también puede pasar por la voz. Algunas mujeres se sienten tentadas de adoptar una voz de «bebé sexi» cuando se dirigen a un hombre: «Los bebés no tienen poder social, económico ni sexual», insinúa la socióloga Anne Karpf, que explica esa tentación por la necesidad aprendida de «proteger el ego masculino». Dice haber observado que muchas mujeres «extremadamente brillantes» tienen enormes dificultades para utilizar la voz. La idea de emplearla con toda su fuerza las aterra. «Raras veces he encontrado a hombres que tengan el mismo problema.»[16] El imperativo de la sonrisa, símbolo de la abnegación, la disponibilidad y la empatía que se espera de las mujeres, contribuye también a alterar su voz, pues «acorta el conducto vocal», explica la lingüista Laélia Véron.[17] Y pobres de las que tienen un timbre considerado amenazador. La actriz Anna Mouglalis cuenta que, al terminar el conservatorio, un foniatra le sugirió una «pequeña intervención» —que ella rechazó— para hacer su voz menos grave.[18]

Femenino significa a menudo «constreñido, reducido, limitado en la expresión de sus capacidades». Así, a las mujeres se las alienta a hacer deporte para tener un cuerpo delgado y firme, pero deben procurar desarrollar solo unos músculos discretos, esbeltos, que no sugieran demasiada fuerza. «Entre las estrellas femeninas, están las bombas, las que son guapas y bien paridas. Pero también están las otras, las que abusan del deporte y sobre todo de la musculación», escribía por ejemplo la revista *Public* en 2013. Y mostraba las fotos de algunos de esos «monstruos»: Madonna, Gwen Stefani, Hilary Swank, o la que fuera *top model* Elle Macpherson, cuyos brazos apenas dibujados invitan sin embargo a concluir que solo lo endeble merece la aprobación de la implacable redactora. «Cuando miramos sus cuerpos, una cosa nos llama la atención: tienen los brazos de un Superman tipo Henry Cavill —el actor que interpreta al superhéroe en el cine— o un vientre demasiado musculado que da miedo. O sea, chicas, que si deseáis ser bellas y musculadas, haced abdominales y glúteos, corred, haced bicicleta, natación o pilates, pero sin exagerar. Hay que saber dosificarse. Hacer ejercicio tres veces por semana es lo máximo.»[19]

Se considera en general que, si el gusto dominante rechaza a las mujeres muy musculosas, es porque lo que se les pide ante todo es que ofrezcan un espectáculo agradable, y esos músculos no son estéticos. ¿Pero no es eso tomar el problema al revés, omitiendo preguntar por los criterios que determinan nuestros gustos? ¿No es más bien porque no se soporta la expresión de la fuerza en las mujeres por lo que estas no nos parecen bellas? «Quisiera que empezásemos a mirar políticamente nuestros gustos —decía en una entrevista el filósofo Paul B. Preciado—. Hay que desconfiar de que nuestros gustos y nuestros deseos sean algo natural. Los gustos se producen y se fabrican políticamente. Y, por supuesto, hay gustos que son hegemónicos. Cuanto más de acuerdo estás con el gusto hegemónico, más te aceptan los demás, más normalizado y controlado estás, y menos capaz eres de construir una estética de vida.»[20]

Más alta y gruesa que la media, la escritora Alice Zeniter sintió despecho, de niña, al descubrir los atributos de la mujer ideal en los autores clásicos: «Tobillos delicados», en Charles Baudelaire; «muñecas como cerillas» y «pantorrillas de médula de saúco» en André Breton... En *Nuestra Señora de París* de Victor Hugo, Esmeralda es delgada y frágil «como una avispa». Alice Zeniter comenta: «Yo no formaba parte de esas hermosas mujeres y aquellos textos me lo hacían saber. Una parte de mí misma estaba triste, terriblemente triste, al verse excluida del mercado de las tías buenas antes incluso de haber podido entrar en él, pero otra parte de mí ya empezaba a rugir y se repetía: "¡Mejor! ¡Estupendo!". No quería en absoluto ser de esas mujeres de saúco y de cerillas, claro que no, jamás, porque ¿qué se hace con esas muñecas tan finas y esos tobillos tan delicados? Pues lo que significa es que si aprietas un poco se rompen. Los hombres babean delante de unas mujeres tan frágiles como muñequitas de porcelana, y además no lo digo yo, sino Honoré de Balzac: "Esther poseía esa estatura media que permite convertir a una mujer en un juguete, cogerla y volver a dejarla"».[21]

Esta censura de la fuerza de las mujeres so pretextos estéticos se impone incluso a las deportistas profesionales, a pesar de la contradicción evidente que ello implica, ya que las obliga a no desarrollar todo su potencial. En 2015, mientras la jugadora de tenis Serena Williams sufría un diluvio de insultos sexistas y racistas a causa de su cuerpo, considerado demasiado poderoso, el entrenador de Agnieszka Radwańska explicaba en estos términos por qué la joven polaca no tenía un físico tan atlético: «Nuestra decisión es hacer que siga siendo la jugadora más menuda del *ranking*, porque es ante todo una mujer y quiere seguir siendo una mujer». En un mundo menos sexista, ¿no habría habido que despedir a ese hombre por incompetente? En cuanto a Maria Sharápova, en 2014, cuando era la atleta femenina mejor pagada del mundo, se sintió obligada a declarar: «No logro levantar pesos de más de dos kilos. Tengo la impresión de que sencillamente es inútil».[22]

En un texto titulado «The Strongest Woman in the World» [«La mujer más fuerte del mundo»], la escritora y activista feminista Gloria Steinem relató su sorpresa cuando, en 1985, con ocasión de un documental,[23] descubrió a la campeona australiana de *bodybuilding* Bev Francis. Esa «pionera amable, inteligente y valiente», que en aquel entonces era «más fuerte que Arnold Schwarzenegger», la obligó a enfrentarse a sus propios prejuicios. La película se había rodado en Las Vegas, donde se celebró una competición femenina de *bodybuilding* durante la cual la musculatura ultradesarrollada de Bev Francis perturbó sobremanera a los jueces. Se les ve mantener una discusión acalorada para «llegar a una definición clara de la palabra *feminidad*». Nada menos. «Lo que buscamos —suelta el que parece ser el presidente del jurado— es una mujer que presente cierta estética femenina y que al mismo tiempo tenga los músculos que demuestren que es una atleta.» Uno de sus jóvenes colegas se rebela: «Estoy en desacuerdo con la idea de que haya un límite más allá del cual las mujeres no pueden participar en este deporte. Cuando usted dice que deben ser atletas, pero no ser demasiado masculinas, ¿qué significa eso exactamente? Es como si la Federación Americana de Esquí pidiera a las esquiadoras que no superasen determinada velocidad. ¿Quiénes somos nosotros para decir quién se parece a una mujer y quién no?», a lo cual el otro contesta: «Queremos lo mejor para nuestro deporte y para nuestras chicas. Queremos emocionar al público, no enfriarlo. Nuestro papel es proteger a la mayoría de las concursantes y proteger nuestro deporte. Si la mayoría de las candidatas quisieran desarrollar ese tipo de musculatura grotesca *[sic]*, muy bien, pero no es el caso. Las mujeres son mujeres y los hombres son hombres; gracias, Dios mío, por esa diferencia». Bev Francis tuvo que conformarse con quedar octava...

Incluso entre las amigas de Gloria Steinem, la deportista de *bodybuilding* suscitaba reacciones contrastadas; unas se mostraban orgullosas y entusiastas, otras hostiles y asqueadas, y ello con independencia de su grado de compromiso feminista. «Antiguamente, el único sitio donde las mujeres podían hacer una demostración de fuerza eran los circos. Al menos, desde este punto de vista, hemos avanzado», le dice Bev Francis a Steinem cuando la conoce. Y cuenta lo siguiente: «Cuando era niña, quería llegar todo lo lejos que pudiera. Quería ser libre. Había un anuncio en la televisión australiana que yo odiaba, donde se veía a una mujer preparando la comida y el texto era el siguiente: "Dadle carne al hombre".[24] ¿Y había que conformarse con eso?». El novio de la joven, Steve, se entrenaba con ella. Steinem comentaba: «La mayoría de los hombres se mostrarían reticentes ante la idea de ser el amante de la mujer más fuerte del mundo, pero Steve aprecia en lo que vale su éxito en un terreno que también es el suyo, y está a todas luces orgulloso de ella. Como el campeón de lucha George Zaharias, que, una generación antes, se casó con la atleta olímpica Babe Didrikson y la defendió contra las burlas en una época en que sus hazañas le valieron ser acusada de no ser una "mujer de verdad"; Steve ha creado con Bev un mundo aparte donde se apoyan mutuamente».[25] En el mundo «normal», en efecto, no se espera que ningún hombre quiera a una mujer que cultiva sin complejos su fuerza física.

En este sentido, el tratamiento reservado al personaje de Brienne de Tarth en la última temporada de la serie *Juego de tronos* representa un paso al lado notable, sobre todo en una producción tan popular, vista por millones de espectadores. De una estatura y una anchura de espaldas impresionantes, metida en su armadura, con la cara pálida y los cabellos rubios muy cortos,

Brienne es una guerrera feroz y a la vez una muchachita romántica; al principio de la serie, la hemos descubierto enamoradísima del pretendiente al trono Renly Baratheon, al que servía y defendía con pasión. Su físico le vale toda clase de pullas; en su juventud, los chicos, para ridiculizarla, la apodaban Brienne la Belleza. Mientras velan las armas la noche antes de la batalla contra el ejército de los muertos, sus compañeros y ella están reunidos delante de la chimenea en el castillo de Winterfell. Entre ellos se encuentra Jaime Lannister, excomandante de la guardia real de una belleza arrogante, un personaje antiguamente odioso y maligno al cual las pruebas han transformado. Brienne ha desempeñado un papel decisivo en su evolución y ambos han tejido un lazo muy fuerte. Esa noche, a pesar de la tradición según la cual una mujer no puede ser armada caballero, la invita a arrodillarse, saca su espada y la arma caballero bajo los aplausos de sus compañeros de armas. Una vez ganada la batalla —gracias a la acción brillante de otra guerrera—, tras el banquete organizado para celebrar la victoria, se reunirá con ella en su habitación y harán el amor, que para ella será la primera vez. Así, la reconoce como una igual a la vez que le muestra su deseo, cuando, en general, esas dos actitudes se excluyen mutuamente (¿hay que precisar que es más alta que él?).

«Se ruega no brillar demasiado»

La inferioridad femenina no debe ser únicamente física, sino también profesional y económica. En un grupo terapéutico destinado a hombres condenados por violencias conyugales, cuando la moderadora pregunta a los participantes si les choca que las mujeres puedan acceder a los mismos oficios que los hombres, uno de ellos responde: «A mí no me choca, siempre que mi mujer no tenga un oficio mejor que el mío. Si no, ¡sería la guerra! No solo en términos de dinero, sino sobre todo en términos de estatus.

Imaginemos que yo soy basurero y ella directora de una sucursal bancaria. Pienso que habría peleas; ella me rebajaría demasiado. Y lo único que podría hacer es callar, es la realidad. Me vería como a un pobre desgraciado, y ella sería la jefa...». ¿Y si es al revés? «Es lo mismo —contesta al principio—. Si el hombre es director de banco y ella es mujer de la limpieza, en una pelea, él le dirá: "Recuerda que no eres más que una mujer de la limpieza". Siempre hay frases que hacen muchísimo daño.» «¿Los dos miembros de la pareja tienen que estar, pues, al mismo nivel?», le pregunta la moderadora. «Sí», responde él sin convicción, pero luego añade con una risa forzada (ya se veía venir): «O, a lo mejor, el hombre un poco más... No sé, no me gustaría que mi mujer llevase los pantalones». Cuenta que cuando, a los dieciocho años, lo hicieron director de almacén, su compañera lo «respetaba más» que cuando era un simple empleado.[26] ¿Cómo expresar mejor que la relación de pareja es vista como una relación jerárquica, como una relación de fuerzas?

Esta lógica vale para todas las clases sociales. Las revistas hablan periódicamente de esas mujeres que triunfan socialmente más y que ganan más dinero que su compañero, y se muestran comprensivas por la humillación que pueden sentir esos hombres —nadie imagina que una esposa pueda mostrar el mismo orgullo herido en la situación inversa, si bien es algo bastante generalizado—.[27] Las que cometen este crimen de lesa majestad tratan, por otra parte, de hacerse perdonar efectuando más tareas domésticas, y están más expuestas al divorcio.[28] El divorcio también amenaza a las actrices que ganan un Óscar, hasta el punto de que se habla de una «maldición de los Óscar»: «Los matrimonios de las actrices galardonadas tienen una duración de vida media de 4,3 años, mientras que los de las que pierden resisten 9,5 años».[29] Joan Crawford, Bette Davis, Halle Berry, Kate Winslet, Reese Witherspoon, Hilary Swank, Sandra Bullock: todas se separaron o se divorciaron al poco tiempo de haber sido premiadas. En Suecia, dos investigadores han constatado que, entre las candidatas a una elección municipal o legislativa, las que habían ganado se divorciaban después dos veces más que las que habían perdido. En cuanto a las mujeres nombradas para dirigir una empresa, se divorciaban mucho más que los hombres que habían obtenido el mismo tipo de ascenso. Políticas electas o dirigentes de empresa, todas veían disminuir sus oportunidades de encontrar pareja, lo cual hace poco probable la hipótesis de que la ruptura con su marido sea debida a una afluencia de nuevos pretendientes. Detalle interesante: las parejas que se rompen son sobre todo aquellas en las que la mujer es mucho más joven que el hombre y se ha ocupado más de los hijos. Las parejas que eran más igualitarias desde el principio resisten mejor, ya que en el momento en que la mujer asciende la desestabilización no es tan grande.[30]

Una amiga me confiesa que si la relación amorosa con el padre de sus hijos se ha consolidado, es en parte porque como este triunfaba espectacularmente en su profesión, no corría el peligro de tener envidia de los éxitos de ella. Otra, abandonada por un músico con el que acababa de iniciar una relación, me cuenta, al borde de las lágrimas, que cree que ha cometido un error fatal: no ha resistido la tentación de mostrarle la carta en la que le anunciaban el contrato, con una propuesta de salario, que había recibido de una institución prestigiosa y que le inspiraba un orgullo legítimo. No es seguro que eso haya desempeñado un papel en la decisión de ese hombre de preferir a otra, pero el simple hecho de que ella pueda sospecharlo y por tanto lamentar su impulso es revelador. Ella se pregunta si, para ser amada, no debería disimular sus éxitos y hacerse pasar por menos brillante de lo que es; si no debería, como Carla Bruni en las fotos, agachar la cabeza para no superar determinada estatura, pero en este caso de manera simbólica. Y no es paranoia por su parte: según un estudio americano de 2006, a los hombres en general no les gusta salir con mujeres más inteligentes o más ambiciosas que ellos.[31]

Por su parte, bell hooks se alegraba de haber encontrado a un hombre que comprendía y aprobaba sus aspiraciones intelectuales y que la apoyó durante sus estudios. Pero ese apoyo se lo retiró el día en que ella obtuvo el doctorado y le ofrecieron un puesto en una de las mejores universidades de Estados Unidos. «Mis ambiciones le parecieron bien mientras no eran más que eso: ambiciones.» Decepcionada y escandalizada, tuvo entonces la impresión de que se cumplían todas las profecías siniestras —«a los hombres no les gustan las mujeres inteligentes»— que le habían repetido durante su infancia. A lo largo del tiempo, oyó y leyó muchas historias parecidas, como la de Ai Ja Lee. Esta acupuntora y herborista excepcionalmente brillante, una china de origen coreano, se había casado con un compañero de la carrera de Farmacia. Cuando, al llegar a Nueva York, ella aprobó a la primera el examen de Farmacia y él no, el chico pidió el divorcio. «Se fue llevándose los muebles y el coche —contaba Lee—. Me quedaban tres dólares y tenía tres bebés que alimentar. Me daba tanta vergüenza que me abandonaran así... Pensé en el suicidio.»

Quienes viven este tipo de experiencias, señala bell hooks, tienden a acusarse a sí mismas más que al sexismo de su compañero. También observa que, muchas veces y de forma perniciosa, el entorno de las mujeres muy implicadas en su trabajo parece presuponer que el amor tiene poca o nula importancia en su vida: «La gente no puede aceptar que estemos enamoradas y que a la vez nos apasione nuestro trabajo. Son incapaces de ver que esas dos pasiones se refuerzan mutuamente, y tratan de negar nuestro derecho al amor». El espíritu crítico y avispado de las intelectuales en particular se interpreta «como dureza y como falta de empatía», escribe. Esa negación es tanto más injusta cuanto que estas mujeres tienen una gran necesidad de amor: «Las mujeres poderosas de todas las razas y de todas las clases sociales están siempre muy expuestas. Dependen del apoyo de aquellos a los que aman para poder sobrevivir a los ataques violentos que sufren. Deberían poder hablar sin vergüenza de sus aspiraciones a tener un compañero amoroso, un círculo de allegados que las apoyen».[32]

En su novela *Nobelle*, Sophie Fontanel imagina la historia de una escritora, Annette Comte, que en el momento de recibir el Premio Nobel de Literatura se acuerda del verano de cuando tenía seis años. Vivía con sus padres en Saint-Paul-de-Vence y se había enamorado de un niño de su edad, Magnus, con quien había hecho toda clase de travesuras durante las vacaciones. La niña al final le enseñó los poemas que escribía. Pero Magnus se apresuró a regalárselos a otra niña, la «encantadora» Magalie, para seducirla. Cuando lo descubrió, Annette quedó devastada. Una escena la muestra, poco después del incidente, mirándose al espejo y comparándose con Magalie; duda de sí misma por primera vez. La traición de Magnus la arranca de la inocencia de la infancia, ese reino donde uno puede esperar existir y amar fuera de los roles de género y las limitaciones que estos imponen. De pronto, se evalúa a sí misma según el criterio estrecho de su conformidad con los cánones de belleza, dando al traste con la embriaguez que le proporcionaba su virtuosismo literario. «Un pensamiento me dejó helada: el bebé era yo. Magnus y Magalie ya eran personas mayores, ella vestida a la última moda, él capaz de cálculos atroces. Y yo era la niña ingenua, ni siquiera encantadora.»

Para intentar consolarla, sus padres le hacen la siguiente pregunta: «Si pudieras elegir, ¿en qué lugar te gustaría estar? ¿En el de Magalie, que recibe poemas de un mentiroso? ¿En el de Magnus, que no sabe escribir un poema? ¿O en el de Annette, a quien un dios le ha concedido un don?». Tiene que admitir que prefiere el lugar de Annette, el suyo. Y, unas décadas más tarde, concluye así su discurso ante la Academia Sueca: «Todos los grandes poderes tienen un precio».[33] Pero un varón que escribe no se encuentra nunca con el mismo tipo de dilema. Si paga un precio por el don que ha recibido, no es el precio del amor. Para él, talento y seducción son acumulativos; solo para las mujeres pueden excluirse el uno al otro, como Annette aprendió precozmente (Sophie Fontanel no oculta haber traspuesto a la infancia una decepción amorosa que acababa de vivir).

Por tomar prestado el vocabulario de Eva Illouz, la experiencia real de mi amiga con su músico, igual que la experiencia ficticia de Annette Comte con su Magnus, puede resumirse en estos términos: su «posición social» ha arruinado su «posición sexual». Illouz se dedica a identificar las líneas de fuerza que dan ventaja a los hombres en el terreno amoroso. El valor de las mujeres, constata, sigue definido en función de su conformidad con unos criterios estéticos muy concretos, por una parte, y en función de su juventud, por otra. Inversamente, la seducción de los hombres se ejerce principalmente a través de su estatus social, con independencia de su edad. Esto les da una triple ventaja: «Primero, su poder sexual no se agota tan deprisa como el de las mujeres y aumenta con el tiempo. [...] Además, tienen acceso a un muestrario más importante de potenciales parejas, porque pueden acceder a la vez a mujeres de su edad y a mujeres mucho más jóvenes. Y por último, su poder sexual no es distinto ni opuesto a su poder social, y ambos se refuerzan mutuamente. En las mujeres, en cambio, la posición sexual y la posición social pueden entrar en conflicto mucho más fácilmente».[34]

«Erotizad la igualdad»

Sin embargo, esas leyes no son absolutas. Además, creyendo que lo son correríamos el riesgo de convertirlas en profecías autocumplidas, hacer más rígidas las posiciones, negar la plasticidad de la vida y del amor. La serie americana *La maravillosa señora Maisel*, que se desarrolla a finales de la década de 1950, lo ilustra muy bien (si pensáis verla, saltaos este párrafo y el siguiente, ya sé que mis libros están llenos de *spoilers*, lo siento). Miriam Maisel, alias Midge, una joven mimada de la burguesía judía neoyorquina, madre de dos niños de corta edad, está casada con Joel, que trabaja en una gran empresa, pero que sueña con triunfar como monologuista. Aunque ella se esfuerza por ser una esposa, una amante y un ama de casa perfecta, y apoya a su marido en la persecución de su sueño, también es una mujer brillante e ingeniosa, y parece que Joel se siente superado. Muy pronto, la abandona por su secretaria, presentada como espectacularmente estúpida. «No soy ingenua, ya sé que los hombres prefieren a las mujeres tontas —suspira Midge, devastada—. Pero yo creía que Joel era diferente. Creía que le gustaba la espontaneidad, la inteligencia, que quería que lo estimularan.» Entonces, cuando cree que su vida se ha ido a pique, es cuando descubre, casi por accidente, su propia vocación para los monólogos. Empieza a actuar en cabarets a escondidas de sus allegados. Su marido, que se cansa pronto de su amante, no tarda en volver a ella. Se preparan para anunciar su reconciliación a las familias respectivas cuando, por casualidad, él la ve actuar. Se derrumba. No solo ella triunfa donde él ha fracasado («es buena», repite sollozando), sino que no soporta la idea de que ella pueda hablar públicamente de su vida con él: «No puedo ser un chiste», dice. Vuelve a romper con ella y le destroza el corazón por segunda vez.

A continuación, sin embargo, esos dos personajes sufren una evolución apasionante. Midge se realiza como artista y aprende la independencia. Ella, que nunca había trabajado, entra como vendedora en un gran almacén a la espera de que su carrera despegue. Joel, por su parte, admite por fin que no está dotado para hacer monólogos. Abandona su empleo y, mientras reflexiona sobre lo que de veras le gustaría hacer, ayuda a su padre a dirigir su fábrica de confección. Tras haber sido insoportable como marido, se revela como un ex muy aceptable. Pasada la primera impresión, está orgulloso de Midge. La admira, y esa generosidad lo hace infinitamente más seductor que el tipo caprichoso, infantil y egocéntrico que era al final de su matrimonio. Cosa increíble para su entorno, se queda con los niños cuando ella se va de gira. En definitiva, le paga una pequeña parte de la inmensa deuda que los hombres han acumulado con las mujeres cuando se trata de apoyar al otro y de ayudarlo a realizarse. Al salirse de los roles en los cuales se habían metido de forma natural al casarse, y que habían resultado ser tan debilitantes para el uno como para la otra, ambos se convierten en individuos mucho más interesantes de lo que eran como esposos; y su historia, al escapar del control social y familiar, también se vuelve mucho más interesante. Recuperan su complicidad de jóvenes enamorados. A la vez que tienen aventuras cada uno por su lado, vuelven a acostarse de vez en cuando. Una mañana, en Las Vegas, donde Midge actúa y donde Joel se ha reunido con ella para pasar unos días juntos, descubren que la víspera por la tarde, completamente borrachos, se han vuelto a casar, precisamente cuando acababan de conseguir el divorcio... Así, su relación también se vuelve cada vez más sexi.

Mientras escribo, tengo a la vista una credencial que reproduce un eslogan famoso de Gloria Steinem: «*Eroticize equality*» («Erotizad la igualdad»).[35] Difícilmente se puede expresar mejor. La mayor parte del tiempo, nuestras representaciones siguen siendo muy convencionales. Todavía hoy son los varones, y no precisamente los más progresistas, quienes controlan la definición de lo que es una mujer seductora, recuerda Eva Illouz: «El consumo de imágenes de cuerpos sexuales y atractivos se ha desarrollado a lo largo del siglo XX, aumentando la facturación de multitud de industrias culturales que exhiben a mujeres, pero que mayoritariamente pertenecen y son gestionadas por hombres».[36] Esta es por cierto una de las enseñanzas del caso Weinstein: durante décadas, un hombre que consideraba a las mujeres como carne —y que, con toda probabilidad, no era el único en ese ambiente— ejerció, como productor de primera fila en Hollywood, un poder inmenso sobre nuestros imaginarios.

Pero el mundo del espectáculo no solo se muestra conservador en las imágenes y en las ficciones que produce: también lo es, lógicamente, en sus costumbres, puestas en escena en el universo del famoseo. Por tanto, cuando uno de sus miembros demuestra alguna audacia, eso se convierte en acontecimiento. Lo prueba la emoción que despertó el actor Keanu Reeves en noviembre de 2019, cuando efectuó su primera salida oficial con su nueva pareja, la artista Alexandra Grant. La elegida tenía la edad canónica de cuarenta y seis años, es decir, «solo» nueve años menos que Reeves, y además no se teñía el pelo. Las comentaristas de la prensa americana estuvieron a punto de conceder una medalla al valor masculino a la estrella de *Matrix*. *¡Una artista con el pelo blanco!* ¿Por qué misterio cósmico había podido preferirla a una modelo de veinticinco años descubierta en la portada del especial «trajes de baño» de *Sports Illustrated*? Reproduciendo un artículo que contaba cómo, en 1993, Reeves se negó a obedecer a Francis Ford Coppola cuando este le pidió que insultase a Winona Ryder para hacerla llorar en el rodaje de *Drácula*, sellando así una amistad eterna entre los dos actores,[37] Titiou Lecoq formulaba una hipótesis que se impone espontáneamente: «¿Es este hombre la encarnación de la perfección? ¿Ha bajado a la Tierra este hombre para enseñar a los varones en general una nueva vía en la masculinidad?».[38]

Siempre es agradable y emocionante ver a una pareja o a un hombre salirse de la fila. En Francia, lo comprobamos cuando el escritor Yann Moix hizo que se hablara de él al declarar tranquilamente en *Marie Claire* (en febrero de 2019) que, a los cincuenta años, era incapaz de amar a una mujer de cincuenta años. El actor Vincent Lindon reaccionó entonces diciendo: «Yo adoro a las mujeres de mi edad. [...] Encuentro que no hay nada más bonito que ver a una mujer o a un hombre que acepta mostrar las marcas del tiempo. Encuentro que es emocionante, que hay un olor, que hay algo sentimental, nostálgico y melancólico. Y yo siento un deseo enorme de nostalgia y de aceptación de las cosas».[39] Teniendo en cuenta el sexismo que se exhibe en otras partes sin complejos, este tipo de declaraciones son siempre bienvenidas. Pero hay que admitir de todas formas que resulta problemático encontrarse ensalzando a un hombre simplemente porque se digna a amar a una mujer por el conjunto de lo que es —es decir, porque se digna a amar como las mujeres aman a los hombres desde siempre—. Es problemático encontrarse discutiendo en la televisión para determinar si las mujeres de cincuenta años son follables o no, cuando nadie concibe el mismo tipo de debates a propósito de los hombres de esa edad —nadie se pregunta si Yann Moix o Vincent Lindon no están demasiado ajaditos ya como para que alguien los desee—. Además, la relativa escasez de esos caballeros andantes les confiere paradójicamente un poder mayor aún, y de este modo encadena todavía más a las mujeres a la mirada y a la buena voluntad de los varones. Los sociólogos Jean Duncombe y Dennis Marsden lo señalaban en 1993: si una mujer tropieza con un hombre que está realmente dispuesto a vivir una relación igualitaria, «estará siempre estructuralmente subordinada por su estatus de mirlo blanco, ya que los dos saben que él podría "encontrar algo mejor" en términos patriarcales».[40] Solo un cambio de mentalidad global podría realmente restablecer el equilibrio.

Una mujer heterosexual que no se autocensure en nada, que no se pliegue a esas pequeñas o grandes alteraciones de sí misma que exige la feminidad tradicional, se arriesga pues a poner en peligro su vida amorosa, a menos que encuentre un hombre que no tema que se burlen de él o lo ridiculicen. Según los criterios patriarcales, el que elige como compañera a una igual, renunciando así a una parte de la dominación que tiene derecho a ejercer, será en efecto considerado masoquista, o visto como un excéntrico, o como un traidor, o las tres cosas a la vez. Se coloca en una posición infamante, pues es la que generalmente está reservada a las mujeres. Amar a un hombre que se realiza plenamente confiere prestigio a una mujer; amar a una mujer que se realiza plenamente se considera amenazante para un hombre. La seducción masculina se define por el exceso; la seducción femenina, por la carencia.

Las consecuencias de ser un fantasma

Pero entonces, las que corresponden a los criterios de la seducción femenina generalmente admitidos, las que no contravienen las leyes implícitas de esa dominación tranquila y generalizada,

¿tienen acaso una vida amorosa más fácil? No necesariamente, pensamos al leer los diarios íntimos que publicó la actriz y cantante Jane Birkin.[41] Hija de la actriz Judy Campbell, madre de la fotógrafa Kate Barry (fallecida en 2013), así como de las actrices y cantantes Charlotte Gainsbourg y Lou Doillon, Birkin pertenece a una de las grandes familias de la aristocracia del mundo del espectáculo. Se convirtió en un mito por su belleza, su estilo y por la pareja que formó con Serge Gainsbourg. Y sin embargo, al leer sus cuadernos, nos percatamos de hasta qué punto ocupó siempre una posición frágil frente a sus compañeros sucesivos. Los dos primeros, John Barry y luego Serge Gainsbourg, ambos netamente mayores que ella, debían su seducción a su talento y a su estatus de creadores, que les conferían posición social y poder —poder sobre ella y poder en general—. Por su parte, ella seducía esencialmente por su belleza, indisociable de su juventud. Barry se casa con ella cuando Jane es una actriz principiante de dieciocho años. Él tiene treinta y uno, y ya es el compositor mundialmente conocido de la música de *James Bond*. Gainsbourg, por su parte, tiene veintiún años más que ella cuando se conocen, en 1968, y ya es un compositor y un cantante famoso.

Son ciertamente dos hombres muy diferentes. Barry, un personaje odioso, no le hace caso, vuelve borracho por las noches, se niega a hablarle y le grita porque sus sollozos le impiden dormir. De Gainsbourg, con quien vivirá doce años, traza un retrato complejo: el de un hombre tiránico, maniaco, machista, pero cariñoso, capaz de ternura y de complicidad. «Ahora sé lo que tiene de mágico Serge: sus defectos —escribe en 1981, cuando ya lo ha abandonado—. Es egoísta, celoso, con un carácter dominante, pero es divertido; profundamente amable y original hasta en las tonterías más estúpidas que comete. No hay nadie como él. Su cara de chiquillo feo, su borrachez incontrolable, su enorme encanto. El más humano, el más perspicaz, el más abierto, el más sentimental.» Sin embargo, ante él, ella solo existe como musa y como intérprete. Se integra en su universo, se pone a su servicio.

«Anoche me dijo que yo bebía únicamente porque él me permitía beber, que vivía únicamente porque él me dejaba vivir —escribe Birkin en 1974—. Soy su muñeca con mis cualidades de muñeca, pero completamente reproducibles con un material mejor que el mío.» Cuando está a punto de abandonarlo por Jacques Doillon, Serge le suelta: «Sin mí serías incapaz de trabajar o de ser popular. Yo te he fabricado. ¡Él te convertirá en una desconocida!». Y ella anota también: «No hay muchos hombres que se interesen por la inteligencia de las mujeres. Serge no se interesa por la inteligencia de nadie, aparte de la suya, pero al menos lo dice». Ella sufre, sin embargo, por su falta de reconocimiento. Tras la ruptura, cuando siguen muy unidos el uno al otro y el deseo no ha desaparecido, ella expresa en estos términos sus ganas de estar cerca de él: «Si hay algo que desearía es no ser ya atractiva para Serge, pero sí considerada, amada como confidente. La sexualidad no te hace ser considerada, al contrario, te hace ser un objeto como todos los demás, no su igual. Yo quiero ser un hombre para él».

Se supone que su belleza la coloca en una posición de fuerza frente a los hombres, pero esto no le proporciona ninguna seguridad afectiva. «Jamás he creído tener una oportunidad con nadie si había una chica muy guapa y muy sexi a mi lado», declara. Y también: «Observo mis manos, bastante feas, que escriben esta página sin interés. Sé que soy infinitamente olvidable». Puede asombrarnos leer esto cuando, en las fotos que la muestran en la época en que escribía estas líneas, es guapísima. Pero sería olvidar que, en un mundo que se esfuerza en minar la confianza de las mujeres en sí mismas, estas raras veces gozan de su belleza. Incluso cuando la conocen intelectualmente, raras veces están en contacto con ella. Birkin se siente rodeada de rivales en potencia. Si aceptó cantar con Gainsbourg el sulfuroso *Je t'aime (moi non plus)* no es porque le pareciera «particularmente bonito», dice, sino «porque la idea de que él pudiera estar encerrado en una cabina de grabación pequeñísima con una bomba como Mireille Darc era una posibilidad aterradora». Sobre todo, padece la ley, omnipresente en la sociedad entera, y más aún en su ambiente, según la cual su valor depende de su juventud. Y la juventud, por definición, es algo que pasa; algo que siempre está pasando. «Siempre la impresión de ser un vejestorio, con todas esas criaturas jóvenes y bonitas que flotan a mi alrededor, frescas y con un pecho opulento», escribe en 1979, con treinta y tres años.

Su siguiente compañero, Jacques Doillon, no es mucho mayor que ella (dos años) y es mucho menos famoso, pero también él se impone en la relación de pareja. Se conocieron cuando él la dirigió en una de sus películas. Ella ya no podía más con el alcoholismo y el egocentrismo de Gainsbourg. Por fin, tiene la impresión de que un hombre la encuentra interesante. Pero, muy pronto, Doillon pierde interés por trabajar con ella, lo cual la hiere y la decepciona terriblemente. «Nunca habla de ello, como si además fuera algo violento, y me ve como si ya tuviera cincuenta años.» Durante una entrevista «que parte el corazón», le preguntan: «¿Jacques Doillon ya no hace películas con usted? ¿Le gustan las chicas más jóvenes?». Ella se fuerza a contestar: «Tiene razón, son más interesantes de descubrir». La contrata como asistente para rodar *La chica de quince años*, una película en la que él también es actor: «Besaba veinte veces seguidas a Judith Godrèche [de diecisiete años] y me preguntaba "qué toma era la mejor". ¡Una auténtica agonía!». A finales de 1992 se produce la ruptura: «Había unas actrices tan jóvenes, tan guapas, por más que una ya sospeche, esa vez tuvieron que contármelo con pelos y señales... Jacques entonces me lo dijo a la cara... El suelo se hundió... Le dije que se fuera...».

Más tarde, hasta la década de 2010, Doillon tendrá otras relaciones (e hijos) con mujeres mucho más jóvenes que él. Birkin, por su parte, conoce en 1995 al escritor Olivier Rolin, el cual se cree que fue su último amor. Como ella tiene un año más que él, le miente sobre su edad; pero cuando él ve su pasaporte, «no tiene más remedio que confesar». Con él también se siente demasiado vieja: «Ojalá tuviera diez años menos, para él sería mejor, lo sé...».

Sigue estando obsesionada por la competencia de las mujeres más jóvenes. Así, cuando Rolin da una conferencia a la cual ella asiste, escribe: «A veces se ponía las gafas para mirar la sala, estoy jodida, esa chica jovencísima, con su expresión intensa de juventud, lo devorará con la mirada, ha venido para eso, su peinado recatado, sus ojos almendrados, le recordarán a *x*, los pechos pequeños, en fin, ese capítulo de *La invención del mundo* —una novela de Rolin— que me hace sentir vergüenza de mi propio cuerpo».

Resumiendo: una mujer que existe ante todo por su personalidad, con su universo, sus proyectos, sus opiniones, sus éxitos, corre el riesgo de asustar a algunos hombres. Pero una mujer que corresponde a las fantasías masculinas, que existe amorosa y socialmente ante todo por su belleza, corre el riesgo de ser zarandeada por el deseo de los hombres, con la inseguridad permanente y devoradora que eso implica. Corre el riego de no encontrar una posición lo bastante sólida para desarrollar su autoestima y el sentimiento de su propia identidad. Cuando aparecen las primeras desilusiones de la vida con Doillon, Birkin habla de esa incertidumbre en cuanto a su identidad: «¿Al final me ha conocido a mí o a una actriz? Yo ni siquiera me conozco, me engaño muy bien».

«Una mujercita de piel amarilla»

La dominación se refuerza más cuando una mujer no solo es joven y bella, sino que también tiene unos orígenes «exóticos», lo cual suscita unos fantasmas arraigados en el imaginario colonial. La que sucedió a Jane Birkin en la vida de Serge Gainsbourg fue Caroline von Paulus, una modelo de apenas veinte años (él tenía cincuenta y dos), de origen vietnamita y chino por parte de madre. Él la apoda Bambou (yo ignoraba su verdadero nombre —como mucha gente, supongo— antes de escribir estas líneas). En su diario, Birkin le expresa su agradecimiento de una forma que puede dar que pensar: «Ha impedido que Serge se arruinara, se hundiera, le ha dado un hijo, una nueva familia, era joven, guapa, y toleraba su forma de hablarle». Además de darle ese apodo, Gainsbourg le hará grabar en 1989 un álbum titulado *Made in China*. El álbum (que fue un fracaso comercial) contenía una versión de «Nuits de Chine», que el cantante Marc Lavoine volvió a grabar a dúo con Bambou en 2007. En 2016, Lavoine, de cincuenta y cuatro años, se enamorará de la escritora de origen vietnamita Line Papin, de veintiún años, con la que se casará en 2020. Le rendirá homenaje en una canción titulada «Ma Papou», en la cual la califica de «muñeca medio indochina» que ha «enderezado la torre de Pisa» *[sic]*.

No sé nada de la pareja formada por Line Papin y Marc Lavoine, y no tengo intención ahora de meterme a averiguarlo. Pero es difícil no reaccionar a las imágenes y a las palabras inspiradas por su historia y puestas en circulación en nuestro universo cultural, porque están fuertemente connotadas. Indochina fue hasta 1954 el territorio colonial francés que comprendía Vietnam, Laos y Camboya. En cuanto a la palabra *muñeca*, empleada a propósito de las mujeres asiáticas, tiene una larga historia. Se repite sin cesar en la novela autobiográfica de la que beben las fantasías occidentales en lo que a ellas se refiere: *Madama Crisantemo*, del escritor Pierre Loti, publicada en 1888, un éxito enorme que fue traducida en toda Europa y que inspiró a Giacomo Puccini en 1904 su ópera *Madama Butterfly*. Un oficial de marina francés, que desembarca en Nagasaki para pasar allí unas semanas, contrae para lo que dure su estancia, como hacen algunos compañeros suyos, un matrimonio temporal con una joven japonesa. Ya en el barco, confía su proyecto a su amigo Yves: «Yo en cuanto llegue me caso [...]. Sí... Con una mujercita de piel amarilla, cabellos negros, ojos de gato. La elegiré bonita. No será más alta que una muñeca».[42]

Nada más desembarcar, sale en busca de una novia. Al ver a una bailarina muy joven en la primera casa de té a la que lo llevan, se pregunta: «¿Y si me casase con ella sin buscar más? La respetaría como a un niño que me hubieran confiado; la tomaría por lo que es, un juguete exótico y encantador. ¡Qué pequeño hogar tan divertido formaría! Realmente, si lo que quiero es casarme con un bibelot, difícilmente encontraré nada mejor...». Hay otra que también le llama la atención, pero reacciona demasiado tarde: «Es una desgracia irreparable: ayer se la llevó un oficial ruso». Luego oye hablar de una «señorita muy linda, de unos quince años. Probablemente la podría tener por dieciocho o veinte piastras al mes». Al cabo de tres días, se la llevan. «¡Ah, pero si ya la conocía! Mucho antes de venir a Japón, la había visto en todos los abanicos y al fondo de todas las tazas de té.» Sin embargo, la encuentra «demasiado blanca». El alcahuete intenta tranquilizarlo: «Es la pintura que le han puesto, señor. Debajo, le aseguro que es amarilla...». Pero Loti no está convencido y la rechaza. Por fin encuentra una que le gusta y deciden celebrar la ceremonia. «Entramos; ella está en el centro del círculo, sentada; le han puesto unas flores en el pelo. Realmente, su mirada tiene una expresión... Esta casi parece que piense...»

Sin embargo, esa unión lo decepciona. Madama Crisantemo lo exaspera. Demasiado a menudo le parece que tiene un aire triste: «¿Qué puede estar pasando por esa cabecita? Lo que sé de su lenguaje todavía es poco para descubrirlo. Por otra parte, lo más probable es que no le pase nada. Y aunque así fuera, me sería igual... La he tomado para distraerme, y me gustaría verle una de esas caritas insignificantes y despreocupadas, como tienen las demás». Observándola mientras duerme, lamenta que no pueda estar permanentemente dormida: «Es muy decorativa presentada de esta forma, y además, así, al menos no me aburre». Un día, durante un paseo solitario, entrevé a una joven que le parece más seductora que la suya. Pero enseguida se controla: «No habría habido que detenerse demasiado y dejarse atrapar; hubiera sido otra trampa. Muñeca como las otras, evidentemente, muñeca de estantería y nada más». Por la tarde, todos los oficiales se pasean juntos con sus esposas japonesas, van de compras, se detienen para tomar sorbetes: «Hablando de ellas, decimos: "Nuestros perritos sabios"». Una de las mujeres del grupo le recuerda a Loti «una mona vestida de seda» que veía en su infancia en el «teatro de los animales sabios».

No vive su relación con Madama Crisantemo como un encuentro con una persona, sino como una experiencia ofrecida al viajero: el matrimonio temporal con una japonesa es una cosa «divertida», pintoresca, que hay que haber experimentado. Frente a él, su esposa no existe como individuo, sino como una encarnación aleatoria de una fantasía, como representante de un modelo genérico que preexistía en su cabeza y que ella sirve para validar. Como a todas esas muñecas, es sobre todo el vestido lo que la hace interesante: «Una japonesa, sin su vestido largo y sin el cinturón con su estuche almidonado, no es más que un ser minúsculo y amarillo, de piernas torcidas y con unos pechos flacos y piriformes [en forma de pera]; ya no tiene nada de su pequeño encanto artificial, que ha desaparecido completamente al desaparecer su atuendo». Madama Crisantemo es un elemento del decorado, simplemente un poco más animado que los otros, y no una protagonista de los momentos que pasan juntos. Por otra parte, él ya lo enuncia de entrada, al introducir su novela: «Aunque el papel más largo sea en apariencia el de Madama Crisantemo, está claro que los tres personajes principales somos yo, el Japón y el efecto que ese país me ha causado».

La joven no es más que un pretexto, un soporte para sus ensueños y sus pensamientos. Edward W. Said formulaba la misma constatación en *Orientalismo*, a propósito del encuentro de Gustave Flaubert con la «cortesana» egipcia Kuchuk Hanem[43] durante su «viaje a Oriente» en 1850. El escritor francés contaba que, tras acostarse con ella, había estado despierto hasta la mañana: «Pasé la noche envuelto en unas ensoñaciones de una intensidad infinita. Para eso me había quedado. Contemplando dormir a aquella hermosa criatura, que roncaba con la cabeza apoyada en mi brazo, pensaba en mis noches de burdel en París, un montón de viejos recuerdos... y en ella, en su danza, en su voz que cantaba unas canciones sin significación ni palabras que yo pudiera distinguir».[44] La mujer oriental, comenta Said, es para él «un tema y una ocasión de ensoñaciones».[45] Cuando está dormida es cuando parece vivir sus mejores momentos con ella, como Pierre Loti con Madama Crisantemo. Kuchuk Hanem también es reducida a un objeto, a una autómata: «La mujer oriental es una máquina, nada más; no hace ninguna diferencia entre un hombre y otro hombre», afirma Flaubert.[46]

Madama Crisantemo y Kuchuk Hanem también son buscadas como encarnaciones de un universo, como si el marido o el cliente creyesen que, al poseerlas, también pudieran poseer el país del cual son emanación, aprehenderlo más completamente. Loti describe, por cierto, su llegada en barco a Nagasaki como una penetración: «Y entrábamos ahora en una especie de pasillo umbrío, entre dos filas de altísimas montañas, que se sucedían con una extraña simetría [...]. Era como si aquel Japón se abriese ante nosotros, como en un desgarro encantado, para dejarnos penetrar en su mismísimo corazón». Y Said destaca estas palabras prestadas por Flaubert, en *La tentación de san Antonio*, a la reina de Saba, un personaje para el cual Kuchuk Hanem fue una inspiración (ejecuta como ella la «danza de la abeja», una especie de estriptis): «No soy una mujer, soy un mundo». Louis Malleret, especialista en literatura colonial, escribía en 1934: «El sentimiento del prestigio de la raza blanca hace que el europeo no considere el amor como una de las formas de la dominación. La posesión forma parte del ejercicio de la autoridad».[47]

De Pierre Loti a Marlon Brando

La apropiación sexual de los cuerpos femeninos que acompañó la expansión occidental por la superficie del planeta forjó unos modelos relacionales y unos reflejos de dominación duraderos. El hábito de tomar una «pequeña esposa» apareció en cuanto se establecieron las factorías de los europeos en África y en Asia en el siglo XVII, por ejemplo, por parte de los ingleses en la India y de los franceses en Senegal, como señalan Elisa Camiscioli y Christelle Taraud. Esas concubinas, «triplemente sometidas como mujeres, como pobres y como "indígenas"», prestan un servicio a la vez doméstico, sexual y conyugal. La política de colonización total llevada a cabo en el siglo XIX, que implica la llegada de mujeres blancas a los países conquistados, no las hará desaparecer nunca por completo. En el Congo Belga, la institución del «ama de casa» se justifica por un «derecho al coito» para los colonos blancos, así como por el deseo de «restablecer una relación entre hombre y mujer "natural", que en Europa ha sido destruida por el progreso de los derechos de las mujeres» (¡ya...!). A ese dispositivo se añaden, en todo el mundo colonial, la prostitución en sentido estricto, y en particular los burdeles militares de campaña (BMC), así como las violaciones. En el sur de Estados Unidos, «el 60 % de las mujeres esclavas de quince a treinta años corrían el riesgo de que se les impusiera una relación íntima con un "amo blanco"».[48]

La esclavitud y la colonización han representado las formas más bárbaras de la dominación europea, pero en *Madama Crisantemo* vemos al narrador de Pierre Loti comportarse en todas partes como en país conquistado (Japón no fue colonizado, pero fue forzado por las armas a abrirse al comercio occidental). Un día, porque la policía de Nagasaki se preocupa por la regularización de su matrimonio con su esposa japonesa, se jacta de haber ido a montar un escándalo en comisaría y de haber insultado a todos los hombres allí presentes. Describe con deleite el susto de estos últimos, en un país donde la cortesía es un valor esencial. Además de ejercer un despotismo directo y concreto, participa con un celo extraordinario en la producción masiva de representaciones y fantasías degradantes acerca de todos los pueblos no blancos que acompaña la parcelación europea del planeta. Esa empresa en que las imágenes y los discursos sacan su autoridad los unos de los otros, reforzándose mutuamente, duró varios siglos y tuvo millones de participantes, célebres o anónimos. Víctimas aún hoy de los estereotipos que puso en circulación, las mujeres racializadas de prácticamente todos los orígenes tienen razones —todavía más que los hombres, que tampoco se libraron— de odiar a Pierre Loti: ese gran viajero transitó por los imaginarios al menos tanto como por los océanos. *Aziyadé* (1879) y *Fantasma de Oriente* (1892) cuentan una historia de amor entre un oficial de marina y una joven turca encerrada en un harén; *Rarahu: el matrimonio de Loti* (1878), una relación con una tahitiana de quince años; *Les trois dames de la Kasbah [Las tres damas de la qasbah]* (1884), la historia de tres prostitutas de Argel...

El caso de la *vahiné*, mito forjado a partir de la palabra tahitiana que designa a la «mujer», demuestra de qué manera un cliché de ideal femenino sometido puede perpetuarse a través de los siglos gracias al testigo que se pasan las diversas figuras masculinas influyentes. El investigador Serge Tcherkézoff cuenta cómo nació la leyenda de un pueblo indolente, hedonista y un poco arisco. Cuando la expedición del inglés Samuel Wallis desembarca en Tahití, en 1767, los habitantes de la isla, curiosos, suben a bordo de los barcos. Los ingleses, asustados, quieren echarlos con los sables y los mosquetes. Los isleños saltan entonces al agua, pero luego vuelven «más numerosos y armados. Wallis ordena disparar los cañones, muchos tahitianos mueren». Desde entonces, los habitantes se muestran «pacíficos». «Regalan» objetos de valor y ofrecen encuentros sexuales con las muchachas. Los ingleses se marcharán «encantados». Al desembarcar, a su vez, en 1768, Louis-Antoine de Bougainville y su tripulación, que ignoran el episodio de los cañonazos ingleses del año anterior, reciben la misma acogida y se maravillan de la «hospitalidad» de ese pueblo. En su *Viaje alrededor del mundo*, publicado en 1771 e inmediatamente traducido al inglés, Bougainville dedica muchas páginas a hablar de Tahití, ese Edén «donde todavía reina la franqueza de la edad de oro», donde las mujeres son «como Eva antes de su pecado». El libro es decisivo para los imaginarios europeos. Qué importa que hoy sepamos que las jóvenes tahitianas «fueron puestas a la fuerza en brazos de los hombres europeos y no pudieron contener sus lágrimas»:[49] el mito de la *vahiné* será ya indestructible.

Se renovará en 1878 con la publicación de *Rarahu: el matrimonio de Loti*. Las fantasías suscitadas por esa lectura «pesaron mucho en la decisión de Paul Gauguin, que partió en 1891 hacia Tahití, en busca de un lugar de vida paradisíaca y nuevas fuentes de inspiración», escribe el geógrafo Jean-François Staszak.[50] En 2017, todavía, Édouard Deluc podía realizar su película *Gauguin: viaje a Tahití*, con Vincent Cassel en el papel del pintor, perpetuando sin ninguna perspectiva esa imagen de los tahitianos como buenos salvajes con los que se mezcla el gran artista solitario, incomprendido en su país. No mencionaba la edad de la «pequeña esposa» de Gauguin, Tehura, de trece años, haciendo que la interpretase la actriz Tuheï Adams, de diecisiete. La sífilis que padecía el pintor y que extendió por toda la isla se convierte púdicamente en diabetes. «El artista, presentado como un marginal que no quiere tener nada que ver con los colonos franceses de la isla, se comporta de hecho absolutamente igual que ellos en lo que se refiere a sus relaciones amorosas y sexuales», apuntaba el periodista Léo Pajon cuando se estrenó la película.[51]

Esta fascinación perdurará en el siglo XX, de forma notoria en el caso de Marlon Brando. El actor americano descubre Tahití durante el rodaje de *Rebelión a bordo*, en 1960. Entonces conoce a Tarita Teriipaia, una joven bailarina contratada allí para actuar en la película. Le tira los tejos, pero ella no está interesada. Entonces, la persigue con obstinación, llegando a introducirse en su casa, donde intenta violarla. Ella acaba sin embargo enamorándose de él y convirtiéndose en su compañera. Según el actor, como según Gauguin, Tahití es un paraíso originario donde reinan la pureza y la inocencia, y Tarita Teriipaia encarna todo eso para él. Ella quisiera hacer una carrera como actriz, pero él se lo prohíbe. La joven resume así el discurso que Brando elabora para ella: «El cine no está hecho para los tahitianos. Los tahitianos son felices en Tahití, lejos del cine y de Hollywood, esa ciudad espantosa donde nada es verdad, donde nada es bello. [...] El cine está bien para los americanos, gentes totalmente desnaturalizadas que masacraron a los indios de América» (más tarde, también le escribirá: «No me gusta la idea de que frecuentes a esa gente que tratará de hacerte el amor»). Ordena a la Metro-Goldwyn-Mayer que rompa su contrato con ella. Quiere que ella le dé hijos, que los críe y que se ocupe de su propiedad en la isla, adonde irá a visitarlos de vez en cuando. Como al principio ella no tiene ningunas ganas, un amigo común se encarga de presionarla: «Hay que hacerle un hijo tahitiano a Marlon, Tarita, es él quien te lo pide y no puedes negarte» (nótese que quiere un hijo tahitiano, no simplemente un hijo). También en el caso de Brando la apropiación femenina y la apropiación territorial van de la mano: en 1966, adquiere el atolón de Tetiaroa. Se comporta con Tarita Teriipaia exactamente como uno de esos americanos imperialistas y opresores que pretende aborrecer. Cuando nace su hija, la llaman Tarita también: cuando decide, un tiempo más tarde, rebautizarla con el nombre de Cheyenne en señal de solidaridad con los combates de los amerindios, lo anuncia públicamente sin haber consultado y ni siquiera informado a la madre. Su historia, puntuada por erupciones de violencia, se terminará bastante pronto (Cheyenne, que era el segundo vástago de la pareja, ya había sido concebida por inseminación artificial), pero se las arreglará para sabotear todas sus relaciones amorosas ulteriores. Ella debe seguir siendo de su propiedad.[52]

La relación con las mujeres nacida de la colonización y de la esclavitud perdura hoy con una vitalidad impresionante. Las mujeres negras que hablan de su vida y del racismo que sufren en el documental de Amandine Gay *Ouvrir la voix [Abrir la voz]* (2014) describen exactamente los mismos mecanismos. Sharone observa: «Tú eres una especie de experiencia. Para algunos blancos, o incluso [para hombres] de otras culturas, hay todo un mito acerca de la mujer negra que hay que probar, acerca de su sexualidad...».

Zina destaca su impresión de haber sido una «cosa» para sus compañeros de cama blancos. Resume con amargura la manera en que consideraban su relación: «"Ya he comido serpiente", "Ya he salido con una negra"». Maboula Soumahoro describe su sensación de no ser vista como un individuo, sino de encarnar para ciertos hombres un país, y hasta un continente entero: «A menudo son "enamorados de África": "He vivido mucho tiempo en Costa de Marfil"...». Marie-Julie Chalu constata que «se animaliza» el cuerpo de las mujeres negras, que se cosifica y considera como algo de lo que uno puede «apropiarse». No se «transforma en precioso», dice: «No te vuelves preciosa en tu feminidad, ni en tu humanidad, simplemente». Eso siembra la duda sobre las motivaciones de sus compañeros: «Cuando salía con hombres blancos, me preguntaba: "¿Sale conmigo para eso?". No puedes vivir tu historia sin pensar en esas cosas, y esto perjudica tu desarrollo íntimo y sexual como mujer».

Todas se quedan con la sensación angustiante de ser intercambiables, de verse privadas de su identidad personal. «Hay tíos que dicen: "A mí me encantan las *blacks*" —suspira Annie—. ¡Los *mecs à blacks*!* La palabra misma ya es insoportable. Y es tan absurdo como decir: "¡A mí me encantan los pelirrojos!".» Audrey declara, a propósito de un antiguo novio: «Me di cuenta de que esa persona no salía con Audrey: salía con una mujer negra, que representaba un montón de fantasías». «Siempre proyectan sobre ti cosas de las que no eres consciente», insiste Sabine Pakora. «En ningún momento se encuentran realmente con lo que eres tú.» Todas dicen que proyectan en ellas una sexualidad animal, relegándolas a una alteridad radical. «He tenido que soportar comentarios del tipo: "Tú debes de ser una auténtica salvaje en la cama", solo porque era negra, cuando tenía quince o dieciséis años y era virgen —cuenta Laura—. Nunca he oído frases así dirigidas a mis compañeras blancas: "¡Vosotras, las mujeres blancas, debéis de

* Juego de palabras con *mecs à claques*, o tíos de bofetada. *[N. de la T.]*

tener algo...!". No: ellas solo son unas adolescentes que descubren su sexualidad.» Algunas refieren preguntas que les han hecho sobre su manera de tener relaciones sexuales o sobre hipotéticas especificidades de su anatomía, como si no tuvieran «en absoluto el mismo cuerpo que las mujeres blancas». La periodista Rokhaya Diallo, por su parte, recuerda haber crecido con las imágenes de la modelo jamaicana Grace Jones, fotografiada en la década de 1980 por su compañero Jean-Paul Goude, que la hizo posar por ejemplo a cuatro patas en una jaula con el letrero *«Do not feed the animal»* («No dar de comer al animal»).[53]

La «doble feminización» de las mujeres asiáticas

Rokhaya Diallo y Grace Ly conversaron sobre la fetichización amorosa y sexual en un episodio de su pódcast *Kiffe ta race* e invitaron, para hablar con ellas, a la escritora Faïza Guène. Las tres estuvieron de acuerdo en que había una diferencia entre las formas de fetichización que sufrían respectivamente: las mujeres negras o árabes suscitan en algunos hombres blancos fantasías sexuales, pero son menos fácilmente consideradas como compañeras de vida, como unas compañeras que ellos estén dispuestos a «asumir socialmente». «Es una mujer que podrás presumir de haber "domado", pero cuando se trata de fundar una familia, de presentársela a tus padres, de tener unos hijos negros, de repente todo se complica —explicaba Rokhaya Diallo—. Y esta ambivalencia coloca a las mujeres negras en la posición de ser las mujeres menos deseadas para las relaciones a largo plazo.» Por el contrario, las mujeres asiáticas, al pertenecer a una minoría considerada «modélica» —manera de insinuar que con las otras hay un problema—, no solo se supone que son sensuales, sino también trabajadoras y sumisas. «Son deseadas, no solo porque son "unas cositas estrechas" —una leyenda sostiene que tienen la vagina más angosta—, sino también porque se supone que son buenas madres —analizaba Grace Ly—. Por eso la relación matrimonial puede considerarse de una manera seria. Se las asigna al hogar, a un papel puramente maternal.» En una entrevista de 2021, ella lo resumía así: «Las mujeres negras serían unas bestias del sexo, y nosotras, las asiáticas, seríamos mucho más flexibles. ¡El Cirque du Soleil! Eres contorsionista en la cama, haces masajes, y luego cocinas...».[54]

Sumisión sexual y diligencia doméstica: esos prejuicios se explican por la herencia de las «pequeñas esposas», pero también por unos acontecimientos históricos ulteriores. La cronista Franchesca Ramsey recuerda que, en el siglo XX, el 85 % de los soldados americanos destacados en Japón tras la Segunda Guerra Mundial, o que participaron en las guerras de Corea o del Vietnam, decían haber frecuentado a prostitutas en esos países, de manera que «la primera visión de las mujeres asiáticas que tuvieron tres generaciones de hombres americanos fue la de objetos sexuales sumisos».[55] Para ellos se crearon «zonas de reposo y esparcimiento» en Filipinas, Japón, Tailandia, Malasia y también en Singapur. A esa historia se añade el impacto del turismo sexual en la región, que es una herencia de los burdeles militares americanos.[56] Ello tiene como consecuencia que, en el mundo entero, muchas mujeres asiáticas vivan la experiencia de ser consideradas de entrada como prostitutas. Grace Ly recuerda un día en que estaba en un bar con un amigo: «Un tipo llegó y le preguntó, con esa mirada de compinche de vestuario, cuánto había pagado para estar conmigo».[57] En cuanto a la imagen de ama de casa y educadora ejemplar, se reforzó gracias a la política de exportación de mano de obra femenina impulsada en Filipinas en los años setenta del siglo XX, bajo la presidencia de Ferdinand Marcos: de media, cien mil mujeres jóvenes, formadas en escuelas especializadas, se exilian cada año para trabajar como empleadas domésticas en Estados Unidos, Canadá, Oriente Próximo, Hong Kong... «Lo llevan en los genes —afirmaba un expatriado belga en Hong Kong para explicar el celo de su empleada—. Las filipinas, por su cultura, son todas abnegadas. ¡Adoran a los niños!»[58] El estereotipo más reciente de la «madre tigresa» china, que se supone que da a sus hijos una educación estricta y ultracompetitiva, en contraste con la supuesta laxitud de las occidentales, ha venido a reforzar esa imagen de las mujeres asiáticas como esposas y madres ideales.

Así, constata la filósofa Robin Zheng, «la supuesta superioridad sexual de las mujeres asiáticas acaba haciéndolas inferiores como seres humanos; se ven reducidas a no tener valor más que como objetos domésticos o sexuales». Zheng subraya —y eso vale para las mujeres de todas las minorías— el enorme coste psíquico de la fetichización, el perjuicio considerable que representa en sus vidas. «Aún no soy capaz de descubrir exactamente lo que implica, estoy empezando a estudiarlo —me escribe mi amiga J., nacida en un país del Sudeste Asiático y adoptada en Francia por una pareja blanca—. Pero creo que desequilibra un poco, y obliga a intentar comprender, a relativizar y a reírse de ello para que sea aceptable, para que sea soportable. Seguro que eso me ha vuelto un poco paranoica y sistemáticamente suspicaz, cuando no despiadada, con todos los fans de Japón, los apasionados de Asia, los enamorados de la espiritualidad budista y otras modas, como la ceremonia del té, los mangas, las *geishas*, los amantes de las películas de Oshima, los incondicionales de Tanizaki, me han hecho desconfiar de todos los occidentales instalados en Asia, a los que atribuyo un exotismo y unas fantasías determinadas y a los que paso por el escáner de mis heridas. Es como los hombres que buscan a mujeres que encajen perfectamente en el cuadro de sus vidas, con su trabajo, su sofá y su mesita baja, con una loable abertura a la alteridad: tener una amiga o una novia "asiática" es señal de caridad, de buen rollo, de experiencia del mundo. Pero a menudo ha dado la impresión de ser un simple accesorio, el toque que queda bien, un *statement* familiar, mundano o político, según los casos.» Las fantasías que se proyectan en ellas obligan en efecto a esas mujeres a estar siempre en guardia, a preguntarse por las motivaciones de quienes se interesan por ellas, o incluso por las de sus compañeros y cónyuges. Esas fantasías las exponen a ser siempre hipersexualizadas, cosificadas, fundidas en una masa indistinta —cuando el amor debería ser precisamente lo contrario: la distinción, la singularización absoluta—, pero también acosadas o violentadas a causa de los estereotipos que se asocian con su apariencia.[59] La violinista americana Mia Matsumiya, por ejemplo, ha creado una cuenta en Instagram con un nombre elocuente, @perv_magnet [@imán_para perversos], en la cual ha difundido ciertos mensajes que recibía: acoso sexual, amenazas de violación, amenazas de muerte...

Robin Zheng observa que los estereotipos implican atribuir inconscientemente un género a los grupos que se singularizan: «Los asiáticos —mujeres y hombres—, como grupo racializado, se estereotipan como femeninos, a causa de su "esencia" supuestamente reservada, dulce, sumisa, lo cual genera una "doble feminización" de las mujeres asiáticas. Al contrario, los negros, como grupo racializado, se estereotipan como "masculinos" a causa de su "esencia" supuestamente agresiva».[60] Esta lógica perjudica a las mujeres negras —a las que masculiniza—, pero también a los hombres asiáticos —a los que desviriliza—, las dos categorías más impopulares en las páginas de contactos. Las mujeres asiáticas formaban en 2014 la categoría más buscada en OKCupid,[61] y hay páginas especializadas que ofrecen a hombres generalmente blancos la mujer asiática de sus sueños. «Parecen disponer de un *stock* infinito. ¡Todas son guapas!», se maravilla un americano que está buscando una esposa china, mientras contempla un desfile de fotos en la pantalla de su ordenador.[62] Esa feminidad superlativa atribuida a las mujeres asiáticas implica que se las ve como el cúmulo de todos los signos de inferioridad que he enumerado al principio de este capítulo: baja estatura, poca corpulencia (dos rasgos que sintetiza la palabra *muñeca*), juventud, rango social, profesional y económico subalterno. Marion Bottero, que ha entrevistado a occidentales que viven en Tailandia con mujeres del país, observa que las describen como «bajitas», «menudas», «discretas», «recatadas», «reservadas», «coquetas» y «ligeras» (esta «consideración del peso» se cita con frecuencia, dice Bottero). Aprecian que sus compañeras, además de ser a menudo mucho más jóvenes que ellos, no representan la edad que tienen. Fomentan en ellas incluso un comportamiento infantil. Patcharine y Lucien, por ejemplo, se llevan treinta años. Durante su primera entrevista con la investigadora, Lucien sienta a su esposa en sus rodillas: «Vamos, ¡háblale a la señora! Ahora te hará unas preguntas... ¡Vamos, venga, no seas tímida!». Por último, esos hombres, aventajados económica y socialmente por su estatus de occidentales expatriados, gozan en la pareja de una posición dominante indiscutida: «Ellas no entran en competencia con nosotros», «Se mantienen en su sitio», dicen esos hombres.[63]

Cuando estás enamorado de alguien, es muy normal que te guste su cultura o su cultura de origen, tanto si esa afición preexiste al encuentro como si se deriva de él. El problema surge cuando la fantasía suprime a la persona y cuando implica —conscientemente o no— la espera de cierto tipo de comportamiento. Muchas mujeres racializadas dicen haber aprendido a desconfiar de los hombres que solo han estado en pareja con mujeres del mismo origen que ellas, y a huir como de la peste de los que las abordan reivindicando sin rodeos esa «afición». Al respecto, hay que mencionar de nuevo a Yann Moix que, en la entrevista de *Marie Claire* donde declaraba su repulsión por las mujeres de cincuenta años, también empezaba diciendo que él salía «únicamente con asiáticas»: «Sobre todo coreanas, chinas y japonesas. No presumo de ello. Mucha gente sería incapaz de confesárselo porque es racialismo. Tal vez sea triste y reductor para las mujeres con las que salgo, pero el género asiático es lo bastante rico, amplio e infinito para que no me dé vergüenza». La exhumación de una entrevista de Vincent Cassel en la revista *Closer*, en 2011, también causó cierto revuelo. El actor hablaba de su periodo *jungle fever [sic]*: «Solo me atraían las mujeres mestizas o negras. Luego me especialicé en las muchachas asiáticas, y después en las pequeñas moritas parisinas. Me di cuenta de que cuando eres específico, no te interesa la gente».[64] A pesar de este *mea culpa*, el uso por parte de Cassel —casado desde 2018 con la joven modelo negra Tina Kunakey— en Instagram, en febrero de 2020, del *hashtag* #negrophile4life [#negrófilo para siempre] acompañado de una peineta volvió a atizar las hostilidades.[65]

Plantear la cuestión de la fetichización amorosa y sexual suscita en general vivas protestas, y te expone a ser acusado de quererte erigir en «policía de las parejas». Las inclinaciones personales, sobre todo en este campo, al parecer no se discuten. Sería, pues, pura casualidad que las «inclinaciones personales» de millones de hombres que fantasean sobre mujeres asiáticas coincidieran... Lo más verosímil sin embargo es que nuestros gustos, una vez más, sean tributarios de los prejuicios y las representaciones que circulan en nuestra sociedad y que necesariamente nos impregnan. La autora Dalia Gebrial afirma que el amor, «representado como un reino apolítico y trascendente de los afectos, en el cual uno cae a su pesar, está en realidad profundamente politizado y ligado a las violencias estructurales más amplias a las que sobre todo el conjunto de las mujeres racializadas tienen que enfrentarse».[66]

Robin Zheng se encarga de desmontar lo que ella llama el «MPA», *mere preferences argument* o «argumento de la simple preferencia». Refuta en particular la idea de que preferir a las mujeres asiáticas, negras o árabes equivaldría a preferir a las rubias o las morenas. Es obvio que el color de piel y los rasgos de una persona no dicen más de ella que el color de sus cabellos o de sus ojos; de ahí que sea absurdo proclamar que a uno le «encantan las negras» como lo sería decir que le «encantan los pelirrojos». No obstante, aun sin ser consciente de ello, uno puede proyectar en los orígenes de una persona unas cualidades que no proyecta en un simple color de ojos o de cabellos. Y así se actualizan unos estereotipos que no salen de la nada. «Las rubias y las morenas no tienen tras de sí una larga historia de colonización, de esclavitud, de persecuciones y de exclusión a causa de su fenotipo —argumenta la filósofa—. Asimismo, el color de los ojos o de los cabellos no implica discriminaciones en todas las dimensiones de la existencia —sociales, económicas y políticas—, inclusive en materia de salud, educación, empleo, relaciones amorosas, protecciones legales, etcétera.»[67] Y Grace Ly declaraba: «Es inútil intentar la defensa habitual de "yo prefiero las rubias, no es ningún crimen". Si me tiño de rubio, ¿cambia eso la categoría de las páginas porno donde nos encasillan?».[68]

De acuerdo, dirán algunos, pero de todas formas no se pueden cambiar las preferencias amorosas y sexuales. ¿Seguro? Tomar conciencia de que no son tan personales e íntimas como uno creía también es comprender que no son inamovibles, y eso puede dar ganas de hacer que se conviertan poco a poco en las nuestras de verdad. Todo el mundo puede experimentarlo: el gusto evoluciona, al menos en cierta medida. Es algo que se trabaja. No se adapta estricta e inmediatamente a nuestra trayectoria intelectual o a nuestras opiniones, pero sí que mantiene cierta relación con ellas. No se trata de forzar nada (sería nefasto), pero al menos puede ser interesante reflexionar sobre las razones profundas de lo que nos atrae o, al contrario, de nuestros prejuicios, de nuestros rechazos y de nuestras indiferencias.

«Ella no habla»

Lo propio de una *muñeca* también es no hablar, o hacerlo solo para decir aquello para lo cual la han programado. Con mujeres pertenecientes a minorías, parece que muchos hombres blancos tratan de realizar el sueño de una compañera silenciosa. Desean una compañera que encaje exactamente, sin desbordar, en los contornos de su fantasía, y cuya subjetividad no irrumpa nunca en su relación. Recordemos la contrariedad de Pierre Loti cuando la cara de Madama Crisantemo traslucía tristeza. Quieren una mujer desprovista de opinión, de sentimientos y de deseos propios, y cuyo ser entero esté orientado al servicio del bienestar masculino. Quieren una mezcla de robot doméstico y de muñeca hinchable con forma humana. Aunque les cueste admitirlo, pues se aferran a la idea de que son realmente amados, los occidentales entrevistados por la antropóloga Marion Bottero obtienen esto gracias a su poder económico. Sus compañeras tailandesas los «miman», dicen. Hacen afirmaciones como «no es exigente»; «mientras tenga qué comer, ya está contenta»; «no me jode con preguntas metafísicas». Confirmando que *feminidad* se emplea efectivamente como sinónimo de *sumisión*, Morten, un danés de Bangkok, declara: «Estoy harto de la masculinización de las mujeres occidentales. En Asia, todavía no ha llegado la liberación de la mujer, y por lo tanto no ha arruinado las relaciones entre hombres y mujeres. En Tailandia, hay una relación más sexista *[sic]* entre los hombres y las mujeres, y por lo tanto más natural».[69]

Este deseo no se refiere solo a las mujeres asiáticas. Para su documental radiofónico *Heureuse comme une Arabe en France [Feliz como una árabe en Francia]*, Adila Bennedjaï-Zou fue a visitar a Alexandre Dupouy, que le mostró su colección de fotografías sexuales de la época colonial. La conversación entre los dos es fascinante. El coleccionista se ve confrontado con una representante del «tipo» que despierta sus fantasías, pero esta vez ella lo aborda en un plano de igualdad y le impone un punto de vista y una palabra que compiten con la suya. Su incomodidad y su mala conciencia son palpables. Cuando ella le pregunta tranquilamente «cuál es el erotismo particular de la mujer oriental», él le contesta: «Es totalmente una fantasía de occidental. Es un refinamiento, una sumisión total, un bienestar extraordinario, en la arena, en los países calientes, todo va bien, siempre al sol... Un poco como la mujer asiática, por lo que se refiere al carácter sumiso... No habla —no habla la lengua, bueno, no habla nuestra lengua, por consiguiente, no puede haber intercambio—. La sumisión total. Y luego está la fantasía: el sultán con su harén, todas esas chicas con velo, ocultas, que se desnudan para él. En la mente de un hombre joven occidental esto es mágico». En la mente de «un hombre joven occidental», claro está, y no en la suya...

En su colección personal, sus fotos de mujeres magrebíes y africanas desnudas están clasificadas en un corpus que él ha denominado «Los paraísos perdidos». Lo justifica con una pirueta: «Es un guiño, porque las cosas hay que clasificarlas, y cuando uno ve a esos jóvenes socarrones, con una sonrisa de oreja a oreja, en medio de esas mujeres desnudas [...], hay una sensación, quizá, de paraíso, una sensación de algo perdido porque, afortunadamente, esas situaciones tienden a existir cada vez menos, y menos que existirán cuanto más sanas sean las relaciones humanas». Adila Bennedjaï-Zou se divierte con la situación y toma al oyente por testigo: «¿Oyen esta pequeña conversación que va haciendo su camino acerca de nuestros intercambios? Yo le pregunto: "¿Por qué soy el objeto de tus fantasías?", y él me responde: "Tú no eres el objeto de mis fantasías"». Y ella concluye: «Creo que el punto común entre Chérifa —una de las mujeres que figuran en la colección de Dupouy, fotografiada delante de un burdel marroquí— y las *beurettes* —jóvenes francesas de origen árabe—, es que no hablan. O si acaso, únicamente para decir lo que queremos que digan».[70] También cabe señalar que la palabra *sumisión* se repite tres veces en pocos segundos en la definición que da Dupouy de la «fantasía de la mujer oriental».

Al llegar al final de este capítulo, recuerdo una conversación con una treintañera de mi entorno. Me confesó su perplejidad al oír a una de sus amigas decir que en el amor había que olvidarse de todos los principios feministas, que por otra parte ella defendía con convicción. Mi amiga no sabía muy bien qué hacer con ese consejo. Por mi parte, ahora estoy segura (ya lo sospechaba) de que es intolerable. Sí, es cierto: nuestra cultura ha normalizado tan bien la inferiorización de las mujeres que muchos hombres no pueden asumir una compañera que no se disminuya o se autocensure de una manera u otra. Pero también a veces algunos manifiestan cierta curiosidad, cierta apertura mental, cierta confianza en sí mismos para aceptar, y hasta para buscar, a una mujer así. Sea como fuere, sin embargo, es un riesgo que hay que correr. Es más: empujando a un hombre a revelar su verdadero rostro, no estar dispuesta a «empequeñecerse» permite protegerse. Si sale huyendo, lo más probable es que no sea una gran pérdida; más bien representaba un peligro, pues ya vemos la lógica sórdida y opresiva que traslucen las fantasías en torno a la mujer «ideal».

En los hombres que las expresan, el hábito de ocupar una posición dominante y la convicción de que esta posición es natural impiden ver la personalidad de una mujer como riqueza, como ocasión para un verdadero encuentro: a sus ojos, ella es un engorro, un fastidio. O se adhieren a los prejuicios misóginos que circulan en la sociedad, que presentan a las mujeres como unas pesadas, como un mal necesario que hay que esforzarse por contener lo mejor posible, o simplemente han adquirido el hábito de la posición dominante, que permite no integrar el punto de vista del dominado. Es el análisis de Simone de Beauvoir en *El segundo sexo*: «En la medida en que la mujer ha sido construida como el otro absoluto, es decir, [...] como lo no esencial, resulta imposible mirarla como otro sujeto».[71]

Esta incapacidad se manifiesta de forma particularmente evidente en las relaciones con mujeres racializadas, pero no existe solo en este caso; en nombre de las «cualidades» que se les atribuyen, estas últimas son erigidas en ejemplos para el conjunto de las mujeres. En razón de su vulnerabilidad económica, muchísimas mujeres no tienen más remedio que plegarse a ese juego. Pero, para aquellas cuya supervivencia no depende de su complacencia frente a las exigencias masculinas mayoritarias, existe una oportunidad que hay que saber aprovechar. La oportunidad de inventar unas relaciones amorosas algo más igualitarias y excitantes; y, poco a poco, paso a paso, hacer que por fin se desplace el monolito de una cultura que coloca a las mujeres ante una alternativa imposible, obligándolas a elegir entre su realización amorosa y su integridad personal, como si lo uno fuera posible sin lo otro; como si se pudiera conocer la felicidad, dar y recibir amor a partir de un ser truncado.

CAPÍTULO

2

Hombres de verdad

Aprender de la violencia conyugal

Además de las diversas formas de dominación que acabamos de mencionar, hay otro factor que puede crear un desequilibrio en el seno de las parejas heterosexuales: se trata de lo que cada uno ha interiorizado respecto a su papel, a su valor y a lo que tiene derecho a esperar del otro como hombre o como mujer. En el cara a cara que se instaura, cada uno aporta lo que la sociedad le ha inculcado al respecto.

Cuando en la década de 1970 la sexóloga Shere Hite recogió los testimonios de unas cuatro mil quinientas americanas sobre su vida amorosa y sexual, muchas de ellas declararon que su marido o compañero tenía una actitud condescendiente, arrogante o claramente insultante. Las rebajaba o las descalificaba, se burlaba de sus opiniones o de sus centros de interés. «Me habla en un tono que me hace sentir ineficaz y estúpida»; «Se comporta como si lo supiera todo»; «Tiene actitudes paternalistas, como su padre, salvo que lo ve en su padre, pero no en sí mismo»; «Considera que su palabra es la ley»; «Hubo un tiempo en que me daba lecciones como a una niña. Pero yo no me dejé y por fin dejó de hacerlo».[1] En las antípodas de ese aplomo masculino, las mujeres integran muy pronto una tendencia no solo a practicar la introspección y a ponerse en cuestión (lo cual más bien es positivo), sino también a dudar de sí mismas, a culpabilizarse continuamente, a pensar que todo es culpa o responsabilidad suya, a disculparse por existir (lo cual ya es mucho menos positivo). Esta tendencia nos debilita considerablemente en una relación amorosa, sobre todo cuando resulta abusiva.

La violencia en el seno de la pareja se aprovecha de la posición frágil que ocupan las mujeres en la sociedad. Refiriéndose a los trabajos de su colega americana Sandra Lee Bartky, la filósofa Camille Froidevaux-Metterie habla de la vergüenza como «estructuralmente femenina». La define como un «sentimiento permanente de inadecuación que hace que las mujeres se sientan imperfectas, inferiores o disminuidas, lo cual permite que perduren los mecanismos de la dominación masculina». Así, «la vergüenza se convierte para las mujeres en una verdadera forma de "estar en el mundo", que abona el terreno para la violencia conyugal y los feminicidios».[2] No pretendo en modo alguno decir que, por falta de confianza en sí mismas, las mujeres suscitan los malos tratos que padecen: reprocharnos un condicionamiento que nos perjudica equivaldría a infligirnos un doble castigo. Los únicos responsables de las violencias son los que las cometen y la cultura que los autoriza a hacerlo —una cultura que vamos a tratar de estudiar aquí—. Pero, al igual que podemos afirmar sin rodeos una y otra vez que la única causa de la violación es el violador y al mismo tiempo enseñar autodefensa física,[3] también podemos intentar desarrollar aquí una forma de autodefensa psicológica.

¿Cómo se adquiere una seguridad y una autoestima de las que históricamente una se ha visto privada? Haría falta un libro entero para contestar a esta pregunta, y este libro ya existe: es *Revolución desde dentro: un libro sobre la autoestima* de Gloria Steinem. La autora muestra en él la importancia de esta cuestión tanto para las mujeres como para las minorías de todo tipo y para las naciones colonizadas. Su relato de la trayectoria de Gandhi, que jamás habría podido convertirse en un líder independentista sin la reconquista personal de su orgullo de indio, es apasionante. Ella no niega la dimensión material y concreta de la dominación (sería por otra parte asombroso en una mujer que ha militado durante toda su vida): ha terminado por comprender, dice, «que la autoestima no lo es todo, pero que sin ella no hay nada». Remito a ese trabajo fundamental. Por mi parte, lo que me propongo aquí es destacar los mecanismos que los testimonios y los análisis acerca de la violencia conyugal ponen al descubierto. Estudiar los resortes profundos de esas violencias puede permitirnos entender mejor las interacciones entre las mujeres y los hombres en general, y lo que constituye un problema en la manera diferenciada en que se educa a los unos y a las otras. Y ello quizá también ayude a prevenir o desactivar mejor las relaciones tóxicas (quiero advertir de entrada que la escritura de este capítulo no ha sido fácil y que tal vez tampoco lo sea la lectura).

Lo hago siendo consciente de los límites que necesariamente tiene lo que me propongo. Primero, el amor y la pareja son probablemente el lugar donde las mujeres somos más vulnerables, o donde incluso las mejor armadas y las que tienen una conciencia feminista más desarrollada pueden sentirse inermes. La historia de Marie-Alice Dibon, asesinada por su compañero en abril de 2019, a la edad de cincuenta y tres años, invita a ser humilde. Ella misma había recordado el número de feminicidios en Facebook, y le había regalado a una amiga atrapada en una relación tóxica el libro de Marie-France Hirigoyen *El acoso moral*, diciéndole que no quería leer un día su nombre en la sección de sucesos. «Era lúcida para las demás, pero no para sí misma», se lamentaba esa amiga tras su muerte.[4] Además, la lucidez no basta. Ciertamente, Marie-Alice Dibon y sus allegados subestimaron el peligro que corría si seguía viviendo con su compañero después de haberle anunciado su intención de abandonarlo. Pero, aunque se hubiese marchado antes, él habría podido arreglárselas para encontrarla. Y si hubiera pedido la protección que necesitaba, nada nos dice que la habría obtenido. En la película de Xavier Legrand *Custodia compartida* (2017), que es una ficción, cuando el hombre violento amenaza con matar a su exesposa y a su hijo, la reacción tanto de los vecinos como de la policía es perfecta, para gran alivio del espectador (y más aún de la espectadora), que ha compartido el terror de la protagonista y de su hijito durante unos minutos interminables. Pero esa escena final donde la protagonista (interpretada por Léa Drucker) puede respirar, saborear la felicidad de estar viva y ahora ya segura, es precisamente lo que en la realidad se les niega a demasiadas mujeres, ya que muchos gendarmes y policías tratan a la ligera las denuncias que reciben.

¿Perversos narcisistas o hijos sanos del patriarcado?

Estas reservas importantes no disminuyen en nada el interés que puede haber en comprender mejor cómo prospera la violencia conyugal. Actualmente, la influencia del feminismo, escribe Eva Illouz, anima a las mujeres a estar «al acecho» y a «interpretar en el comportamiento masculino el menor signo de dominación». Afirma que ahora ya, desde el principio de una relación amorosa, «el yo desarrolla nuevas formas de hipersensibilidad a las señales de desinterés o de distancia emocional».[5] Parece atribuir esta actitud a un narcisismo moderno que empujaría a los individuos a romper por cualquier cosa. Es cierto que existe el peligro de comportarse cada vez más como consumidores de relaciones amorosas. En las aplicaciones de contactos, Judith Duportail observa que cada vez hay más perfiles del tipo «lista de la compra», que describen con detalle cómo debe ser y cómo no debe ser la persona que uno busca.[6] A partir de la misma constatación, Liv Strömquist muestra que esta actitud transforma al otro en un producto e impide abrirse a lo inesperado, dejarse emocionar y transformar por un encuentro, dejarse encantar y entusiasmar por una persona en su globalidad.[7]

Sin embargo, tratándose de las mujeres, creo que hay que aplicar con prudencia la plantilla de lectura que podríamos llamar «estragos del individualismo/consumismo». Un amigo me cuenta que, durante diez años, cuando él mismo era un niño y luego un adolescente, su madre vivió con un hombre una historia de amor complicada (ni violenta ni abusiva, pero... complicada). Ella hizo muchos esfuerzos para que la relación funcionase a pesar de todo. Un día, se enfadó mucho cuando su sobrina le dijo que había dejado a su novio porque este no creía que existieran desigualdades entre hombres y mujeres. Para aquella mujer joven, no era posible continuar una relación con alguien que negaba un hecho tan fundamental y decisivo. «Me merezco algo mejor», afirmó, y la madre de mi amigo oyó en esta frase un eco del famoso eslogan de L'Oréal, «Porque yo lo valgo»: una actitud consumista y caprichosa. Pero ¿no es una acusación infundada? Hay una diferencia entre descalificar al otro por un pequeño defecto inocente, como quien tira a la basura un producto defectuoso, y tener en cuenta una señal que te hace temer ser maltratada o que hace presagiar una falta de entendimiento profunda.

Además, la actitud de la prima de mi amigo me parece más bien infrecuente. No estoy nada segura de que, en general, las mujeres estén «al acecho», como pretende Eva Illouz. La psiquiatra Marie-France Hirigoyen expone un punto de vista completamente distinto: «Por una parte, se educa a las niñas para que esperen al príncipe azul y, por otra, se las previene contra todos los hombres. Una vez convertidas en mujeres, no han aprendido a confiar en sus sensaciones ni a filtrar los verdaderos peligros».[8] Y, sobre todo, Eva Illouz prescinde del hecho de que las que se muestran realmente al acecho tienen todas las razones para estarlo. En 2000, *L'enquête nationale sur les violences envers les femmes en France [ENVEFF, Encuesta nacional sobre la violencia contra las mujeres en Francia]* demostró que afecta a una de cada diez mujeres, y ello en todas las clases sociales. También reveló que era en la vida de pareja donde las mujeres adultas sufrían más violencias físicas, psicológicas y sexuales. Según la encuesta *Cadre de vie et sécurité [Marco de vida y seguridad]* del Institut national de la statistique et des études économiques (INSEE), entre 2011 y 2018, 295.000 personas de edades comprendidas entre los dieciocho y los setenta y cinco años sufrieron violencias físicas o sexuales por parte de una pareja o expareja; el 72 % de ellas, mujeres. Solo el 14 % presentó denuncia. Nos gustaría que algunas señales permitieran detectar de forma segura a un agresor, pero este no siempre es el caso: «Existen diferentes clases de hombres violentos y algunos no presentan exteriormente ninguna característica de machismo».[9]

La violencia también puede ser exclusivamente psicológica. En gran parte autobiográfica, la película de Maïwenn *Mi amor* (2015), con Emmanuelle Bercot y Vincent Cassel, muestra bien cómo se puede destruir a una mujer sin darle un solo golpe. Según Marie-France Hirigoyen, los ataques psicológicos en la pareja «hacen tanto daño como las agresiones físicas y tienen consecuencias más graves» (desde 2010, también están castigados por la ley).* Es imposible disociar ambas cosas: la violencia física prolonga y consolida una empresa general de subyugación. La denigración permanente, las humillaciones, la frialdad, las amenazas y las maniobras destinadas a aislar a la mujer, a desestabilizarla, provocan además un «desgaste mental» que puede conducir al suicidio.

«Las mujeres también son violentas, al menos psicológicamente»: este es el argumento clásico que se emplea para negar la dimensión de género de las violencias dentro de la pareja. Sugiere que las víctimas buscarían los golpes al maltratar emocionalmente a su compañero, apuntando adonde más daño hace, hasta el punto de sacarlo de sus casillas. No obstante, existen otras situaciones

* En España, la Ley Orgánica 1/2004, de 28 de diciembre, de Medidas de Protección Integral contra la Violencia de Género, establece: «La violencia de género a que se refiere la presente ley comprende todo acto de violencia física y psicológica, incluidas las agresiones a la libertad sexual, las amenazas, las coacciones o la privación arbitraria de libertad», *BOE,* n.º 313, 29 de diciembre de 2004. *[N. del E.]*

en que los hombres pueden sufrir vejaciones y humillaciones, empezando por el trabajo. Sin embargo, los golpes asestados a un superior jerárquico, un capataz o un patrón no son una lacra social, y no tenemos ningún registro de homicidios de los que estos sean víctimas. ¿Por qué iba a ser posible refrenar las pulsiones en el contexto profesional, y no frente a una mujer? Y, más en general, ¿por qué los varones iban a ser los únicos que no pueden dominarse cuando sufren una afrenta o una humillación? Este prejuicio impide ver los numerosos casos en que la violencia física se ejerce de manera fría y premeditada. Además, esa imagen de las mujeres como criaturas de palabra venenosa, capaces de hacer daño de forma insidiosa, como quien echa un mal de ojo, me recuerda la desconfianza hacia la palabra femenina que se manifestaba en la época de la caza de brujas.[10] Sea como fuere, hablar de la opresión sufrida en una gran mayoría de los casos por mujeres dentro de la pareja no quiere decir que ellas sean incapaces de ejercer ninguna violencia, física o psíquica. Sin embargo, dado que estructuralmente se hallan en una posición de debilidad y dado que la sociedad autoriza y favorece la violencia en los hombres, y la reprime en las mujeres, lo más probable es que esas acciones o esas palabras sean irrisorias, y esencialmente reactivas o defensivas. Los hombres violentos aíslan con frecuencia a su pareja de la familia y de los amigos, a quienes pueden alejar mostrándose odiosos o manifestando unos celos y una posesividad enfermizos. Los dos protagonistas se encuentran entonces solos frente a frente. Pero, dentro de ese «a puerta cerrada» que se asimila a un secuestro, el mundo exterior sigue estando presente a través de la ley patriarcal que ambos han interiorizado, y que da ventaja al agresor y penaliza a la víctima. «Si las mujeres pueden dejarse atrapar en una relación abusiva es porque, dado el lugar que ocupan en la sociedad, ya están en posición de inferioridad», escribe Marie-France Hirigoyen. Al contrario, los hombres (muy minoritarios) que sufren violencias por parte de sus compañeras sienten, por supuesto, una vergüenza aún mayor, ya que se ven relegados a una posición «femenina». Sin embargo, «en el exterior, continúan siendo valorados como hombres», observa la autora.[11]

Muchos hombres violentos consideran que tienen derecho a comportarse como lo hacen en virtud de su estatus de marido y de padre, como si este les confiriese una forma de omnipotencia. A sus ojos, su esposa y sus hijos son cosas que les pertenecen. No han tomado nota de las evoluciones jurídicas que se han producido estas últimas décadas para «despatriarcalizar» a la familia —el título de «cabeza de familia», por ejemplo, se suprimió en Francia en 1970—. Antigua víctima de violencias conyugales, Aïda, que contó su historia en un libro de testimonios publicado en 2006 (y sobre el cual me basaré mucho en este capítulo),[12] refiere que su marido le decía: «Estamos casados. Desde el punto de vista de los jueces, yo tengo derecho sobre ti —lo cual evidentemente es falso—. Si tengo ganas de acostarme contigo, me acuesto contigo». La violación conyugal está reconocida por la ley desde 1992 en Francia.* Le dice incluso, cuando ella teme por su hijo: «Es mi hijo. Si lo quiero matar, lo mato». «Hago lo que quiero, son mis hijos», dice también, como en un eco, el marido de Cécile.[13]

Practicando una forma de lavado de cerebro, los hombres violentos juegan con la falta de autoconfianza que padecen las mujeres por el hecho de ocupar una posición dominada en la sociedad, una falta de autoestima que cada historia personal puede además agravar. Diane oye a su marido: «Todo el mundo te toma por una loca». Ella se culpa de la violencia de él: «Es porque sexualmente no estoy a la altura»; «Tal vez no le he dado suficiente amor, tal vez no he sido lo bastante mujer».[14] Al salir de la relación tóxica

* En España, el Tribunal Supremo dictaminó en 1992 que el sexo dentro del matrimonio debe ser consentido, y que el matrimonio no es en ningún caso obstáculo al principio de la libertad sexual. En una sentencia ya de 2019, el Tribunal Supremo recordaba: «El derecho a la autodeterminación sexual [corresponde] a cada uno de los miembros de la pareja, por lo que el empleo de violencia o intimidación por uno de ellos integra el delito de agresión sexual de los artículos 178 y 179 del Código Penal». *[N. de la T.]*

(sin violencia física) que relata en su pódcast *Qui est Miss Paddle?*, Judith Duportail «ya no tiene ninguna confianza en sí misma, en sentido literal»: «Ya no me creo a mí misma, dudo de todos mis pensamientos, de todas mis impresiones. ¿Tengo frío de verdad, o es que me escucho demasiado, que soy una cobardica? ¿Es verdad que esa persona me irrita, o es que soy incapaz de apreciar a las personas tal como son?». Su madre dice haberse dado cuenta de que su hija estaba envuelta en una relación de malos tratos sobre todo porque la oía repetir todo el tiempo: «¿No estoy loca, verdad? ¿No son tonterías lo que digo?».[15]

En su cómic *Tant pis pour l'amour* [Tanto por amor], que cuenta su relación con un manipulador y el camino que tuvo que recorrer para salir de ella, la autora treintañera Sophie Lamba muestra cómo su excompañero la convencía de que era la culpable del daño que le hacía, diciéndole por ejemplo: «He visto mensajes de tu ex en Facebook, y por eso, por desesperación, me he acostado con mi colega», o «Mis crisis de locura empezaron contigo». Ella comenta: «Como por naturaleza me cuestiono mucho (demasiado), la idea acababa por germinar en mi cabeza, y echar raíces».[16] Cabe dudar de que se trate de su naturaleza: es un rasgo bastante compartido por muchas mujeres debido a su educación (entendida en el sentido amplio, y no solo parental). En menor grado, en la época en que mi amiga F. estaba emparejada con un hombre tiránico y manipulador, yo me desesperaba cuando ella me refería las palabras incendiarias que él le dirigía y las acusaciones de las que la hacía víctima, y luego añadía: «Claro, es que yo no soy perfecta, sabes, también tengo mis defectos...». Todo el mundo tiene defectos, pero esto no justifica la violencia, la intimidación y la desestabilización.

Se habla a menudo de «perversos narcisistas» a propósito de los hombres que se dedican a ese trabajo de zapa, pero cabe preguntarse si no se trata simplemente de dominación masculina. Más que de «perversos narcisistas», la terapeuta Elisende Coladan prefiere hablar de «hijos sanos del patriarcado», una expresión tomada de los movimientos feministas hispanohablantes. Ella escribe: «Si, en lugar de concentrarnos esencialmente en las características psíquicas de esos individuos, dirigiéramos la mirada hacia las estructuras sociales que les permiten evolucionar a su antojo y repetir su comportamiento relación tras relación, se instauraría un verdadero trabajo de educación y de prevención que podría conducir a un cambio real».[17]

Un aplomo a prueba de bomba

Aunque sea inocente, la mujer víctima de violencia se deja convencer de que es culpable. Y el hombre, aun siendo culpable, está acostumbrado a pensar que todo le es debido, se considera siempre inocente y hasta, a veces, directamente víctima. Algunos agresores, cuando se los denuncia, responden denunciando ellos a su compañera. Al sentimiento de ilegitimidad sistemáticamente inculcado a las mujeres responde el sentimiento de los hombres de tener razón, hagan lo que hagan. Cuando Stéphane es detenido por haber encerrado a Diane y a sus hijos en casa durante veinticuatro horas y luego haberla amenazado con un cuchillo, cuenta por doquier que su mujer «lo ha hecho meter en la cárcel por una simple disputa»; luego, como la experiencia lo ha deprimido, va y se compra un ordenador con el dinero de los dos.[18] Nathalie se acuerda de la negación categórica de su marido a la mañana siguiente, delante de su ojo amoratado: «No puedo haber sido yo quien te ha hecho eso». Y después, ante su insistencia: «Hay que ver, te salen morados con mucha facilidad. ¡Si apenas te toqué!».[19] Cécile cuenta que un día su marido le lanzó el puño contra la cara: «Tuve la presencia de ánimo de apartar la cabeza y el puño fue a dar contra una fuente. Un dedo le quedó machacado y, debido a la violencia del golpe, se le rompieron todos los tendones. Le operaron dos veces. Ahora tiene el dedo torcido y nunca más recuperará la movilidad completa. Fui yo quien lo llevé al hospital, y yo era la mala».[20] En definitiva, le reprochaba no haber mantenido amablemente la cara en la trayectoria de su puño para ahorrarle las consecuencias de sus propios actos.

Cuando el periodista radiofónico Mathieu Palain se une a doce hombres obligados por la justicia a participar en un grupo terapéutico tras ser condenados por violencia conyugal, graba un coro de protestas y de negaciones: todos juran que no pintan nada allí. Uno, tras cinco condenas, sigue invocando un complot de sus ex, que se han coaligado contra él. Otro se indigna por haber estado «tres días detenido»: «¡Creí que había cometido un crimen! ¿Qué es este delirio?». Proclama que, «a veces, es la mujer la que se lo busca».[21] Esta idea de que la víctima ha provocado lo que le ha ocurrido la encontramos en boca de Bertrand Cantat, el cantante del grupo Noir Désir, en una vista ante el juez en Vilna, en agosto de 2003, doce días después de haber asesinado a su compañera, la actriz Marie Trintignant: «Nadie se ha preocupado por saber si la agresividad también podía proceder de alguien que no era yo». Y añadía: «Por otra parte, quiero hacer constar que desde el principio nadie ha mirado todo lo que yo tenía en el cuerpo, nadie ha intentado dejar constancia». Luego, en una escena repugnante, se remangaba la camisa: «Aquí, todavía tengo unos hematomas, ¡y eso fue el sábado anterior!». Según el informe de la autopsia, Marie Trintignant había recibido una veintena de golpes muy violentos en la cabeza, lo cual demuestra encarnizamiento, no solo dos bofetadas dadas de forma impulsiva; tenía los nervios ópticos casi desprendidos, como en el síndrome del «bebé sacudido», y el hueso de la nariz había estallado. Tenía una herida en el arco de la ceja y también huellas de golpes en las piernas, los brazos, la parte baja de la espalda y el vientre.[22]

La cerrazón mental de los agresores hace que toda curación sea muy difícil. Varios meses después de ser condenado por la justicia, el exmarido de Cécile seguía amargándole la vida a ella y a sus hijas. «El problema —decía Cécile— es que no se trata y, fatalmente, alguien que no sigue un tratamiento se convierte en una herida para los demás.» En *Custodia compartida*, la protagonista le dice tranquilamente a su exmarido: «Debes tratarte, Antoine»; un diagnóstico que, para el espectador, se impone como una evidencia. «¿Quién eres tú para decirme eso? —le chilla él como respuesta—. ¡Eres tú la que debe tratarse!» Y si los grupos terapéuticos son sin duda muy útiles para los que asisten de forma voluntaria (a pesar de todo, hay algunos), su utilidad es dudosa para los que van obligados, sobre todo cuando solo duran un día o dos. Una mujer joven que asistió a una de esas sesiones de un día cuenta que la única vez que un participante pareció dispuesto a admitir algo parecido a la responsabilidad, cuando dijo que le habían impresionado mucho las fotos que mostraban las heridas de su compañera, otro enseguida lo disuadió: «Sí, pero eso es porque ella te presionó».[23] Ello no significa que la curación sea imposible, sino que si queremos tener alguna probabilidad real de que se produzca, conviene no subestimar la gravedad de la situación, sobre todo si ese error de apreciación puede poner en peligro a mujeres y niños.[24]

Para explicar ese aplomo masculino a prueba de bomba, el militante profeminista americano John Stoltenberg formula una tesis interesante. El género social, observa, «debe recrearse, una y otra vez, en acción y en sensación, haciendo cosas que nos den la impresión de ser realmente un hombre o una mujer, y evitando hacer aquellas que dejan espacio para la duda en este terreno. [...] Casi todo el mundo piensa que la identidad sexual de algunas personas es más real que la propia: casi todos y todas nos medimos con otras personas percibidas como más masculinas o más femeninas que nosotros». Por lo tanto, «ser un hombre» implica interpretar un papel, e interpretarlo de acuerdo con una teoría muy extendida del oficio de actor: «Para alcanzar una naturalidad convincente, un actor debe interpretar a un personaje como si todo lo que hace ese personaje fuese enteramente justificable», sin tener en cuenta lo que piensan el público y los demás protagonistas. Aunque ese personaje cometa los crímenes más abominables, el actor que lo encarna «debe estar preparado para el papel adoptando un sistema de creencias en el que esos gestos estén moralmente justificados». Así, en el sistema de valores del hombre violento, «ciertos actos se consideran "buenos" y "correctos" porque sirven para materializar la idea que un individuo se hace de la virilidad». Claro que, en el ciclo de la violencia conyugal, que se repite indefinidamente, existe una fase de contrición (llamada *luna de miel*), durante la cual el agresor pide perdón, promete no volver a hacerlo, proclama su amor, etcétera. Pero no traduce ningún remordimiento real: está destinada a impedir que la víctima se aleje. «Para los que se esfuerzan en alcanzar la identidad sexual masculina, se plantea constantemente el problema crucial de gestionar las cosas de tal manera que no pierdan el apoyo de una deferencia y de una sumisión femeninas», analiza Stoltenberg. Es preciso tener «a una mujer a quien hacer las cosas que permitirán realizar adecuadamente nuestra masculinidad», «seguir siendo macho por contraste».[25]

El relato que hace Alexandra Lange confirma extraordinariamente bien la idea de que los hombres violentos intentan encarnar una identidad viril tal como ellos la conciben; una identidad que, de lo contrario, sentirían flaquear. Ella conoció a Marcelo Guillemin, de unos treinta años, cuando tenía diecisiete. Tuvieron cuatro hijos. Tras doce años de infierno, de insultos y de golpes, una noche de junio de 2009, cuando él intentaba estrangularla, lo mató a cuchilladas en la cocina de su casa de Douai. En el libro que publicó tras ser absuelta, escribe: «No lo comprendí hasta mucho más tarde, pero a mi modo de ver él vivió una "vida falsa" al casarse con Sylvie —su primera esposa— y luego conmigo. Era una forma de tapadera, de biombo, de coartada social, llámese como se quiera... Porque, actualmente todo el mundo lo sabe, a él le atraían sobre todo los hombres. Y eso nunca lo aceptó. Él no. Un gitano no. No era concebible. Si tuviera que dar una explicación de sus comportamientos, aunque jamás podré convertirlo en excusa, sería esta. Estaba corroído por el profundo malestar de sentirse homosexual y, más aún, de no poder confesarlo en su ambiente». Durante los primeros tiempos de su vida en común, se las arregla para pegarle sin dejar huellas. Pero un día le suelta: «Que te den por el culo», y ella tiene la desgracia de contestarle: «No, que te den a ti...». Entonces se lanza sobre ella. «Mi marido no había sido jamás tan violento. Aquel día, parecía un animal rabioso. Y, por primera vez, me dejó las marcas de sus golpes: morados por todo el cuerpo, marcas en el cuello debidas al intento de estrangularme y, debajo de la ceja, un hematoma grande como una pelota de pimpón.»[26] Es probablemente la referencia a la sodomía lo que lo volvió loco cuando ella se la echó a la cara. Odiando tanto a las mujeres (a su esposa la llenaba de insultos sexistas) como lo que percibía de femenino en él, trataba de mantener su identidad de «hombre de verdad» a puñetazos.

NUESTRA REVERENCIA POR LAS EMOCIONES DE LOS HOMBRES

Hija de un hombre violento, Véronique recuerda que su padre repetía constantemente «Cállate, cállate»: «No soportaba el diálogo, ni la menor contradicción».[27] No solo los agresores intentan anular simbólicamente o físicamente al otro, sino que, cuando llegan hasta el asesinato, esa anulación halla una prolongación en el tratamiento del caso por parte de la prensa. Annik Houel, Patricia Mercader y Helga Sobota, que han analizado varios cientos de resúmenes de juicios por asesinato conyugal publicados en dos diarios regionales, *Le Progrès* y *Le Dauphiné Libéré*, entre 1986 y 1993, han constatado que a menudo hacían desaparecer a la víctima, por ejemplo con títulos como «El asesinato de la Rue Baraban: once años de reclusión para René T.».[28] Cuando, en 2017, *Les Inrockuptibles* publicó una entrevista con Bertrand Cantat, Annik Houel descubrió en ella el mismo procedimiento: «Marie Trintignant queda reducida a un nombre de lugar: Vilna».[29]

La mujer desaparece y el hombre ocupa todo el espacio. Al borrado activo de la víctima corresponde una inflación del ego del agresor, que se expresa mediante una logorrea autocompasiva. Stoltenberg cita el testimonio de una mujer a quien su esposo le decía siempre «lo mucho que le pesaba sentirse culpable por pegarla».[30] En la novela de Alissa Wenz *À trop aimer [Amar demasiado]*, el compañero de la narradora le grita: «Por qué no me escuchas, ¡no sabes lo jodido que estoy!». Y entonces ella se sorprende pensando: «Pero si te escucho, Tristan, te escucho, no hago otra cosa; ya no digo nunca nada, hace mucho tiempo que mi voz se ha callado, eres tú el que te interrumpes a ti mismo, yo solo escucho, soy una oreja gigantesca y monstruosa, hace tanto tiempo que no me has preguntado qué me pasa, que ya ni siquiera intento hablarte de ello, no vivo más que para ti, para escucharte».[31]

Bertrand Cantat también presenta todos los signos de ese egocentrismo invasor. En la noche del 26 al 27 de julio de 2003, tras haber asestado a Marie Trintignant los golpes que le serían fatales, telefoneó al marido de esta, Samuel Benchetrit, al que ella había abandonado por él, y luego hizo ir a su habitación del hotel a su hermano, Vincent Trintignant, que también estaba en Vilna. Se desahogó largo rato con ellos, hablando de sus celos, de sus tormentos, ocupando el centro de atención mientras su víctima yacía inconsciente en la cama donde la había acostado. Durante la vista ante el juez, al cabo de unos días, decía: «Siento la culpabilidad profunda de haber matado a la persona sin la cual soy incapaz de vivir». Extraña frase, que invitaba a compadecerlo a él, como si fuera culpable ante todo hacia sí mismo. Y se ponía a sollozar evocando el momento en que, al llegar al hospital por la mañana, Vincent Trintignant, comprendiendo que el estado de su hermana era desesperado, lo echó. La escena impresiona: es su «exclusión» lo que lo hace llorar, y no su culpabilidad o la muerte anunciada de la mujer a la que dice querer. Pero ¿cómo podía imaginar que lo autorizarían a quedarse al lado de la mujer a la que había masacrado? Sea como fuere, esa absorción en sus propias emociones encontró un eco de comprensión en algunos medios, especialmente en *Les Inrockuptibles*, que, antes de la de 2017, ya había publicado una entrevista con él en 2013. La portada del 11 de octubre de 2017 era espectacular: una cita de nueve líneas del cantante (que empezaba por la palabra *emocionalmente*) impresas sobre su foto, que ocupaba toda la primera página. Difícilmente se puede ilustrar mejor la exhibición del ego y de la vivencia masculina, su invasión del espacio.

Tras la muerte de Marie Trintignant, Lucile Cipriani, una quebequesa doctora en Derecho y autora de una tesis sobre la judicialización de la violencia conyugal, había subrayado la complacencia de la cual da muestras la sociedad entera hacia el discurso y los afectos de los hombres violentos, una complacencia que tiene como resultado el borrado de las víctimas. Lo explicaba por la primacía concedida generalmente a la subjetividad, al bienestar y a las emociones de los hombres: el papel de las mujeres es «curar las heridas emotivas, afectivas y psíquicas de su cónyuge, cuidar su ego, velar por la felicidad y la armonía de la pareja, y es mejor para los hombres que así sea. Basta para convencerse constatar hasta qué punto los artículos y libros destinados a las mujeres se refieren al éxito conyugal y cómo ese tema está ausente de las publicaciones destinadas a los hombres. Aquí no hay ninguna reciprocidad». El papel de los hombres no es «curar las heridas del alma de las mujeres. La cultura reserva un espacio para el discurso de los agresores».[32]

En 1947, en un manual de consejos matrimoniales, un médico americano se dirigía así a las esposas: «No molestéis a vuestros maridos con vuestros pequeños problemas y vuestras quejas cuando vuelven del trabajo. Ofrecedles vuestra escucha. Dejad que os cuenten sus problemas; los vuestros os parecerán irrisorios en comparación. Recordad que vuestro papel más importante es construir y mantener sus egos (que ya bastante los maltratan en el trabajo)».[33] Esta primacía de las emociones de *todos* los hombres

—y no solo de los hombres violentos—, este reflejo de identificarse con ellos, con sus vivencias y sus intereses, esta idea de que el papel de una mujer es comprenderlo y perdonarlo todo, es algo que tenemos profundamente integrado. La filósofa Kate Manne ha acuñado un término para designar este fenómeno: *himpathy* (de *him*, «él», y *sympathy*, «simpatía» o «compasión»). Golpeada por su novio, al que abandonó inmediatamente, Cécile, una treintañera parisina, decidió denunciarlo; pero su padre se lo desaconsejó, alegando que «todo el mundo comete alguna vez una tontería».[34] Espontáneamente, se ponía, pues, en el lugar del agresor, y no en el de su propia hija, a la que sin embargo había visto desfigurada.

La preocupación por el bienestar de los hombres que se inculca a las mujeres las lleva a ponerse sistemáticamente en su lugar, también ellas, hasta el punto de que pueden llegar a olvidar el daño que les hacen, descuidar su propia suerte, acallar sus propios sentimientos. Violada por un compañero, Megan, una estudiante americana, lo denunció por consejo de la psicóloga del campus. Al final de la investigación, el chico fue suspendido por un año y sus créditos del semestre le fueron anulados. «Dijo que sentía mucho que me lo hubiera tomado así, pero jamás se excusó —declara la muchacha—. De hecho, fui yo la que tuve que controlarme para no disculparme ante él. Lo odiaba, pero era extraño, también sentía ganas de darle un abrazo y decirle que sentía mucho hacer todo aquello, arruinarle la vida.»[35] La primera vez que su compañero le dio un puñetazo, Véronique dijo que parecía consternado por lo que había hecho y que ella se sentía «más desolada por él» que por ella misma.[36] Asimismo, Diane, la paciente de Marie-France Hirigoyen ya citada más arriba, invoca las dificultades profesionales de su marido para explicar su violencia. Lo defiende tan bien delante del juez que le evita la entrada en prisión.[37]

La imposibilidad de defender los propios intereses

Este extraño escrúpulo para adoptar la actitud que debería ser obvia —tomar resueltamente partido por una misma, salvar el pellejo, defender los propios intereses más elementales y no los del hombre que trata de destruirnos—, Marie-Claude, que abandonó a su marido a finales de los años noventa tras treinta años de malos tratos, también lo experimentó. Cuando él la había amenazado de muerte blandiendo un pico, ella se preocupaba pensando que el pobre caería en la depresión y que se suicidaría si ella lo dejaba (en realidad, se casó con una mujer veinte años más joven que él y le hizo tres hijos más). Para preparar su huida, fue al banco y se atrevió a abrir una cuenta personal. Entre su sueldo de profesora y sus dietas de concejal del Ayuntamiento, ella tenía dinero, pero no se atrevió a retirar todo lo que le correspondía de sus cuentas comunes: «Tenía unos noventa mil francos —unos dieciocho mil euros— en esa cuenta de ahorro, y solo cogí cinco mil francos. ¡Hay que ser idiota!». Tras descubrir su partida, su marido se apresuró a vaciar las cuentas comunes. «Abroncó a la empleada y al director del banco: "¿Con qué derecho le han abierto una cuenta?".»[38]

También se constata muchas veces que cuando mencionan el clic que las decidió a irse, las mujeres que han logrado abandonar a su cónyuge violento invocan su preocupación por los hijos, o el hecho de que también había empezado a pegarles a ellos. Parecen haber interiorizado una ley social que no les da derecho a defenderse más que como madres. Annik Houel, Patricia Mercader y Helga Sobota lo destacan en su estudio sobre los juicios por asesinatos conyugales. Liliane L., por ejemplo, tiranizada por su marido desde hacía muchos años, pasa a la acción cuando sus hijas son adolescentes y él las trata de una forma que le parece insoportable. Cuando se ha dormido, lo mata con la escopeta con la que él las había amenazado aquella misma tarde y que se había olvidado de cerrar bajo llave como hacía normalmente. El jurado se muestra clemente. Simone B., por su parte, «tras quince años de sumisión total», también mata a su marido. No puede soportar más que la trate como a su criada cuando se ha pasado la vida sirviendo a los demás: sirvienta en casa de unos campesinos a los doce años, doncella en casa de un médico, asistenta en un asilo de ancianos... Pero ella no goza de la misma indulgencia. «Liliane L. había actuado conforme a su rol social de madre, en tanto que Simone B. solo se defiende a sí misma, y además ni siquiera es madre», comentan las autoras. En otro caso, destacan este título: «El homicidio de una madre de familia deja a cuatro niños huérfanos». Solo la maternidad confiere una existencia a la víctima: «La fuerza del drama reside más en el hecho de que deja cuatro huérfanos que en el hecho de que la hayan asesinado».[39] Asimismo, en el telefilme *Indefensa* (2015), inspirado en la historia de Alexandra Lange, cuando en el juicio le piden que justifique la puñalada que le asestó a su marido cuando tenía las manos alrededor de su cuello, la acusada exclama: «¡Habría matado a mis hijos!» (la frase no figura en su libro). Como si la amenaza directa e inmediata sobre su propia vida no bastase. En resumen, las mujeres son autorizadas a actuar en función de los intereses de todo el mundo, menos de los suyos propios.

A la inversa, también ocurre a veces que las que sufren violencia se resignan en nombre de lo que creen el bien de sus hijos: están convencidas de que siempre vale más para ellos que su padre siga con vida, por destructivo que sea. Privilegian la continuación de una vida familiar, aunque sea de cara a la galería. Hélène habla de su sentimiento de culpabilidad cuando se fue de casa. Miraba a su bebé y se decía: «Te he privado de tu padre», pese a que, en el fondo, sabía que era él quien se había privado de su hijo al maltratarla.[40] Además, para «preservar la vida de [sus] hijos», Valérie se negó durante mucho tiempo a considerar una separación: «Teníamos una vida estable. Funcionaba». Salvo por algunos detalles, como el hecho de que su marido, ejecutivo en una gran empresa, un día derribó la puerta del retrete donde ella se había refugiado para seguir pegándole.[41] Parece que también fue para intentar proteger a sus hijos por lo que Krisztina Rády, la esposa de Bertrand Cantat, lo defendió encarnizadamente. Jurando que jamás había sido violento con nadie antes de aquella noche de julio de 2003, contribuyó mucho a la clemencia del veredicto de ocho años de cárcel, cuando se exponía a quince (fue liberado tras cumplir la mitad de la pena, en octubre de 2007). En 2017, un exmiembro de Noir Désir, protegido por el anonimato, habría confesado a un periodista que tras la muerte de Marie Trintignant ella les pidió, a él y a sus compañeros, que no desvelaran el pasado violento de su marido: «No quería que sus hijos supieran que su padre era un hombre violento».[42] Esta decisión también permitió que los defensores de Cantat en los medios la instrumentalizaran. Luc Vaillant,[43] un periodista conocido por su antifeminismo, dedicó un perfil al cantante en *Libération* al día siguiente del juicio. A propósito de la violencia de este último, escribía: «[Una violencia] recurrente, según pretende Nadine T., madre devastada y vengadora, reinventándose a la mujer libre que fue su hija como mártir de la causa *[sic]*. Únicamente verbal, la contradice Krisztina R., una feminista menos virulenta».[44]

Como es sabido, Krisztina Rády se suicidó el 10 de enero de 2010, en la habitación contigua a aquella donde dormía Cantat, que había vuelto a vivir con ella al salir de la cárcel. Seis meses antes, ella había dejado un mensaje en el contestador de sus padres, que vivían en Hungría, en el cual decía entre otras cosas: «Bertrand está loco. Ayer, casi pierdo un diente. Tengo el codo totalmente tumefacto. Con un poco de suerte, si tengo fuerza suficiente y si no es demasiado tarde, me iré a otro país. Y desapareceré, porque tengo que desaparecer». Sin embargo, había prohibido a sus padres que avisaran al consulado francés, como estos habrían querido hacer.[45] Tras el asesinato de Marie Trintignant, se había visto mucho en la prensa aquella foto en la que, digna y elegante, ponía una mano pacificadora y protectora sobre la cabeza de su marido hirsuto, acurrucado entre dos policías, como presa de un tormento devorador. La imagen había alimentado la leyenda mediática de una mujer de una sabiduría superior, lo bastante generosa como para apresurarse a socorrer a quien la había abandonado por otra. Lo más probable es que la verdad fuese infinitamente más triste. Y ello en nombre de la protección de los hijos, de la preservación a toda costa de la imagen paterna.

Cuando el entorno rompe la violencia, o la multiplica

En un contexto de aislamiento, de confusión y de extrema fragilización psicológica de las mujeres, la respuesta del entorno y de las instituciones —que depende del grado de formación, de inteligencia y de reactividad de sus representantes— adquiere una importancia inmensa. «Cuando se ha perdido el hábito de que te comprendan, cualquier atención es un *shock* emocional intenso», declara Alexandra Lange.[46] Para poder dejar de ser una víctima, una mujer que ha sido culpabilizada, manipulada, llevada a dudar constantemente de sí misma, necesita en primer lugar que le digan claramente que *sí* es una víctima. Es necesario que una instancia exterior establezca la culpa del hombre violento. Las que han denunciado y han obtenido una sentencia favorable dicen hasta qué punto ha sido importante ver escrito negro sobre blanco que su exmarido era culpable. Esto es tanto más esencial cuanto que, si bien algunos agresores despiertan una desconfianza y una repulsión inmediatas entre los allegados de su compañera, otros dan perfectamente el pego ante su entorno. Tanto la familia como los amigos de Nathalie adoraban a su marido y le repetían la «mucha suerte» que había tenido. Un día, después de una paliza que le hizo pensar que esa vez no saldría con vida, huyó a casa de su hermana, que «no daba crédito».[47]

Muchas víctimas declaran que una intervención exterior, incluso discreta, ha sido decisiva para ayudarlas a salir de la situación. Es ese enfermero de urgencias que, sin poner explícitamente en duda el relato de ella (que dice haberse roto el mentón al caer), le insinúa a Cécile: «Vuelva cuando quiera y le extenderemos un certificado médico». O ese gendarme que le dice: «Usted no puede seguir así, la va a matar».[48] Pero cuesta imaginar una intervención de una fuerza simbólica mayor que la acusación pronunciada el 23 de marzo de 2012 por Luc Frémiot, entonces fiscal de la República en Douai, durante el juicio de Alexandra Lange por el asesinato de su marido. Consideró que los fallos de la sociedad durante sus doce años de calvario y la soledad abismal en la cual se había visto sumida la habían llevado a ese desenlace. «Alexandra siempre ha estado sola. Hoy, no la quiero dejar sola —declaró—. Es el abogado de la sociedad quien se lo dice: señora, usted no tiene que estar ante un tribunal penal. ¡Absuélvanla!»

La excompañera de un hombre violento también puede hacer mucho por su sucesora. En el caso ideal, si interviene lo bastante pronto, puede impedir que empiece la relación y ahorrarle así a otra mujer una experiencia destructiva. Sin embargo, puede impedirle hacerlo —y es totalmente comprensible— su propio trauma o el miedo a las represalias. Pero la intervención también puede venir de una persona externa. Una mujer a la que conozco me hizo llegar un día un mensaje a través de una amiga común: había conocido a un hombre que le gustaba mucho, habían flirteado, y como sabía que yo lo conocía, me preguntaba qué pensaba de él. Yo sabía que ese hombre había sido violento en una relación anterior. Mi respuesta se resume en una palabra: «¡Huye!». Ella, con gran alivio por mi parte, siguió mi consejo. Sin embargo, es preciso que la relación no se haya instalado ya y que las personas externas a la pareja todavía tengan la oportunidad de ser escuchadas. Los hombres violentos, en general, suelen encargarse de desacreditar a su ex ante su nueva compañera asegurándole que «es una loca». Es lo que hace el novio manipulador de Sophie Lambda. La joven, que se lo había creído, no habló con su ex hasta después de dejarlo. Esa conversación le confirmó que no había soñado, que precisamente no estaban «locas», ni la una ni la otra.

Ella desempeñó el mismo papel, más tarde, ante la nueva novia de aquel hombre.[49]

Una respuesta inadecuada a una situación de violencia, en cambio, tiene efectos devastadores, pues aumenta la confusión en la cual se debate ya la víctima. Es el caso de ese policía que, cuando Nathalie le hace escuchar la letanía de insultos y amenazas que ha recibido en el teléfono, le suelta riendo: «¿Pero qué ha hecho usted, mujer, para que la trate de guarra y de puta?».[50] O de esos gendarmes que, el día en que, durante los primeros años de su matrimonio, Alexandra Lange encuentra el valor de llamarlos, no se toman la molestia de bajar del coche. Al observar las marcas de los golpes en su cara, le dicen: «Si solo es eso, no podemos hacer gran cosa, señora. No hay sangre», y se marchan. Ella recuerda: «Me sentí fatal. Tal vez incluso peor que antes de que vinieran».[51] Muchos profesionales también señalan que sobre todo no hay que recurrir a una mediación, ya que este dispositivo supone que las culpas están repartidas. Aunque algunos jueces de familia sigan ignorándolo, la mediación y la conciliación están prohibidas en las situaciones de violencia por el Convenio de Estambul, que data de 2011 y que tiene fuerza de ley en el derecho francés (y español), como subraya el colectivo #NousToutes.[52] Se cometen errores terribles porque el entorno sigue tratando a un hombre violento como a un marido corriente. Así, una de las veces que Alexandra Lange intenta huir, la sobrina de Marcelo Guillemin le revela a su tío la dirección en la que se esconde, porque lo ha visto «desesperado» y se ha compadecido de él. Y el día en que la joven, con un enorme esfuerzo, confiesa la violencia de que es objeto ante una asistenta social, esta —para gran susto de Alexandra— hace entrar a Guillemin, que esperaba en el pasillo, para pedirle explicaciones. Entonces, no tiene más remedio que retractarse con vehemencia.[53]

Pero es quizá la experiencia vivida por Cécile, la treintañera parisina ya citada, la que mejor ilustra lo devastadora que puede ser una decisión institucional errónea. Cuando su novio la cubría de insultos, ella acabó por darle dos tortas, de lo que inmediatamente se arrepintió. Y, en efecto, aquel hombre, como si hubiera visto una señal, la golpeó entonces violentamente durante tres cuartos de hora. En el entorno de la joven se produce esa famosa identificación con el protagonista masculino. No solo su padre le desaconseja que denuncie, sino que un amigo al que consulta se muestra igualmente reticente: «Para él puede ser grave, porque eso lo convierte en reincidente y a la que cometa cualquier tontería irá a la cárcel». Apoyada por su madre, ella no se deja disuadir, pero en la denuncia minimiza algo los hechos: «Durante toda la tarde no hablé con mi amiga, en casa de la cual se presentó y lo destrozó todo. No dije que me había arrastrado por el suelo agarrándome del pelo. No dije que me había pisado la cara». Un certificado médico establece que tiene un ojo amoratado y chichones; le dan cinco días de incapacidad física total para el trabajo y diez días de incapacidad psicológica. Tres meses más tarde, se entera de que su ex también la ha denunciado... por las dos bofetadas. Pretende que lo molió a golpes. A raíz de un careo, ella se reconoció culpable igual que él y fue condenada, igual que él, a asistir a un curso de un día de sensibilización contra la violencia conyugal. Para ella, es como si le pusieran «un segundo ojo a la funerala». Pide que, por lo menos, no la pongan en el mismo grupo que a su agresor. Está aterrorizada ante la idea de verse encerrada en una habitación «con unos tíos que han apaleado a sus compañeras».

Al día siguiente del curso, Cécile presta testimonio ante el micro de Mathieu Palain, para France Culture. Le explica que, al principio del curso, al presentarse, ella expuso los hechos y aseguró que lo único que hizo fue defenderse. «Pero el problema —prosigue— es que mi discurso sonaba igual que el discurso de las otras veintidós personas. Eso me explotó totalmente el cerebro. Pensé: "Yo también digo que solo le di dos tortas. ¡Soy como ellos!"» Y se derrumba hecha un mar de lágrimas: «De hecho, estoy consternada. Me he pasado el día repitiéndome: "He pegado dos tortas, y es verdad que eso es violencia". [...] Esos tíos, en su cabeza, son víctimas, son víctimas de la tía esa que les impide beber... Me dije: "Al final, yo soy la única aquí que siente culpabilidad. Soy la única que me digo a mí misma que puede ser que tenga un problema de violencia"». Y concluye: «Si la justicia me condena a asistir a este curso, debe de tener un sentido, y estoy buscando cuál, pero no lo hay, y eso me vuelve loca».[54] Poner en el mismo plano, reuniéndolos en una misma habitación, a hombres violentos que se consideran sistemáticamente inocentes y a una mujer víctima que tiene sistemáticamente tendencia a dudar de sí misma y a culpabilizarse es, en efecto, como para «que te explote el cerebro».

La parábola de Manniford McClaine

«Es el hombre que se me ha escapado. La mayor pena de amor de mi vida no es que me abandonara mi marido, el padre de mis hijos: es no haber podido seducir de verdad a Manniford McClaine...» En una escena de la primera temporada de *La maravillosa señora Maisel*, la protagonista, que perfecciona su carisma de monologuista, mantiene en vilo a una reunión de amigos durante una fiesta. «¡Sí, era su verdadero nombre! Y era *magnífico*. Era el capitán del equipo de fútbol del instituto, el jefe de la banda. Tenía una mandíbula con la que habrías podido apuñalar a tu hermana. Era tan guapo que, cuando lo invité a cenar a casa de mis padres, mi madre, que siempre me había repetido: "Tu virtud es un jardín. Guárdala bien protegida detrás de una verja", me dijo, nada más verlo: "¿Sabes qué? La verja no es tan alta. ¡Anda, sáltala! Espera, que te haré estribo con las manos...". Estuvimos a punto de ir juntos al baile de fin de curso. Y luego su novia, Satan, volvió de Rhode Island. Se casaron, tuvieron cuatro hijos y compraron una propiedad junto al mar en Oyster Bay. Y el otro día, abro el periódico, y veo en grandes titulares: "El chico de oro de Wall Street Manniford McClaine es detenido con la cabeza de su esposa en el maletero del coche". ¡Sí! ¡Mató a su mujer y condujo durante una hora con su cabeza en el maletero antes de ser detenido! No podía creerlo, debía de ser otro Manniford McClaine... Pero no, estaba ahí, en el periódico, esposado. Y todo lo que logré pensar fue: "¡Oh, Dios mío! Sigue siendo guapísimo...". Sí, sí ¡ya lo sé! Debí pensar que me había escapado de una buena. Pero, en vez de eso, me decía a mí misma: "¡Bueno, ahora él es libre... Yo soy libre...!".»

La escena es divertida, pero pone el dedo en la llaga de una realidad que lo es mucho menos: las historias de amor que se tejen entre unos asesinos y unas mujeres a las que atraen de forma irresistible. Este fenómeno me parece que tiene muchos mecanismos en común con los que actúan en las situaciones de violencia conyugal. En la cárcel, los hombres cuyos crímenes han salido en los medios de comunicación tienen todos sus admiradoras, y a veces distinguen a una de ellas desposándola, para gran despecho de sus rivales. Algunos son especialmente populares por sus rasgos agradables, considerados como señal de una inocencia inmanente, y reciben miles de cartas, como si fueran estrellas del rock; pero incluso los que no son precisamente apolos tienen sus fans. «Los cronistas judiciales del siglo XX atribuían ya a Henri Désiré Landru, guillotinado en 1922 por once asesinatos —los de diez mujeres y un hombre—, ochocientas peticiones de matrimonio, repertoriadas entre las algo más de cuatro mil cartas apasionadas que recibió durante su estancia en prisión», escribe la periodista Isabelle Horlans.[55] Charles Manson, el gurú que encargó en 1969 el asesinato de la actriz Sharon Tate, la esposa de Roman Polanski a la sazón encinta de ocho meses, y de cuatro amigos suyos, murió en 2017, a la edad de ochenta y tres años; tres años antes, estuvo a punto de casarse con una admiradora de veintiséis años. Sin embargo, cuando murió, ya había perdido su título de asesino más cortejado del mundo a manos de Luka Rocco Magnotta, alias el Destripador de Montreal. En Bélgica, hay chicas de quince años que escriben a Marc Dutroux, pedófilo criminal y asesino en serie. En Francia, Guy Georges, *el Asesino del Este parisino*, detenido en 1998 por la violación y asesinato de siete mujeres, «recibe decenas de cartas de fans que quieren sustituir a su madre o conquistar su corazón». Durante varios años, una estudiante de Derecho, que había sucumbido a sus encantos al verlo en televisión, lo visitó en el locutorio.

Todo eso podría explicarse por el culto a la celebridad, lo bastante poderoso como para eclipsar toda noción de bien y de mal. Pero no se constata a la inversa: las asesinas que aparecen mucho en la prensa dejan en general muy fríos a los hombres, señala Isabelle Horlans. Así, en Canadá, el asesino en serie Paul Bernardo y su cómplice Karla Homolka (que fueron apodados Ken y Barbie) fueron detenidos juntos en 1993. Pero Homolka nunca tuvo fans, mientras que Bernardo, reconocido culpable de cuarenta y tres violaciones y tres asesinatos, «es una celebridad que recibe multitud de solicitaciones en la penitenciaría de Kingston (Ontario)». En otras palabras, la mayoría de los hombres ven en una asesina a una persona que ha cometido unos actos terribles y de la cual más vale mantenerse alejado. Les inspira repulsión o indiferencia. En cambio, en un asesino, ciertas mujeres ven una especie de príncipe azul que las atrae irresistiblemente. Una vez tras los barrotes, un asesino se convierte en un «imán para las mujeres», según la expresión de la americana Sheila Isenberg, autora en 1991 del primer estudio sobre el tema. El jefe de la policía de una ciudad de Nebraska recordaba a un hombre que había disparado contra su esposa en ocho ocasiones: «Durante la primera semana de su encarcelamiento, vinieron siete mujeres a visitarlo».[56]

Es tentador apartar un hecho tan turbador de un manotazo, atribuyéndolo a la locura. «Los locos atraen a los locos, es tan simple como eso», afirmaba tajante el abogado Éric Dupond-Moretti.[57] Pero también podemos preguntarnos si estos asesinos y sus fans no llevan hasta el extremo los roles de género que, a menor dosis, constituyen nuestra normalidad. Si la virilidad va ligada a la fuerza, a la dominación, al ejercicio de la violencia, ¿entonces hay algo más viril que un asesino, como tan bien da a entender la descripción que Midge Maisel hace de su Manniford McClaine? Así, las muchachas que escriben a Marc Dutroux tal vez hayan integrado demasiado bien los códigos del mundo que las rodea, sin la distancia y la autocensura que normalmente llegan con la edad adulta. «La inmadurez de esas adolescentes explica en parte su atracción por asesinos que a sus ojos simbolizan el sumun de la virilidad», dice el psicólogo Philip Jaffé.[58] «En nuestra cultura patriarcal, los asesinos son vistos a menudo como el colmo de la virilidad: como los más machos, los más fuertes, los más violentos y brutales de todos los hombres —observa Sheila Isenberg—. En muchas películas y series, la mística violenta del asesino —o del policía, del espía, del agente secreto, etcétera— representa la principal carga erótica. La violencia misma se erotiza.» Y «con un hombre cuya virilidad o machismo son exacerbados, una mujer se siente más femenina».[59] «Me ha hecho sentir mujer», declaraba Sondra London, la prometida de Danny Rolling, alias el Destripador de Gainesville (en Florida), que había confesado ocho asesinatos.[60]

La mayor parte de las fans o novias defienden la inocencia del hombre al que aman con una obstinación irracional, incluso a veces cuando él mismo reivindica sin tapujos sus crímenes. Eso da lugar a escenas absurdas. En 1989, Shirlee Book se casa con Kenneth Bianchi, que violó, torturó y estranguló a doce mujeres jóvenes en las colinas de Los Ángeles a finales de los años setenta del pasado siglo. En un programa de televisión donde aparecen ambos, ella describe a su marido como una persona «afectuosa y cariñosa», mientas que Bianchi se jacta de haber «matado a todas esas zorras».[61] Sheila Isenberg indica que, entre las mujeres que ha entrevistado para su libro, enamoradas de asesinos anónimos o famosos, «ni una sola admite que su marido o su novio haya matado». Esos hombres también son seres humanos corrientes, capaces de hablar, de caminar, de sonreír, de bromear, y ellas ven en esto la prueba de que no pueden haber cometido realmente los horrores de los que se los acusa. Sin embargo, según Isenberg, en su fuero interno todas saben que han matado, y ese hecho es para ellas «extremadamente erótico».

Cabe pensar que los veneran, no a pesar del hecho de que han matado, sino justamente porque han matado. En 1979, en Miami, durante el tercer juicio de Ted Bundy, reconocido culpable de treinta y siete violaciones y asesinatos (probablemente haya cometido muchos más), decenas de mujeres jóvenes se disputaban cada día un sitio en la primera fila de la sala. «¿Sabían hasta qué punto se parecían a las presuntas víctimas del acusado? No le quitaban los ojos de encima, y se ruborizaban y ahogaban risitas de placer cada vez que él se volvía para dirigirles una de sus deslumbrantes sonrisas», recuerda Ann Rule, que fue colega y amiga de Bundy durante años sin sospechar nada y que también asistió a las sesiones del juicio.[62] Cuesta evitar la impresión de que algunas mujeres pueden haber interiorizado la misoginia hasta la intoxicación, al punto no solo de perdonarle a un hombre haber matado a otras mujeres, sino de encontrar que eso es algo sumamente seductor y de fantasear con que las mate a ellas también. Como si una misoginia difusa, omnipresente en su entorno, las hubiese privado del instinto de conservación más elemental, llevándolas a probar con pasión lo que las destruye. O como si quisieran probar suerte, convencidas de que a *ellas* no las mataría.

La situación es, por supuesto, completamente diferente cuando existe una sospecha ampliamente compartida de error judicial, como en el caso de Hank Skinner, condenado a muerte en Texas en 1995. Skinner es apoyado por la francesa Sandrine Ageorges-Skinner, que se ha casado con él, pero también por Amnistía Internacional, que ha respaldado su demanda de un nuevo proceso. La seducción ejercida por unos hombres que sí han cometido efectivamente delitos, pero sin derramamiento de sangre, como los atracadores franceses Patrick Brice y Michel Vaujour, también es mucho más comprensible. En todos los casos, encontramos un elemento de abnegación femenina: la esposa de Vaujour, Nadine, lo ayuda a evadirse en helicóptero de la cárcel parisina de la Santé en 1986, y su compañera ulterior, Jamila Hamidi, también fue condenada por haber intentado repetir la hazaña en 1993. Pero no existe el mismo elemento de fascinación por unos hombres que simplemente matan —aunque, muchas veces, sea a mujeres—. Tratándose de esta última clase de criminales, cabe pensar, por supuesto, que ellos también tienen derecho a la redención y a la reinserción (igual que se puede, en Estados Unidos, militar por la abolición de la pena de muerte). Pero tal vez no ciegamente, ni ofreciéndose una misma en sacrificio.

«Me sentía como su madre»

Las admiradoras de asesinos manifiestan de una forma extrema esa empatía y esa abnegación femeninas que observamos en muchas situaciones de violencia conyugal, y que llevan a ocultar el mal que un hombre ha podido y podría hacer todavía a otros o a una misma. De esos asesinos, ellas no ven más que el «sufrimiento» y la «humanidad». Y esa indulgencia adquiere una dimensión más perturbadora aún cuando se trata de criminales que han apuntado esencialmente, o únicamente, a mujeres. Ellas mismas son mujeres, y sin embargo sienten una conexión con ellos y no con sus víctimas. «Sabe hacerme olvidar su pasado terrorífico», decía la estudiante seducida por Guy Georges.[63] Cuando Mary Bain se enamora del padre de una compañera de escuela de su hija en Manhattan, en 1987, lo que le llama la atención de él no es que sea sospechoso de haber matado a su esposa, sino «su ingenio, su encanto, su inteligencia». Asimismo, Shirlee Book se enamoró de Kenneth Bianchi al ver una foto de su juicio en la cual «parecía muy solo».[64] Al evocar el momento de 1995 en que conoció a Oscar Ray Bolin, condenado a muerte en Florida por los asesinatos de tres mujeres, Rosalie Bolin dirá: «Sentí su aislamiento, su soledad. Me conmovió».[65]

Los asesinos encarcelados apelan mucho al síndrome del sambernardo, que a las mujeres se las anima a desarrollar. La historia de Hilary, enfermera en un hospital de los alrededores de Pittsburgh, lo ilustra de forma ejemplar. Cuando tiene unos cuarenta años y está divorciada, conoce a Lucas, a quien traen de la cárcel tras sufrir una crisis cardiaca. Se siente conmovida por ese paciente encadenado a su cama. Más tarde se enterará de que lo han condenado por haber apaleado hasta matarlo a un anciano al entrar a robar en una casa, con tres cómplices. Cuando, antes de salir del hospital, él le pide el número de teléfono, ella se niega a dárselo; pero más tarde se reprocha haber sido «un poco dura». Otra hospitalización del preso unos meses después le ofrece una segunda oportunidad. Inician una correspondencia y ella se da cuenta de que «le gusta». Luego decide que «estará a su lado pase lo que pase». «Yo te sacaré de ahí», le promete. Le explica a Sheila Isenberg que siempre quiso ser enfermera porque le «gusta ayudar a la gente». La marcó mucho el modelo de su madre, «una santa que ahora debe de estar en el paraíso», que «cuidaba de todo el mundo». El primer marido de Hilary se excedía un poco con la bebida; ella lo sabía al casarse, pero estaba segura de poder salvarlo. Fue el infierno para ella y para sus cuatro hijos, hasta el día en que lo echó amenazándolo con una escopeta. Cuando Lucas es internado en psiquiatría tras un intento de suicidio, ella lo apoya, lo visita. «Me sentía como su madre, iba a hacer que se recuperase.» Mientras esperaba que saliera de la cárcel, no ahorraba nada para su propio futuro: trabajaba sesenta horas a la semana y todo lo que podía ahorrar le servía para regalarle a Lucas toda la comodidad posible dentro de la cárcel. «Le pagué su televisión, su radio, su ropa, sus paquetes de Navidad. Pago su factura de teléfono. Hace poco quería comprarme una lavadora nueva, pero cuando llama y dice: "Hace frío y tengo una sola manta"...» Igual que ella, otra mujer cuenta haber aprendido de su madre «la aceptación total del hombre tal y como es, el deseo de sacrificarse».[66] Cabe adherirse a la tesis de que a través de esa compulsión de cuidar se expresa una voluntad de control: un prisionero es el objeto perfecto para satisfacer las necesidades emocionales de las mujeres que presentan ese perfil psicológico. No por ello su sacrificio deja de tener unos efectos materiales muy concretos: beneficia a una de las partes y lesiona a la otra. Incluso si Lucas permite a Hilary realizar su fantasía de maternaje total, él goza del confort que ella le ofrece, en tanto que ella se mata a trabajar para él y se condena a un futuro de pobreza.

En los raros casos en que las mujeres admiten la culpabilidad de aquel a quien aman, parecen ver en él un desafío. Él encarna en su más alto grado no solo el arquetipo del hombre viril, sino también el del hombre atormentado, indescifrable, ensimismado. Durante meses o años, él llevó una doble vida, cometiendo en secreto unos crímenes atroces que respondían a una necesidad interior que solo él conocía. Ellas tienen la fantasía o la ambición de ser la mujer que, gracias a la intensidad de la relación que establezcan, le harán deponer su armadura. Él representa para ellas la oportunidad de realizar una especie de *performance* de feminidad suprema. A fuerza de comprensión, de sabiduría, de paciencia y de generosidad, esperan ser la que sabrá llegar al ser sensible que se atrinchera detrás de sus traumas y sus crímenes. Toda la sociedad parece considerar que este es el papel de las mujeres. Me percaté muy tardíamente de lo que había de problemático en una de las canciones que sin duda más he escuchado y adorado en la adolescencia, «I've Been Losing You» [«No he hecho más que perderte»], del grupo noruego A-ha (1986), el monólogo de un hombre que, tras haber matado a la que ama, le suplica que lo ayude: «Venga, por favor, ahora, / háblame, / dime cosas que puedan ayudarme...».[67]

La fe en la compasión, la dulzura y la sagacidad de las mujeres, que se supone que tienen unas virtudes casi mágicas, fue flagrante durante el juicio de Guy Georges, en 2001. Durante los seis primeros días, el acusado negó en bloque las violaciones y los asesinatos, antes de derrumbarse y confesar, llorar y pedir perdón. Ciertamente, las interpelaciones de madres, hermanas y amigas de víctimas o de abogadas durante los días anteriores habían podido empujarlo a ello, pero la cobertura mediática acentuó esa dramaturgia. «L'aveu fait aux femmes» [«La confesión hecha a las mujeres»], titulaba *Elle* (2 de abril de 2001). El presidente del tribunal penal se había dirigido a Guy Georges «sin acosarlo jamás, de forma reposada», su actitud fue calificada de «femenina».[68] El principal abogado de la defensa, Alex Ursulet, estaba asistido por una colega, Frédérique Pons. Como Ursulet era un hombre negro, igual que Guy Georges, es posible que la contratase, en parte al menos, por razones de imagen, para que su cliente fuese defendido también por una mujer blanca. La operación tuvo tanto éxito que él quedó totalmente eclipsado por su ayudante. Cuando Frédérique Pons aparecía al lado de Guy Georges, su cara de madona, de ojos azules y tez de porcelana, contrastaba espectacularmente con la piel oscura del «monstruo». Su yuxtaposición despertaba ese imaginario arcaico y racista que asocia una piel blanca con el bien y con la pureza, y una piel negra con el mal, formando un contraste visual del tipo *La Bella y la Bestia*. Pero, sobre todo, el esquema narrativo de la sensibilidad femenina triunfando sobre la barbarie parecía irresistible. Las lágrimas que Frédérique Pons derramó en un momento de tensión especial causaron sensación. *Le Parisien* le dedicó un perfil titulado «La femme qui a fait avouer Guy Georges» [«La mujer que hace confesar a Guy Georges»] (1 de abril de 2001). «Tenía la impresión de que otro ser intentaba salir de sí mismo», decía ella tras el veredicto.[69]

Y no obstante... De creer lo que dicen las actas judiciales, fue contestando a Alex Ursulet cuando Guy Georges, interrogado sin parar sobre su culpabilidad, pasó por fin del «no» al «sí». Aunque las intervenciones de los días anteriores debieron de preparar el terreno, fue el argumento formulado por otro hombre el que parece haber dado resultado. «Para su familia, para su padre, dondequiera que esté, para que puedan perdonarlo, si tiene usted algo que ver [con la agresión], hay que decirlo —le suplicó su abogado—. ¿Agredió usted a la señorita O.?» Por primera vez, el asesino murmuró entonces: «Sí», y luego repitió «sí» a cada nombre que su abogado iba desgranando.[70] La madre de una de las víctimas rindió homenaje por ello al abogado Ursulet: «Al hacer confesar a Guy Georges, ha dado pruebas de dignidad».[71] El propio asesino evocaba los testimonios de las tres mujeres que lo habían conmovido, y luego concluía: «También está mi abogado, que ha hecho el resto, creo yo».[72] Pero, aparentemente, el guion de un hombre (negro) apelando a la humanidad de otro hombre no satisface nuestros prejuicios. En la película (bastante mala) de Frédéric Tellier *El caso SK1* (2014), inspirada en la investigación sobre el Asesino del Este parisino, Alex Ursulet ni siquiera tiene nombre: el actor que lo interpreta aparece en los títulos de crédito como «abogado de Guy Georges». En cambio, Frédérique Pons, interpretada por Nathalie Baye, destaca y expresa claramente esa fantasía de una feminidad taumatúrgica, capaz de realizar milagros. Se la ve convenciendo a su colega de que hay que empujar a su cliente a confesar: «Nadie ha hecho lo que debía con él, ni sus padres, ni la DDASS»,[73]* le dice. «En la cárcel, pidió ver a psicólogos las primeras veces que estuvo detenido, y se lo negaron. Quiero que este tío que se pasará lo que le queda de vida en la cárcel vea un poco de luz en alguna parte. Hay que considerar el caso de otra forma. Todos necesitamos que se explique. Quiero que no se le considere únicamente como un monstruo, odiado por todos e incomprendido. Esa es mi tarea.» Al policía que le suelta: «Yo soy el que ha buscado al monstruo durante siete años», ella le contesta: «Y yo soy la que busca al hombre detrás del monstruo».

Después del juicio, un psiquiatra explicaba que, como Guy Georges había sido abandonado por su madre, no creía poder ser el objeto de atención de las mujeres, «y de ahí las violaciones y los

* DDASS o Direction départementale des affaires sanitaires et sociales, el equivalente a los Servicios Sociales. *[N. de la T.]*

asesinatos que cometió». Por eso, las llamadas femeninas para empujarlo a confesar durante el juicio habrían encontrado una resonancia particular en él: «Unas intervenciones únicamente masculinas habrían reforzado su mutismo».[74] Ignoro lo que vale esa tesis, pero me parece que atribuyendo a las mujeres semejante poder se las convierte en dianas de tiro al blanco. A propósito de las fans que actualmente se agolpan a la cabecera de Luka Rocco Magnotta, Isabelle Horlans escribe: «Todas quisieran ser la que lo ayudará a curarse».[75] Es una apuesta peligrosa. Cuando un asesino no recupera jamás la libertad, las consecuencias de la atracción que suscita son limitadas, pero este no siempre es el caso. Carol Spadoni se casó con Phillip Carl Jablonski cuando él se hallaba en la cárcel por el asesinato de su mujer. Al acercarse el momento de la liberación, en 1990, ella confiesa sus temores al agente de la condicional, pero no es escuchada.[76] Su marido sale de la cárcel y se instala con ella en una pequeña ciudad de California. En 1991, la apuñala y luego viola a su suegra antes de matarla también. Viola y mata igualmente a dos mujeres más. Al volver a la cárcel, pone un anuncio matrimonial en el que se describe como un «gigante simpático» y dice soñar con «cenas a la luz de las velas, paseos románticos en la playa y arrumacos delante de la chimenea».[77]

«El novio perfecto»

Hay otros elementos que explican la atracción por un asesino. Y dicen mucho, indirectamente, sobre la trayectoria de muchas mujeres. Todas las que ha entrevistado Sheila Isenberg habían tenido unas vidas jalonadas de malos tratos, agresiones sexuales, violencias familiares o, más tarde, conyugales. Amor y violencia estaban profundamente entremezclados en la historia de esas mujeres. Algunas también podían admirar a un hombre que había pasado al acto, cuando ellas mismas, teniendo en cuenta lo que habían sufrido en su vida, probablemente habían alimentado fantasías homicidas. Además, y paradójicamente, la relación con un preso era para ellas tranquilizadora, pues un hombre encerrado y constantemente vigilado no podía hacerles daño. Como generalmente la relación es platónica, algunas dicen sentirse aliviadas por poder sustraerse al imperativo de la prestación sexual. También aprecian el poder escapar de la presión sobre su físico: «A los condenados a muerte les importa un comino lo que mide de cintura su corresponsal», resume una francesa apuntada en una página americana especializada en contactos con presos.[78] Tienen la certidumbre de ocupar un lugar central en la vida de su novio o su marido, para quien son su boya salvavidas y que tiene mucho interés en cuidarlas. El riesgo de engaño o traición, sin ser nulo, es mucho menor que con un hombre en libertad. Saben en todo momento dónde está, y al mismo tiempo ellas pueden moverse libremente y no tienen que darle cuenta de nada, ni que realizar tareas domésticas para dos. En definitiva, es el «novio perfecto».[79]

Todas esas mujeres manifiestan una inmensa sed de amor. Habrá que volver a hablar de esa disposición a enamorarse tan a flor de piel que puede activarse con la simple imagen de un desconocido en una pantalla de televisión —por no hablar siquiera del hecho de que se trata de la imagen de un asesino—. Muestra hasta qué punto las mujeres están condicionadas a soñar con el amor de forma obsesiva, a convertirlo en el centro de su identidad y de su búsqueda existencial, para mayor provecho de aquellos en quienes proyectan esas ansias. Cuando la mayoría de las novias de asesinos han carecido durante toda su vida de amor y de atención, he aquí que de pronto aparece alguien que no tiene nada más que hacer que amarlas y pensar en ellas. Cuando conoce a Oscar Ray Bolin, Rosalie Bolin —que aún se llama Rosalie Martinez— está casada con un famoso abogado y vive con él y con sus cuatro hijas en una gran casa. Lo abandonará todo para casarse con Bolin en 1996[80] (él será ejecutado en 2016). Rosalie mostraba maravillada las cartas que Oscar le escribía, asegurando que para ella eran más valiosas que todas las riquezas y el confort material a los que había renunciado por él.[81]

Una escena que impacta (y que se puede ver en línea) muestra a otro asesino, Danny Rolling, que en pleno tribunal, cuando el juez le pregunta si tiene algo que añadir, se vuelve hacia su prometida, Sondra London, y, enfundado en su mono color naranja y esposado, entona una serenata delante del público, que no sale de su asombro. Ese hombre que se introdujo en casa de unas estudiantes, que las violó, las apuñaló y las decapitó, y luego abandonó sus cuerpos en posiciones obscenas, se pone a cantar: «Recuerdo el día en que te dije que te amaba...». Se diría que es casi una sátira macabra de nuestra sociedad, en la que nos aturdimos con comedias románticas mientras los esqueletos se entrechocan en los armarios del patriarcado.

Además, para sobrevivir, tanto durante su carrera criminal como durante la vida en prisión, esos asesinos han desarrollado una gran capacidad de observación y de manipulación, subraya Sheila Isenberg; son los «mejores psicólogos del mundo». Saben decirle a una mujer exactamente lo que desea oír. Ello explica tal vez por qué la palabra *sensible* se repite tan a menudo en la descripción que hacen de ellos las entrevistadas. Eso, añadido a la negación de los crímenes que han cometido, permite a sus novias o a sus esposas convertirlos en páginas en blanco sobre las cuales proyectan sus fantasías. Ellas viven exactamente el amor romántico tal y como lo ha descrito Denis de Rougemont a partir del mito de Tristán e Isolda: un amor constantemente reprimido, lleno de «aspiraciones insatisfechas», dice Sheila Isenberg, en el cual el otro es un espejismo, una figura ideal más que una presencia real. Ellas están drogadas por las múltiples peripecias, giros, alternancia de esperanzas y decepciones que implica la relación con un preso. Como Tristán e Isolda, buscan un amor que no es de este mundo. Quieren un hombre *bigger than life* («más grande que la vida»), dice Isenberg, que también subraya estas palabras reveladoras de una de ellas: «Quizá ni siquiera nos resultaríamos simpáticos en el *mundo real*».

«Yo no podía volverle la espalda al amor», dice Mary Bain,

que ha abandonado a su marido, renunciado a su hija y dejado todo lo que poseía para casarse con Joseph Pikul, acusado del asesinato de su esposa. Viviendo con él durante unos meses, antes y durante el juicio, descubrió que, contrariamente a lo que quería creer, sí había matado a su anterior esposa y su propia vida estaba en peligro. La perseguía por los bosques que rodeaban la casa, le anunciaba que había cavado una tumba para ella. Tuvo que llamar varias veces a la policía. Al final, él murió de sida antes de que se pronunciara el veredicto condenatorio. Era homosexual y no se lo había dicho nunca. «Tengo la impresión de que ese hombre me folló maravillosamente», concluye la mujer. Pero de todas formas añade: «Me enamoré de alguien... Sigo creyendo que no me equivoqué». Sacrificar toda su vida por una ilusión completa: en nuestra sociedad, la fe en el amor romántico es tan fuerte que puede —sobre todo en las mujeres— llevar a esos extremos. «Nuestra cultura crea una actitud adictiva respecto al amor», constata Sheila Isenberg.[82]

A la opinión pública le horroriza en general la existencia de las fans de asesinos, sobre todo cuando los crímenes de estos últimos han sido muy mediáticos. Igualmente, aunque en menor medida, las víctimas de violencia conyugal son vistas muchas veces con una condescendencia piadosa. Todas son consideradas como pobres criaturas cándidas, que sufren de una falta de juicio desoladora. Sin embargo, no son ellas las que han inventado la cultura patriarcal, ni la asociación de la seducción masculina con la violencia. Se limitan a reproducir la valorización del amor sublime y contrariado en la cual estamos todos sumergidos. Continuamente elogiamos a las mujeres en unos términos que destacan su abnegación, su devoción, su preocupación por los demás, e, indirectamente, su olvido de sí mismas: «Siempre sonriente», «Con el corazón en la mano», «Siempre pendiente de sus hijos»... Todas esas cualidades son tan inherentes a nuestra idea de lo femenino que pronunciamos esas palabras banales sin ni siquiera pensar lo que decimos. A la inversa, las que miden su generosidad, las que escuchan sus propias necesidades, las que no se sienten directamente responsables del bienestar de las tres cuartas partes de la humanidad, son percibidas como frías y egoístas. Por eso, sin saberlo, fabricamos unas mujeres que responden a esas expectativas.

El mundo gira demasiado gracias a la abnegación femenina, y demasiada gente abusa de ella. Ya sería hora de que la abnegación se convirtiera en una cualidad más repartida. Quizá habría que empezar por valorar la amabilidad y la generosidad también en los chicos, y animar a las niñas a prestar atención a su propio bienestar y a defenderlo, enseñarles a ser personas educadas, razonablemente atentas a los demás, pero no ángeles. En *Indefensa*, la adaptación televisada de la historia de Alexandra Lange, cuando la protagonista, todavía adolescente, conoce a Marcelo Guillemin y le dice cómo se llama (Lange en francés suena como *l'ange*, el ángel), él le contesta: «A mí me haría mucha falta un ángel en este momento de mi vida». Y cuando Rosalie Martinez ve por primera vez a Oscar Ray Bolin, dice: «Soy su ángel. Quiero salvarle la vida».[83] En las páginas de su cómic, donde Sophie Lambda hace su introspección tras haber salido de una relación con un manipulador, se pregunta: «¿Por quién me tomaba yo, de verdad? ¿Cómo podía pretender salvar al oprimido así, aceptar todos los fallos de los demás sin pensar en las consecuencias sobre mí misma? No era más que otra manera de pulir mi ego y mi narcisismo. En el fondo, me valorizaba siendo esa salvadora incondicional del pájaro herido al borde de la carretera». Burlándose de sí misma, dibuja un monumento donde ella aparece en forma de ángel.[84] Yo creo que se culpa equivocadamente al atribuir esa actitud a su «narcisismo» más que a su socialización como mujer.

Para explicar las motivaciones de las admiradoras de asesinos, el psicólogo Philip Jaffé escribe: «Estas mujeres que llevan el corazón en la mano han recibido con frecuencia una educación cristiana: el que ha cometido pecados graves puede ser perdonado».[85] Un alto porcentaje de las entrevistadas por Sheila Isenberg también se han educado en el catolicismo. Asimismo, Marie-Claude, la antigua víctima de violencias conyugales ya citada (a la que le costó tanto llevarse el dinero que le correspondía al abandonar a su marido), contaba que sus padres, preocupados, le habían desaconsejado que se casara con aquel hombre. Ella no les hizo caso: «Como buena católica, me dije: "Yo salvaré a este chico"».[86] De todas formas, cabe preguntarse si en todos esos casos el catolicismo hace algo más que agravar una disposición general ligada a la educación de las mujeres, que también existe abundantemente en una forma laica. Cuando sale por fin del infierno que ha vivido con su compañero, la narradora de la novela de Alissa Wenz reflexiona sobre su experiencia: «La mujer se queda. Porque sí. No es que no tenga armas. Las tiene. Ha leído, ha reflexionado. Pero quizá todavía cree que debe y puede amar, amar más que nada. Cree que el amor redimirá el mal. Ha leído la historia de Penélope esperando el retorno de Ulises, la de Ariadna ofreciéndole a Teseo el ovillo de hilo para que pueda escapar del laberinto. Piensa que la paciencia, la dulzura y la asistencia son virtudes inalterables. Piensa, sin confesárselo, que las mujeres están dotadas para eso, y tal vez cree, incluso, que están hechas para eso. Se equivoca. No ve que se mete en unos esquemas arcaicos, unos esquemas que la reducen y que podrían aniquilarla. Que se mete en su propia disgregación».[87]

Encontramos muchas veces, más o menos conscientemente, el modelo de *La Bella y la Bestia* detrás de esas relaciones entre una mujer dulce, abnegada y comprensiva, y un hombre torturado o violento, al que ella intenta salvar. Ese cuento, como observa la psicoterapeuta Robin Norwood, parece haberse convertido en un «vehículo para perpetuar la creencia según la cual una mujer tiene el poder de transformar a un hombre, a poco que lo ame abnegadamente». Pero se trata de un contrasentido. En el cuento, la bella no tiene ningún deseo de cambiar a la bestia: «No trata de transformar a un monstruo en un príncipe. No dice: "Seré feliz cuando él deje de ser un animal"». Ella ya es feliz. Él es dulce, bueno, está lleno de cualidades, y ella lo ama exactamente como es. No tiene ninguna voluntad de control sobre él, y eso es justamente lo que lo deja libre de evolucionar y de transformarse en príncipe. En suma, deberíamos entender *La Bella y la Bestia* como un recuerdo de que no tenemos el poder de cambiar a nadie (al menos, no deliberadamente): «No hay nada malo en querer ser feliz, pero situar la fuente de esa felicidad fuera de nosotros mismos, en las manos de alguna otra persona, implica esquivar nuestra capacidad y nuestra responsabilidad de cambiar nuestra propia vida para hacerla mejor», concluye Norwood.[88] En una de las fotos de grafitis tomadas en los aseos de mujeres de diversos clubs berlineses y recogidas en una cuenta de Instagram, se puede leer esta inscripción en rosa fluorescente sobre fondo azul: *«Don't try to fix him»* («No trates de repararlo»).[89] Raras veces la tinta rosa fluorescente habrá sido tan bien empleada.

El amor y la muerte, la prosperidad de un cliché

Pero, sobre todo, es bastante hipócrita indignarse por el comportamiento de las víctimas de violencias conyugales o de las fans de asesinos cuando nuestra cultura no cesa de presentar el mal que un hombre puede hacerle a una mujer como una prueba de amor; cuando nuestra visión del amor está impregnada de una cultura de muerte. Es uno de los efectos de nuestra afición a la pasión trágica e imposible analizada por Denis de Rougemont: proporciona una cobertura a la violencia misógina, permite legitimarla, como quien hace pasar una mercancía de contrabando. La expresión *crimen pasional* apenas empieza a ser abandonada en la prensa, gracias al combate de las feministas para imponer la palabra *feminicidio*. Se trata, por otra parte, de una categoría periodística, en ningún caso jurídica. Annik Houel, Patricia Mercader y Helga Sobota destacan esta paradoja: «Hasta 1791 el amor era una circunstancia atenuante reconocida, pero desapareció de los textos en el momento en que emergió en la opinión pública la noción de *crimen pasional*». La prensa, negándose a seguir la evolución del derecho, se encargó, en efecto, de perpetuar la indulgencia de la que el legislador daba muestras. Construyó e instaló la noción de *crimen pasional* durante todo el siglo XIX. Ello permitió negar la peligrosidad de la familia para las mujeres, en una época en que justamente se desplegaba la propaganda en torno a las bondades del hogar. Las autoras explican que, tanto si se le concede un valor positivo como negativo, la «pasión es percibida como una fuerza contra la cual nada podemos, lo cual invita a considerar ese tipo de crímenes como una fatalidad. Este travestismo de la violencia en prueba de amor por parte de los periodistas adopta a veces un sesgo caricaturesco: al hablar de un caso en el cual un hombre ha matado a su mujer porque el divorcio se había vuelto ineluctable, y luego se ha suicidado, un redactor señala que el crimen tuvo lugar "once días después de San Valentín" y a dos pasos de una tienda que tiene en el escaparate unos corazones de látex rojo con la inscripción "Te amo tanto"». Por si fuera poco, un asesinato seguido de un suicidio se presenta como si se tratase de un doble suicidio. «Última noche de amor», titula un periódico. Y el reportero escribe: «Como los amantes de *Bella del Señor*, los dos sabían que al amanecer todo habría terminado».[90]

En 2003, con la muerte de Marie Trintignant, la prensa desbordaba de «amor» y de «pasión». «L'amour monstre» [«El amor monstruo»], titulaba *Paris Match* (7 de agosto de 2003). En *Les Inrockuptibles* (6 de agosto de 2003), Arnaud Viviant, que hablaba de «homicidio involuntario pasional», escribía: «Les Rita Mitsouko nos habían avisado desde hacía tiempo: "Las historias de amor acaban mal, en general"». El título de esa canción era el mismo que el de su artículo: «Les histoires d'A». Aseguraba que aquellos dos «se pegaban mucho», ya que «es mucho más duro amarse hoy que ayer», probablemente a causa del «capitalismo». Después citaba a Jean-Louis Murat: «Oh, es el amor que pasa y que viene a devorarnos». Antoine de Baecque, en *Libération* (1 de agosto de 2003), hablaba de «esos seres de pasión que viven los sentimientos de todos nosotros con una violencia exacerbada», así como de «los lazos que unen el amor y la muerte». Recordaba la réplica de Fanny Ardant en *La mujer de al lado* de François Truffaut, cuando ella mata a su amante antes de suicidarse: «Ni contigo ni sin ti». Y concluía: «Era la película que más le gustaba a Marie Trintignant, la del amor demasiado fuerte, la del amor imposible». Siempre es elegante justificar un asesinato por los gustos cinematográficos de la víctima. Aquí, una vez más, privando a Marie Trintignant de su individualidad y de su voluntad propia, esos procedimientos daban la impresión de que Cantat había ejecutado un designio concebido por los dos. En una tribuna lamentable firmada por el hombre de teatro anarquista Armand Gatti, la realizadora Hélène Châtelain y el escritor Claude Faber, podía leerse: «Ahora la historia sostiene que Marie y Bertrand están más unidos que nunca. Unidos e indisociables. Salvo que ella está muerta, y él, vivo».[91] Un pequeño detalle.

En esa época, la inconsciencia de sus colegas sacó de sus casillas a la periodista de *Les Inrockuptibles* Nelly Kaprièlian, que expresó su exasperación: «En Francia, el romanticismo lo excusa todo, incluida la violencia provocada por el deseo inconsciente de anular simbólicamente al otro y su palabra en cuanto es fuente de sufrimiento, y que nada tiene de romántico ni de amoroso».[92] Al menos —y la excepción parece que confirma la regla—, Valérie Toranian escribía en *Elle* lo correcto (11 de agosto de 2003): «Marie Trintignant no ha muerto víctima del amor ni de la pasión. Esta es una forma insoportable de vestir la realidad. [...] Es una mujer molida a palos porque un hombre, presa de sus demonios, no puede resolver su tormento más que con la violencia. Un suceso atroz. Un crimen. Como los hay por docenas cada año en Francia. Y el hecho de que los protagonistas del drama sean artistas famosos no cambia nada. [...] Nada de patente de amor para los maltratadores. El amor transciende y cambia la vida. El amor puede, a veces, romper los corazones, pero no los cuerpos. El amor sigue siendo lo mejor que podemos ofrecer. No lo peor»[93] («esa pesadilla a la que llama amor», dejó dicho Krisztina Rády en el contestador de sus padres siete años más tarde). Ciertamente, la mujer de derechas que es Valérie Toranian[94] no debía de tenerle mucha simpatía a Bertrand Cantat. Pero sus palabras eran las que buscábamos en vano bajo la pluma de las personalidades y los periodistas de izquierdas, demasiado ocupados en trenzar laureles para su amigote rimbaldiano y altermundista. Tras dos líneas de homenaje a Marie Trintignant —sí, sí, era formidable—, el escritor Bernard Comment, entonces director de ficción en France Culture, cantaba a dos columnas (de nuevo en *Les Inrockuptibles*) las alabanzas de Cantat, ese «ser dulce, preocupado por dominar las energías». De paso, lamentaba que un «alma de Dios editorialista [Toranian] agitase, amparándose en el análisis, el drama de las mujeres golpeadas...».[95] ¡Ay, esas mujercitas, siempre insistiendo en sus manías vulgares, osando poner a un «gigante» en el mismo saco que a unos proletarios incultos![96]

Annik Houel, Patricia Mercader y Helga Sobota explican de una manera muy sencilla la indulgencia de los periodistas con los autores de feminicidios: estos artículos están escritos «desde el punto de vista del ego masculino». Los redactores se imaginan a sí mismos celosos, traicionados o abandonados. Así, al relatar un caso en el que una mujer llamada Nelly fue secuestrada por su novio, que la llevó a un lugar aislado en el campo, la violó y luego intentó estrangularla, un periódico puede titular: «La inaprensible Nelly».[97] En el momento del caso Cantat, con el reflujo y la pérdida de influencia que conocía entonces el pensamiento feminista, la cultura modelada por el dominio masculino en la que estamos sumidos (y a la cual se adhieren ciertas mujeres mientras que algunos hombres la rechazan, naturalmente) podía expresarse casi sin ambages, sin enfrentarse a una oposición seria. En la visión seudorromántica que se exhibía por doquier, los «seres de pasión» —por retomar la expresión de Antoine de Baecque— se suponía que demostraban la grandeza de su alma haciéndose daño el uno al otro (y ya sabemos cuál de los dos, las más de las veces, hace daño al otro), sin lo cual se habría tratado de una lamentable historia de una pareja burguesa que no merece mayor atención. Volvemos a encontrarnos con el prestigio de las historias de amor abortadas, imposibles o que acaban trágicamente de las que hablaba en la introducción. En aquella época, el mismo gusto fácil por lo oscuro, la misma inmadurez y la misma misoginia hacían que se pusiera por las nubes a un escritor como Michel Houellebecq, activamente promovido en sus comienzos por *Les Inrockuptibles*.[98]

Los derechos exorbitantes del artista atormentado

Además de ennoblecer la violencia contra las mujeres en nombre del amor, esa cultura de la dominación promueve la figura del artista o del autor masculino como un genio al que debemos una reverencia absoluta, y cuyo proceso de creación justifica las peores conductas hacia el prójimo, específicamente hacia todas las mujeres anónimas que se le ponen por delante. En sus álbumes, Liv Strömquist ha mostrado a una serie de artistas célebres por haber maltratado y explotado a sus mujeres: Edvard Munch, Pablo Picasso, Jackson Pollock, Ingmar Bergman...[99] Cuando se desató en Francia la polémica por los homenajes rendidos al cineasta Roman Polanski, y en particular el César al mejor realizador que le fue concedido en febrero de 2020, a pesar de las múltiples acusaciones de violación que pesan sobre él, se oyó decir mucho que había que «separar al hombre de la obra». Además de que cabría preguntarse si dicha operación es viable, hay que subrayar la hipocresía de la propuesta: en nuestra sociedad, el estatus de artista proporciona unos privilegios exorbitantes y legitima los comportamientos más opresivos. Nelly Kaprièlian, en su artículo, hablaba del «infantilismo patético» de Cantat durante las vistas del juicio de Vilna;[100] y en efecto, esas imágenes revelaban una realidad largo tiempo disimulada tras el aura y el prestigio del artista.

La autora americana Elizabeth Gilbert escribió unas páginas brillantes sobre la lacra que representa la figura del artista atormentado: «Si eres un artista atormentado, tienes una excusa para portarte mal con tus parejas, con tus hijos, con todo el mundo. Tienes permiso para ser exigente, arrogante, maleducado, cruel, antisocial, pomposo, colérico, temperamental, manipulador, irresponsable o egoísta. Si te portaras así siendo portero o farmacéutico, te considerarían con razón como un pobre cretino. Pero, como artista atormentado, tienes derecho a un salvoconducto porque eres un ser aparte. Porque eres sensible y creativo. Porque a veces creas unas cositas bonitas».[101] Y, en efecto, cuando su compañero, que es fotógrafo, provoca un escándalo durante un concierto en el teatro del Châtelet de París, la narradora de Alissa Wenz hace callar el miedo que le inspira el incidente: «Me decía: ¿acaso Apollinaire o Baudelaire no tenían también comportamientos extraños en público? ¿Acaso una cierta chaladura no es característica de las personalidades fuera de lo común? Me imaginaba a Van Gogh en el Châtelet, del brazo de una novia. ¿Acaso *no se le habrían cruzado los cables a él también*?».[102]

Según Elizabeth Gilbert, se puede, por el contrario, «llevar una existencia creativa y hacer el esfuerzo de ser una persona decente». Cita al psicoanalista británico Adam Phillips: «Si el arte legitima la crueldad, entonces considero que el arte no vale la pena». Se muestra consternada por el número de artistas que se niegan a tratarse, a resolver sus problemas, y que así condenan a vivir un infierno a sus allegados, porque confunden su sufrimiento con su creatividad. Recuerda que, según el escritor Raymond Carver, que sabía de lo que hablaba, «todo artista alcohólico es un artista a pesar de su alcoholismo, y no gracias a él». Ella misma ha pasado y sigue pasando por periodos de angustia y de depresión, pero dice que no se complace especialmente en ellos, pues la hacen incapaz de escribir: «El sufrimiento emocional me quita toda profundidad: mi vida se vuelve estrecha, pobre, solitaria. Mi sufrimiento se apodera de ese universo gigantesco y apasionante, y lo reduce al tamaño de mi desdichada cabeza».[103] Más que bajo el signo del sufrimiento, elige colocar su vida y su obra bajo el signo del amor. Frente a tales discursos, nuestra habituación a la cultura de la dominación nos lleva a temer ahogarnos en el agua de rosas, o en el moralismo. Esa cultura gusta de presentarse como *la* cultura, hacer creer que nada válido puede existir fuera de ella. Pero es falso. Pueden desplegarse sobre bases totalmente distintas obras que cubren todo el espectro de las emociones y las realidades humanas, obras fuertes, ricas, matizadas, complejas, perturbadoras y divertidas.

Hace quince años,[104] en la época en que trabajaba por primera vez sobre las violencias conyugales, acababan de salir las memorias de Tarita Teriipaia relatando su vida con Marlon Brando. Allí contaba cómo, después de reclamarle con insistencia «un hijo tahitiano», había tratado de hacerla abortar por la fuerza cuando quedó encinta, porque ya no le hacía gracia; cómo, por dos veces, la golpeó hasta hacerle sangre. Había llegado a apuntarla con un fusil y había estado a punto de apretar el gatillo. *Paris Match* publicó algunos fragmentos (el 27 de enero de 2005) con el título «L'amour monstre» [«El amor monstruo»], el mismo título que para el asesinato de Marie Trintignant, y *Elle*, con el título «Mon amour fou avec Brando» [«Mi amor loco con Brando»] (el 31 de enero de 2005). Desde hace treinta y cinco años devoro revistas, y me habré tragado dosis impresionantes de esa literatura donde *amor* rima con golpes, maltrato y opresión. En la primavera de 2020, de nuevo, mientras trabajo en este capítulo, *Elle* propone una serie sobre «parejas legendarias». Entre ellas, dos parejas cuya historia tiene unas resonancias tristemente familiares. Primero, los actores de Hollywood Ali MacGraw y Steve McQueen, que vivieron una «pasión loca y destructiva» (¿destructiva para quién? Adivinadlo). En un epígrafe, esta cita de MacGraw: «Yo amaba la manera en que respiraba el peligro». Se conocen en un rodaje y ella se divorcia por él. Steve la encierra en casa, le prohíbe seguir haciendo cine, le pega. «Pronto ya no se permite entrar a nadie en casa de los McQueen, y Ali se ve reducida a las tareas domésticas y a la compra. Su familia se asusta de los hematomas que cubren su cuerpo.» Se escapa al cabo de cuatro años. Jamás volverá a rodar.

Después están Miles Davis y la bailarina Frances Taylor: «Una historia mucho más esplendorosa, sí, pero que de todos modos pone a la joven duramente a prueba». Davis tiene crisis paranoicas, «se pasea por la casa con un cuchillo de carnicero en la mano, buscando por los armarios o debajo de la cama a un intruso imaginario». No le pega, la admira, pero también pone fin a su carrera de bailarina. Por él, Taylor rechaza incluso un papel de protagonista en *West Side Story* en Broadway. «Solo le queda la cocina para expresar su talento.» Después de separarse, ella se convertirá en azafata en un restaurante californiano. Los dos artículos acaban con declaraciones de amor de la mujer engañada. Ali MacGraw lamenta no haber podido ver a Steve McQueen antes de su muerte, «al que sigue considerando, a pesar de todo, como el hombre de su vida».[105] Y Frances Taylor decía de Miles Davis: «Sigue siendo mi príncipe».[106] Sin embargo, otros artículos de la serie trazan el retrato de parejas que, según todas las apariencias, lograron amarse sin hacerse más daño que el que imponen las fluctuaciones de los sentimientos: los actores Rooney Mara y Joaquin Phoenix, los artistas Niki de Saint Phalle y Jean Tinguely, los pintores David Hockney y Peter Schlesinger. Y, se crea o no, hay mucho que contar también acerca de esas parejas. Pero es curioso. No estamos acostumbrados.

Para que ni las «parejas legendarias» ni las parejas anónimas de las próximas décadas perpetúen la misma danza siniestra, tal vez deberíamos seguir lo que preconiza bell hooks: no pensar en el amor como en un simple sentimiento que autoriza toda clase de conductas, sino como un conjunto de actos. La iluminación le vino del autor especialista en autoayuda y superación Scott Peck, que propone definir el amor como «la voluntad de extender el yo a fin de alimentar el propio crecimiento espiritual y el del otro», como el hecho de trabajar a la vez para la realización propia y la del otro. Entonces, señala bell hooks, «resulta claro que no podemos pretender amar si somos nocivos o violentos». No podemos tomar en serio, dice, a un hombre que pega a sus hijos y a su esposa, y que, en el bar de la esquina, dice que los ama muchísimo. No podemos decir, como esa madre a su hija que vive en pareja con un hombre violento: «Es cierto que tiene un carácter difícil, pero hay que aguantar. Lo importante es que te quiere».[107] Asimismo, esa nueva definición del amor basta para barrer el mito del «crimen pasional». Denis de Rougemont también lo decía al analizar la afición mórbida de los occidentales por la pasión: «Estar enamorado no es, necesariamente, amar. Estar enamorado es un estado; amar, un acto».[108] A la pasión, en la cual el otro no es sino un pretexto, una ilusión, el filósofo suizo opone un amor que acepta al otro tal como es y trabaja por su bien.

Sin embargo, eso implica romper el mecanismo que se instaura muy pronto, cuando unos padres que maltratan a sus hijos física o psicológicamente les enseñan la coexistencia del amor y de la violencia, o la violencia como expresión del amor. La académica bell hooks recuerda la confusión que a sus hermanos y hermanas y a ella misma los embargaba cuando su padre les daba latigazos diciéndoles que lo hacía «por su bien», o porque los quería. Ella sabe que la definición del amor que propone es difícil de admitir, pues nos coloca frente a nuestras carencias y nuestros fallos. Nos obliga a enfrentarnos con el hecho de que no hemos sabido amar o que otros no han sabido amarnos. Pero ella está convencida de que debemos tener el valor de adoptarla y de atenernos a ella. «Sin definiciones es imposible que la imaginación se active. No se puede hacer realidad algo que no se ha imaginado.»[109] Esta definición parece muy simple, pero si la aplicáramos, nos llevaría a muchos de nosotros —y no solo a los que están atrapados en relaciones tóxicas— a reorganizar radicalmente nuestras vidas.

CAPÍTULO 3

Las guardianas del templo

¿El amor es cosa de mujeres?

«Yo no llevaba reloj, él sí conservaba el suyo.»

Para mí, en este comentario de Annie Ernaux está todo lo referente a las citas con su amante («A.») en *Pura pasión*. Toda la disimetría que se expresa en la manera en que los hombres y las mujeres aprenden a considerar el amor, lo que esperan de él, lo que ponen en juego, el tiempo y la atención que están dispuestos a dedicarle. En este caso concreto, si A. no puede abandonarse y olvidar la hora, es porque está casado, y por lo tanto pendiente de su horario. Pero la narradora también tiene una vida fuera de su aventura, también ella tiene obligaciones: escribe, enseña, tiene dos hijos... Salvo que, en su caso, la pasión se convierte en monomanía y suscita un deseo irracional de *tabula rasa*, de huida fuera del mundo. Durante un año, dice, toda actividad habrá sido para ella «un medio de emplear el tiempo entre dos encuentros». «Aspiraba a la ociosidad total. Rechacé con violencia una carga de trabajo suplementaria que mi director me pedía, insultándolo casi por teléfono. Me parecía que tenía todo el derecho oponiéndome a lo que me impedía dedicarme sin límites a las sensaciones y a los relatos imaginarios de mi pasión.» Todo lo que constituía su vida antes de conocer a A. le parece soso, pobre y triste. Cuando suena el teléfono y no es él, «odia» a la persona que está al otro lado. Si él le anuncia que vendrá tres o cuatro días más tarde, está deprimida pensando en todo lo que la separa del momento en que lo verá, tanto si se trata de su trabajo como de una comida con amigos. Cuando, en un rapto de independencia, se impone irse sola de vacaciones a Florencia, se pasa todo el viaje imaginándose «en ese mismo tren volviendo ya hacia París, al cabo de ocho días». Adivina que A. no vive en absoluto su historia de la misma manera: «Él mismo se habría asombrado muchísimo si hubiera sabido que no me lo quitaba de la cabeza desde la mañana a la noche». Tras su ruptura, ella acepta participar en un coloquio en Copenhague únicamente porque eso le dará una excusa para enviarle una postal.[1]

En este libro, Annie Ernaux evoca como de pasada el entorno cultural que modeló su relación con el amor. Señala que todas las representaciones que la rodean, en la televisión, en las revistas, en los anuncios «de perfumes o de hornos microondas [...] no muestran más que esto: una mujer que espera a un hombre». Recuerda los «modelos culturales del sentimiento» que le han influido, tan decisivos en la formación de una personalidad, dice, «como el complejo de Edipo»: *Fedra*, *Lo que el viento se llevó*, las canciones de Édith Piaf... Por mi parte, si tuviera que hacer el mismo ejercicio, y aunque seguramente olvido algunos, citaría *Fedra*, *Lo que el viento se llevó*, *Bella del Señor*, *Los países lejanos* de Julien Green, las canciones de Dalida (*Je suis malade [Estoy enferna], J'attendrai [Esperaré], Parlez-moi de lui [Háblame de él], Pour un homme [Por un hombre]...*) y *Pura pasión*, que leí cuando se publicó en 1991. Tenía dieciocho años, devoraba películas y novelas, y tenía la cabeza llena de sueños de amor. En la pared de mi habitación de adolescente, en un cartel muy romántico de *Memorias de África*, la película de Sydney Pollack (adaptación de la novela de Karen Blixen), que se estrenó en 1985, Meryl Streep y Robert Redford intercambiaban unas miradas lánguidas, sentados en una pradera keniana.

En mi vida sentimental, lo hacía rematadamente mal, pero esta es otra historia. O tal vez no, precisamente no es otra historia, o no del todo. Entre la variedad fascinante de razones que podían explicar aquel desastre de proporciones épicas, estaba esta: mi visión absolutista del amor era como para ahuyentar a cualquier hombre más o menos sensato. Con mi naturaleza un tanto exaltada y mi tendencia a sobreintegrar los mensajes culturales que me rodeaban, a recibirlos *excesivamente bien*, lo esperaba de ellos... todo. Mi caso, como el de Annie Ernaux, era bastante ilustrativo de lo que escribía en 1982 la socióloga Sonia Dayan-Herzbrun: «Las condiciones en las cuales la mayoría de las mujeres han sido criadas desde su más tierna infancia, los discursos que oyen o que leen, las imágenes que ven, hacen que esperen a quien las amará (el gran amor, el príncipe azul), que esa espera determine su vida, y que del amor de ese hombre milagroso esperen (de nuevo) su identidad, una identidad de persona y una identidad de mujer».[2] No es de extrañar que la Emma Bovary de Flaubert me haya impresionado tanto:[3] yo era una pequeña Bovary, salvo que mi aburrimiento, mi impaciencia y mis ensueños románticos no nacían de una vida de esposa de médico en una ciudad de provincias, sino de mi vida de estudiante de instituto.

La manera femenina de amar que *Pura pasión* ilustra perfectamente ya me era muy familiar. Ahora me asusta, pero entonces me parecía algo sublime. No veía el problema en esa decoloración, esa repudiación de todo lo que no se refiere al ser amado, que Annie Ernaux describe tan bien. Me parecía natural e incluso envidiable amar a un hombre odiando todo aquello que no se refería a él, todo lo que él no tocaba con su gracia. No comprendía que era yo, y nadie más que yo, quien tenía que poner las pinceladas de color a todos los aspectos de mi vida, pensarlas, cultivarlas, cuidarlas, domesticarlas y amarlas, en vez de esperar una especie de salvador improbable que hiciese desaparecer por arte de magia la triste realidad de la vida corriente. No comprendía que era yo quien debía construirme. Ninguna película, ninguna novela me lo había dicho, o yo no lo había oído.

Releyendo *Bella del Señor* hoy, me percato de lo que el feminismo me ha aportado en cuanto a lucidez. Me asombro de no haberme indignado más en aquel entonces, no solo por el machismo de Solal, por su comportamiento manipulador y sádico, sino también por el lado extraordinariamente estúpido de Ariane, por su sumisión explícitamente religiosa (anunciada ya en el título: su amante es su «señor»). Me repugnan esos personajes de mujeres ricas y ociosas que únicamente están enamoradas, que no tienen nada más en la vida: durante años, Isolda, la examante de Solal, se ha preparado para él todos los días sin saber si iría a verla, ha tomado clases de masaje para serle más agradable, y cuando él deja de desearla porque a los cuarenta y cinco años está, por supuesto, irremediablemente «ajada», ya no le queda sino morir.[4]

Sonia Dayan-Herzbrun describe muy bien la visión nociva del amor que se inculca a las mujeres, la mezcla debilitadora de dolorismo y de ilusiones con las que las educan: «Cuando son las mujeres las que cantan el amor, lo hacen generalmente de forma pasiva, como queja, como espera (*"J'attendrai, le jour et la nuit, j'attendrai toujours, ton retour..."* ["Esperaré, día y noche, siempre esperaré tu regreso..."]), e incluso como "goce masoquista". O sea, que, por un lado, se ofrece a las mujeres la espera y el sufrimiento amoroso como su destino común y, por otro, se alimenta en ellas el sueño de una felicidad amorosa tan perfecta que se basta a sí misma y que está destinada a la eternidad. Estos dos aspectos solo son contradictorios en apariencia, pues únicamente la esperanza de la felicidad permite soportar el sufrimiento presente».[5]

Pero, de adolescente, yo no solo soñaba con el amor. Era buena alumna y tenía una ambición concreta y pertinaz: ser periodista. Tenía muy claro que trabajaría y que no dependería económicamente de un hombre. Me crie en un ambiente acomodado y accedí fácilmente a ese modelo de independencia. Y, poco a poco, encontré una manera más sana de amar. Sin embargo, esa intoxicación romántica y pasional dejó sus huellas; supongo que la introducción de este libro lo demuestra. Asumo y reivindico esa afición al amor, ahora que se ha librado (al menos, así lo espero) de sus excesos y sus errores. Ya sé que es resultado en gran parte de mi socialización como mujer, de haber estado expuesta a cierto tipo de literatura, de cine, de prosa periodística, etcétera, pero solo en cierta medida puedo ponerla en cuestión. Constituye un islote de feminidad tradicional en una vida que, por lo demás, más bien se aparta de ella, y eso ya me va bien.

La alienación y la sabiduría

En mi mente, el amor *vale la pena*, merece que se le dedique espacio, tiempo, atención, y parece que esta sea una disposición más frecuente en las mujeres que en los hombres. Autor de una tesis sobre las representaciones del amor en los niños de seis a diez años, Kevin Diter explicaba en 2017, entrevistado por Victoire Tuaillon, cómo se aprende desde muy joven que el amor es una «cosa de niñas», que «no es para los chicos». «Interesarse demasiado por el tema —y los chicos son muy conscientes de ello—, puede poner en peligro su reputación y su definición de sí mismos como "chicos"», declaraba el investigador, y, por consiguiente, puede hacerles perder su estatus de dominantes. Se exponen a ser tratados de «bebés», de «niñas», de «maricas». Diter contaba que, durante sus estudios de campo, algunos directores de centros educativos habían pensado a veces si no sería un pedófilo, pues parecía totalmente improbable que un hombre pudiera interesarse sinceramente por el amor y los sentimientos...[6] La imposibilidad de reivindicar una afición y un interés por el amor persiste en la edad adulta. Mi amigo F. recuerda un trabajo dirigido en psicología social en el cual sus compañeros y él fueron invitados a clasificar por orden de importancia valores universales: «Yo fui uno de los pocos (¿el único de una decena de varones jóvenes?) que sin vacilar colocó el amor en el número uno —me escribe—. Recuerdo el asombro burlón de un estudiante —extravertido, seductor, una figura envidiable para mí— para el cual la amistad era más importante».

Este condicionamiento para despreciar el amor puede crear en los hombres una distorsión entre su vivencia y su pensamiento. Esta era la intención de André Gorz cuando escribió *Carta a D.*, tras cincuenta y ocho años de vida común con Dorine: quería reparar el error que había cometido subestimando el tesoro que representaba su relación. Dirigiéndose a su compañera, se preguntaba: «¿Por qué estás tan poco presente en lo que he escrito, cuando nuestra unión ha sido lo más importante de mi vida?». Releyendo uno de sus antiguos libros, se daba cuenta de que hablaba de ella «como de una debilidad y en un tono de excusa, como si hubiera que excusarse por vivir».[7] Su socialización «viril» —en su caso, en esa virilidad particular propia de los intelectuales de izquierdas— lo había equipado con una plantilla de lectura de su propia vida donde estaba excluido que el amor ocupase un lugar central. Para un hombre «serio», las mujeres y el amor solo podían ser un aspecto insignificante. Por lo tanto, fue solo un año antes del suicidio de ambos cuando pudo rectificar ese prejuicio, acogiendo y reconociendo plenamente lo que había vivido y aún vivía. El contraste es total con la otra pareja que he mencionado al principio de este libro: Serge Rezvani, por su parte, nunca tuvo ninguna dificultad para vivirse y presentarse como un enamorado. Al contrario: se dotó de los medios para dedicarse al amor, retirándose al fondo de un bosque con Lula, y muy pronto lo convirtió en el tema central de su obra.

¿Por qué las mujeres tienden a atribuirle tanta importancia al amor? Es lo que vamos a intentar comprender, pero de entre todas las razones posibles empezaré por sugerir una: y es que tenemos razón. Lo sobrevaloramos, pero también creo que los hombres lo infravaloran. «Pienso que los hombres padecen un condicionamiento muy fuerte —señala una mujer que ha dado testimonio en el libro de Shere Hite—. La mayoría de los varones aprenden que no se espera de ellos que se sientan afectados por el hecho de enamorarse. Muchos consideran que su profesión es más importante. Están más interesados por una forma de seguridad —tener una esposa, alguien con quien poder contar en casa— que por el hecho de vivir realmente una relación amorosa.»[8] Tal vez sea mi propio condicionamiento el que habla aquí, pero tal vez no. Cuando escribí sobre esas preocupaciones típicamente femeninas que son la belleza, la moda, la preocupación por la apariencia,[9] deseaba subrayar la manera en que debilitan a las mujeres, por el gasto psíquico que implican, por la inseguridad que generan en ellas y la posición de dependencia en la que las colocan. Pero tampoco quería insistir en la crítica sexista de la «frivolidad femenina». También tenía ganas de defender el deseo de belleza como un valor legítimo, a poco que se libere de sus excesos y de sus aspectos destructivos; como fruto de una cultura, transmitida de generación en generación, que me parecía digno de desafiar los valores dominantes. En cualquier caso, me sentía yo misma demasiado marcada por esa cultura estética femenina como para renegar totalmente de ella. Puedo decir exactamente lo mismo, y confesar la misma ambivalencia respecto al tema del amor. También él es esencialmente una cuestión de mujeres, y también él me parece portador a la vez de alienación y de sabiduría.

También son muchas las mujeres que manifiestan una tendencia mayor a la introspección, a la reflexión sobre sí mismas y, en el caso de las heterosexuales, sobre sus relaciones con los hombres. Muchas buscan respuestas a las preguntas que se plantean sobre su vida y sus relaciones amorosas, familiares, amistosas, en libros de autoayuda. Esta búsqueda las hace objeto de un inmenso desprecio. Estos últimos años se han publicado varias obras[10] para condenar en bloque el desarrollo personal, portador de «individualismo», de «liberalismo», y para oponerle la filosofía, muchísimo más noble y que se supone que proporciona al hombre el valor y la sabiduría necesarios para contemplar sin pestañear el horror de su destino, en vez de mantenerlo en una búsqueda de la felicidad totalmente extravagante. Por supuesto, hay de todo entre las obras muy diversas reunidas bajo la etiqueta de *autoayuda*, como también se encuentra de todo en las ofertas de terapias diversas y variadas. Los charlatanes pululan y muchos autores de éxito transmiten efectivamente unos discursos desastrosos, que encierran a las mujeres en la resignación y la sumisión, o que hacen caer sobre los individuos la responsabilidad de problemas sociales o políticos (un artículo «psico» leído en una revista femenina se titulaba «He llorado en la oficina, ¿es grave?», es decir, una despolitización espectacular del sufrimiento en el trabajo). Pero no es el caso de todos.

Algunas feministas, que sin embargo están muy vigilantes en cuanto al contenido ideológico de la literatura que pasa por sus manos, no desdeñan los libros de autoayuda; bell hooks dice haber comprado «un montón de libros de este género, pero solo unos pocos han cambiado en algo mi vida».[11] En Francia, la periodista Victoire Tuaillon estima también que la autoayuda «no es algo sucio».[12] Por mi parte, tuve una iluminación hace unos años gracias al bestseller de Melody Beattie *Libérate de la codependencia.*[13] Lo compré porque una amiga me lo había recomendado, pero apenas había leído las primeras páginas cuando lo dejé. Más tarde, un día, probablemente porque era el momento adecuado, lo volví a comprar en inglés para mi libro electrónico y lo leí casi sin respirar. Recuerdo que fue durante un viaje en tren que pasó como una exhalación. Ese libro me cambió, y por más que lo intento, no veo en qué puede ser políticamente pernicioso. Estudiando los problemas con los que se enfrentan los allegados de personas adictas al alcohol o a la droga, y extendiendo luego la reflexión al conjunto de nuestras relaciones, Melody Beattie plantea preguntas y aporta respuestas esenciales que yo jamás había visto formuladas en ningún otro sitio.

El catecismo antiliberal que denuncia el «individualismo», con frecuencia desde una posición ligeramente dogmática, olvida una cosa: muchos de nosotros tenemos herencias complicadas.

No somos esos individuos lisos, esos consumidores egoístas, demasiado mimados, plácidos y satisfechos con los que ese catecismo fantasea. O no solo. Nos debatimos con problemas más o menos graves que nos aprisionan, que nos hacen sufrir, que nos impiden amar como quisiéramos y que no siempre son atribuibles al capitalismo. Por no hablar de la herencia de las víctimas de violencias (golpes, incestos, maltratos psicológicos) o de los errores educativos banales que tan bien ha estudiado la psicoanalista suiza Alice Miller —lo que ella llamaba *pedagogía negra*—, que están muy presentes en nuestras historias familiares. A veces, nuestro árbol genealógico se ha visto sacudido por muertes trágicas. Cuando bell hooks habla del «amor propio» con amigos o conocidos, le sorprende ver hasta qué punto la noción los incomoda, «como si asociaran la idea con un exceso de narcisismo o egoísmo»:[14] sería el caso si el odio hacia uno mismo no fuese un fenómeno tan extendido. Para no verlo, hay que estar todavía bajo la férula del puritanismo y la falta de empatía hacia uno mismo que nos ha legado una larga educación represiva. Y además, sobre todo cuando se es mujer, teniendo en cuenta la dosis de autoodio que absorbemos todos los días, «amarse una misma es algo punk, es algo revolucionario, es algo radical», como repite con razón la periodista y autora Judith Duportail.[15]

Luchamos con configuraciones que necesitamos comprender y desentrañar. Para ello, es preciso buscar ayuda. Y buscar ayuda —ya sea de un amigo, de un psicólogo o de otro tipo de terapeuta, o incluso de un libro— comporta siempre un riesgo de manipulación, ya que supone confiar, y por lo tanto hacerse vulnerable. Hay que demostrar mucho espíritu crítico, evitar a los demagogos y los estafadores, pero ¿abstenerse totalmente? El proceso de Mai Hua, que relata en su película *Les rivières [Los ríos]*, me parece un ejemplo del valor y de la fuerza vital con los cuales muchas mujeres se enfrentan decididamente a su historia. Cuando Mai Hua acababa de divorciarse, su tío le dijo que formaba parte de un «linaje de mujeres malditas», condenadas a ser desgraciadas en el amor. Ella decidió buscar qué había de real en aquello, y rodó esa especie de encuesta, de viaje, de arqueología familiar, que la transformó y que transformó a todo el mundo a su alrededor.[16] Como ella, muchas mujeres de mi entorno emprenden investigaciones o revoluciones personales que no se corresponden con el tópico condescendiente de la pobre chica ombliguista e infeliz que se deja embaucar por el primer charlatán. Quizá haya una especie de pánico moral en las condenas precipitadas que eso suscita.

«Salir de la sombra y del anonimato»

No, las mujeres no necesariamente se equivocan amando como aman con audacia y valentía. Pero la asimetría contemporánea de las actitudes femeninas y masculinas respecto al amor no deja por ello de plantear muchos problemas. El estudio de la socióloga Marie-Carmen Garcia sobre las parejas heterosexuales clandestinas lo demuestra. Cuando cada uno está casado por su lado, generalmente son las mujeres las que desean oficializar la nueva relación, mientras que sus amantes se muestran reticentes. A ellas les cuesta más dividir su vida en compartimentos estancos: «A diferencia de lo que les pasa a los hombres, cuyas socializaciones sexuales ofrecen por lo menos dos figuras femeninas (la *mamá* y la *puta*), las mujeres están socializadas para buscar a un solo y único hombre que cumpla todas las funciones sexuales y afectivas». Quieren ser «coherentes consigo mismas, es decir, con las normas que han incorporado durante su socialización de género». Al contrario, los amantes masculinos, como constata la socióloga, manifiestan un profundo apego a su estatus de padres de familia y es para ellos una cuestión de amor propio asumir sus responsabilidades —al menos de cara a la galería—. En las relaciones extraconyugales, las «normas de parentalidad masculinas» entran entonces en conflicto con las «normas amorosas femeninas», y rara vez las segundas se llevan el gato al agua.

Anne, por ejemplo, se divorció tras cuatro años de relación secreta y apasionada «porque ya no soportaba» besar a su hija por la noche como si nada. Esperaba que su amante, Laurent, hiciera lo mismo, pero no fue así. Él no se muestra ni mucho menos tan determinado como ella, y su pasividad la exaspera: «¡Una vez fue a ver a un vidente para saber si viviríamos juntos! ¡Como si la decisión no fuera suya!». Otro hombre, Christophe, le explica a la socióloga: «Ya no tengo veinte años, no puedo hacer lo que quiera. Para un hombre, así me han enseñado, es importante cumplir con sus compromisos y no se deja a una mujer con la que te has comprometido. Lo que haga con mi sexo es asunto mío, lo que haga con mi corazón también. Pero mantengo mis compromisos». Además, mientras que las mujeres solteras enamoradas de un hombre casado pueden esperarlo durante toda una vida, confiando siempre en que abandonará a su esposa, los hombres manifiestan una actitud menos sacrificada. Jean-Jacques ha mantenido durante treinta y cuatro años (¡!) una relación secreta con Stéphanie. Esta ya estaba casada cuando empezó su aventura y no quería dejar a su marido. Un día, durante los primeros años de su relación, Jean-Jacques le anunció que había conocido a otra mujer y que se iba a casar con ella: no rompe con Stéphanie, pero no ve por qué debería privarse de ser padre y de tener una vida de familia también él. Stéphanie se queda «estupefacta». «También la sorprenderá muchísimo ser la primera persona a la que él llamará para anunciarle el nacimiento de su primer hijo.»[17]

¿Qué función cumple el condicionamiento de las mujeres ante el amor? Aunque no creo, una vez más, que la heterosexualidad se resuma en una trampa del patriarcado, me parece innegable que, alimentando a las niñas y a las mujeres con romanzas, alabándoles los encantos y la importancia de la presencia de un hombre en sus vidas, se las alienta a aceptar su rol tradicional de proveedoras de cuidados. Se las coloca así en una posición de debilidad en su vida sentimental: si la existencia y la viabilidad de la relación les importan más que a sus compañeros, en caso de desacuerdo sobre cualquier tema, son siempre ellas las que cederán, las que llegarán a un compromiso o se sacrificarán. Se educa a las mujeres para que sean máquinas de dar, y a los hombres para que sean máquinas de recibir. Confinando a las primeras en el universo mental de la vida a dos, la cultura de masas invita a los segundos a soñar precisamente con lo contrario, como observa Jane Ward: a evadirse a hurtadillas del marco conyugal para sus ocios. Esa cultura atiza su nostalgia del celibato, de los ratos de asueto entre hombres, del sexo no procreativo con mujeres más jóvenes, todo un universo fantasmático que sintetizaba perfectamente la mansión californiana del fundador de *Playboy* Hugh Hefner, un dominio hedonista y lujoso poblado de criaturas desnudas y seductoras.[18]

El precio que se empuja a pagar por el amor a las mujeres puede incitarlas a practicar una forma de «*dumping*[19] amoroso», es decir, a conceder su amor a un hombre rebajando sus exigencias en la relación —su demanda de reciprocidad en términos de atención, de empatía, de compromiso personal, de reparto de las tareas, etcétera—, en comparación con otras parejas potenciales con las que compiten, absorbiendo el coste que ello implica para sí mismas. Este mecanismo les proporciona una ventaja individual momentánea, pero las perjudica a largo plazo, y tiene como consecuencia debilitar a las mujeres heterosexuales en su conjunto. Permite a los hombres no sufrir jamás las consecuencias de un comportamiento negligente o maltratador. Así, no se ven nunca obligados a poner en cuestión los presupuestos que les ha inculcado su educación en cuanto a su lugar y a sus derechos. Están en disposición de dictar las modalidades de la relación y, si una mujer los abandona, están seguros de encontrar a otra que aceptará sus condiciones. Lo están tanto más cuanto que esa posición de fuerza psicológica va acompañada de una posición de fuerza económica —lo cual es frecuente, puesto que los hombres en conjunto se ganan mejor la vida que las mujeres y tienen más patrimonio que ellas—.[20] Imaginar a qué se parecería nuestro paisaje amoroso si las mujeres se mantuvieran inflexibles en lo que respecta a sus necesidades, y si siempre tuvieran los medios materiales para ello, es una de las fantasmagorías más satisfactorias que puedo albergar.

Otra explicación que a menudo se alega para esta implicación más fuerte y completa en las relaciones amorosas es la maternidad. Así, Eva Illouz atribuye la «mayor precipitación a comprometerse» y la «estrategia sexual exclusivista» de las mujeres heterosexuales al hecho de que están «más motivadas por la perspectiva de la procreación».[21] Ahora bien, como hemos visto, las entrevistadas por Marie-Carmen Garcia están más a menudo dispuestas que los hombres a divorciarse y, por lo tanto, a abandonar al padre de sus hijos, para poder vivir a plena luz con su amante: su identidad de enamoradas pesa más que su identidad de madres. Asimismo, cuando han tenido que escoger, algunas mujeres enamoradas de un asesino de las que he hablado en el capítulo anterior han abandonado a su familia para poder vivir esa relación. Además, mi caso personal demuestra por sí solo, aunque sin duda contiene una parte de verdad, que esta explicación por el deseo de maternidad no basta: a pesar de ser una ingenua sentimental, siempre he estado decidida a no tener hijos.

«¿Es legítimo pretender que las mujeres no desean casarse o vivir en parejas estables más que para tener hijos? Es totalmente inverosímil», estimaba Sonia Dayan-Herzbrun ya en 1982. Proponía una explicación alternativa interesante: «Si, durante mucho tiempo, la maternidad ha condicionado el reconocimiento de la existencia social de las mujeres, después el amor les ha dado derecho a *una* historia, aunque no sea a *la* historia. Una vez pasada la época de las santas y luego de las reinas, la aparición de la novela hace que se hable de las mujeres como amadas o como enamoradas, y su existencia es objeto de un relato. La novela hace de las mujeres unas creadoras y unas heroínas, incluso con peligro de su vida, pues las heroínas de novela, aunque no estén destinadas a la muerte como las heroínas de las óperas, acaban muchas veces de forma trágica. Por lo demás, la novela se considera un género literario femenino, aunque algunas hablen de hombres, y aunque haya hombres lectores de novelas. No es de extrañar, por lo tanto, que la novela se desarrolle entre la burguesía, al mismo tiempo que la norma del matrimonio por amor. Amar, incluso sufriendo, es salir de la sombra y del anonimato, y tener la posibilidad de identificarse con una heroína cuya historia hemos leído. La fotonovela toma el relevo social de la novela noble y extiende sus efectos al conjunto de la sociedad».[22] Habiendo establecido espontáneamente, en la introducción de este libro, un paralelismo entre la pulsión amorosa y la pulsión narrativa, encuentro esta tesis bastante convincente. Además, hay estudios etnográficos realizados sobre la literatura «rosa» que han demostrado que sus lectoras la apreciaban porque les ofrecía la fantasía de «convertirse en *alguien*, por contraste con su vida cotidiana, caracterizada por la negación de sí mismas y por la absorción en el cuidado de los demás».[23]

Finalmente, se impone una última explicación, que sin duda es la más masiva y la más esencial: la intensidad mayor con la que las mujeres se implican en el amor representa la huella de la dependencia total a la que estuvieron sometidas durante mucho tiempo. Durante siglos, obtuvieron su estatus social y económico y su identidad únicamente del matrimonio, de su lazo con un hombre. Es la fuerza principal que ha modelado su destino y, aun habiéndose liberado de ella, esta costumbre de pensamiento no se borra tan fácilmente. Eva Illouz estima que si los hombres pueden no implicarse en su sexualidad, es porque nunca han tenido que utilizarla como moneda de cambio para obtener otros recursos, materiales o sociales: «El enfoque femenino de la sexualidad es más emocional *porque* es más económico».[24] Esta dependencia sigue estando de actualidad. Aquí, cabe recordar también las estadísticas del trabajo a tiempo parcial: en Francia, se ha triplicado en treinta años, y en 2018 afectaba al 30 % de las mujeres que tenían un empleo, frente al 8 % de los hombres.[25] Además, en 2011, había 2,1 millones de mujeres de entre veinte y cincuenta y nueve años que no eran estudiantes y vivían en pareja sin tener ningún empleo.[26]

Un «núcleo de dependencia»

Pese a que, sobre el papel, las mujeres parecen tener exactamente las mismas oportunidades que los hombres de acceder a la independencia económica y por lo tanto de establecer sus relaciones amorosas con ellos en igualdad de condiciones, a menudo hay mecanismos insidiosos que se lo impiden. Una encuesta realizada por Dorothy C. Holland y Margaret A. Eisenhart a principios de la década de 1980 lo muestra de forma rotunda. Durante varios años, estas dos sociólogas siguieron a un grupo de chicas estudiantes de familias de clase media en dos universidades del sur de Estados Unidos, una de mayoría negra y la otra de mayoría blanca.[27] Al principio, su misión era comprender por qué tan pocas mujeres se convertían en científicas o en matemáticas. Tuvieron la sorpresa de descubrir que las preocupaciones ligadas al amor devoraban una parte considerable del tiempo y de la energía de las estudiantes. Todas se encontraban atrapadas por la «cultura de sus pares», que constituía una especie de plan de estudios paralelo, clandestino, y el único que realmente importaba. En esa cultura —donde la presunción de heterosexualidad parecía absoluta—, su valor se definía únicamente por su grado de atractivo físico y sexual, en tanto que el valor de los hombres dependía de su físico y de sus realizaciones en otros campos (intelectual, deportivo...). La evaluación de sus compañeras y de ellas mismas en función de esos criterios ocupaba lo esencial de las conversaciones de las chicas. Se esforzaban por aumentar su capital de seducción sometiéndose a dietas, haciendo deporte, intercambiando vestidos. Todas sus salidas —a la piscina, a fiestas o a bares— estaban motivadas por la esperanza de un encuentro amoroso. Cuando le preguntaron qué estudiaba, una de ellas contestó: «A los hombres», y no era una *boutade.* A veces cocinaban para sus compañeros masculinos o les limpiaban las habitaciones. Las que se ponían a vivir en pareja empezaban a organizar su horario en función de su novio. Abandonaban sus propias actividades para servir como «hermanita» en la fraternidad de estudiantes del chico, porque eso era «muy importante para él»; o juntaban todas sus clases en los cuatro primeros días de la semana para poder irse de fin de semana con su novio. También le dejaban tomar decisiones importantes para el futuro de los dos. Una de ellas había renunciado a seguir el mismo plan de estudios que el chico, porque él la había disuadido: «Me dijo que yo no estaba hecha para eso; que a la larga, seguramente, no me gustaría».

Frente a esta situación, la universidad «no les hace caso», estiman las sociólogas. Una estudiante cuenta que uno de sus profesores, cada vez que descubre un error en el manual que utilizan, declara: «Es porque lo ha escrito una mujer». Otra refiere que un día, cuando estaba de pie delante de sus compañeros en el aula, un profesor la desnudó ostensiblemente con la mirada. Otro propuso a una estudiante una cita para hablar de un libro que figuraba en el programa. Primero se sintió halagada, pero luego se dio cuenta de que en realidad quería convertirse en su amante (ante el rechazo de ella, la acusó de ser una reprimida sexual; si fuera una verdadera intelectual, arguyó, debería tener la mente más abierta y no importarle que estuviera casado). De todo eso sacan la conclusión de que, como mujeres, se las considera ya sea incompetentes, ya sea simples objetos sexuales, y sospechan que lo mismo les pasará en el mundo laboral. Pero eso tampoco las afecta mucho, refieren Holland y Eisenhart, porque de todas formas, absorbidas por la «cultura de sus pares», solo prestan una atención distraída a sus profesores.

La pareja les parece entonces una tabla de salvación, su mejor opción. «Mis objetivos profesionales son más bien los objetivos de él», dice una mujer joven refiriéndose a su prometido, con una fórmula elocuente. Con todo, viven el amor sin gran entusiasmo, de una forma más bien pragmática y desencantada. Algunas aplazan el compromiso todo lo que pueden, y cuando las sociólogas vuelven a contactar con ellas unos años más tarde, muchas se han divorciado. Se resignan también muy pronto a soportar los malos tratos. Cuando a una de ellas se le pregunta por qué se queda con su novio a pesar de cómo la trata, ella contesta: «Debe de ser el amor». La única diferencia notable que las sociólogas observan entre las estudiantes blancas y las estudiantes negras es que las segundas, si se casan con un hombre del mismo color de piel que ellas, tienen menos esperanzas de ver realizarse su sueño de que el marido las mantenga, pues los hombres negros, en esa época, empiezan a conocer el desempleo y el encarcelamiento en masa.

No, no es fácil deshacerse del modelo de la dependencia económica, pero tampoco de todos los demás tipos de dependencia que esta implica, y que van más allá. La ensayista feminista americana Colette Dowling fue la primera que en 1981 puso el dedo en la llaga de esa aspiración a ser tutelada a todos los niveles, esa esperanza de una intervención exterior que nos libre de nuestras responsabilidades hacia nosotras mismas. La bautizó como el *complejo de Cenicienta*.[28] Y, de hecho, sería extraño que todas las historias de príncipes azules que les cuentan a las mujeres desde su más tierna infancia no dejasen huella alguna. Mediante la educación, se instala muy pronto en ellas un «núcleo de dependencia», afirma Dowling. Por eso, si queremos conquistar nuestra libertad, hay que añadir a las luchas concretas por la igualdad un trabajo de «emancipación interior». Y para ello lo primero, si una siente esa tendencia en sí misma, es reconocerla sin vergüenza. Hay que osar mostrarse «valerosamente vulnerable». «Lo primero que las mujeres deben determinar es en qué medida el miedo gobierna sus vidas», escribe Dowling. Cita a la artista neoyorquina Miriam Schapiro, que decía haber «vivido siempre con la sensación de estar habitada por una niña inerme»: solo la pintura le permitía afirmarse, estar más viva.

Hablar de este problema comporta ciertos riesgos. Algunos se apresurarán a concluir que, si las mujeres no ocupan todo el lugar que les corresponde en el mundo laboral, o en la política, o en el arte, es a causa de sus inhibiciones, de su afición persistente por una posición de timidez y temor, y no a causa del sexismo que sufren o de la negación de su cónyuge a asumir su parte de las tareas domésticas y educativas. Creo, sin embargo, que esas fuerzas arcaicas que actúan en nosotras son reales y que no podemos dejar de ponerlas también sobre la mesa. Es su propio recorrido lo que llevó a Dowling a estas reflexiones. Como autora independiente, tuvo que ganarse la vida tras su divorcio y mantener a sus tres hijos, ya que su marido ingresaba periódicamente en un hospital psiquiátrico. Salió adelante, pero, según ella, una parte de sí misma «secreta, inconsciente, esperaba que alguien [le] sacase las castañas del fuego». Al cabo de cuatro años, conoció a otro hombre, también autor, y en 1975 abandonaron Nueva York y se instalaron en una gran casa en el campo.

Entonces, su vida cambia. Durante los primeros meses, se deja absorber por las tareas domésticas: lleva la casa, se ocupa del jardín, enciende el fuego, prepara comidas suntuosas. Las raras veces que se sienta en su escritorio, se limita a «hurgar entre sus papeles». Ha recuperado un universo parecido al de su infancia, «un universo de tartas de manzana, edredones mullidos y vestidos de verano recién planchados». Por la noche, pasa a máquina los manuscritos de su compañero. «Había dado marcha atrás —o, mejor dicho, había vuelto a sumergirse como en un baño tibio— porque era más fácil. Porque arreglar los parterres, hacer la lista de la compra y ser una buena "compañera" —mantenida— crea menos ansiedad que lanzarte al mundo de los adultos y tener que arreglártelas tú sola.»

Se mete con alivio en ese papel tradicional. También se percatará más tarde de que temía «perder su feminidad» si volvía a la arena profesional. Sin embargo, acaba detestando a su compañero, reprochándole tener más habilidad social y más seguridad en sí mismo que ella. Es él quien, finalmente, da un puñetazo en la mesa: eso no era lo que habían acordado, le dice. Nunca se dijo que él pagaría todas las facturas. Se niega a mantenerla, y eso al principio le enfada muchísimo. Le reprocha su ingratitud por todas las tareas domésticas que ella efectúa (no dice si él asumió su parte del trabajo doméstico cuando ella restableció el equilibrio en las finanzas del hogar, lo cual es una lástima). Luego reflexiona. Poco a poco toma conciencia de sus reflejos, de sus aspiraciones oscuras y de sus miedos. Y de ello saca un artículo titulado «Beyond Liberation: Confessions of a Dependent Woman» [«Más allá de la liberación, las confesiones de una mujer dependiente»], que se publicará en una revista y tendrá una gran repercusión: «Cada día llegaba el cartero con un nuevo paquete de cartas que yo me llevaba a un pequeño bar que había detrás de casa para leerlas y llorar».

El papel irresistible de la mujer desamparada

Colette Dowling nació en 1938. ¿Es la dependencia únicamente el problema de mujeres que, como ella, libraron el combate feminista de los años setenta? No estoy segura. Sigue presente en nuestro imaginario. Hace unos doce años escribí, solo por placer y sin intención de publicarla, una novela en la cual una escritora treintañera vivía en la propiedad de un rico mecenas de unos cuarenta años en el marco de una residencia para escritores. Los dos se gustaban, sin que entre ellos hubiera nada. Luego, al final de la estancia, él le hacía una proposición: podría mantener su apartamento en la propiedad, así como un subsidio mensual para escribir, a condición de que aceptara un acuerdo un poco particular. Algún tiempo después de terminar la novela, empecé a oír hablar del enorme éxito de un libro que supuestamente ilustraba la tendencia del *mommy porn*. Leyendo los resúmenes —un joven multimillonario seductor propone un pacto sexual a una estudiante—

pensé: «¡Mira por dónde...!». Sin saberlo, yo había escrito una versión intelectual de *Cincuenta sombras de Grey*[29] (pues sí, sueñas con ser Simone de Beauvoir y te despiertas convertida en la doble de E. L. James). En este principio de siglo XXI, el fantasma del hombre capaz de protegerte definitivamente de la necesidad y hacerte descubrir al mismo tiempo nuevos horizontes sexuales (el hombre «todo en uno» del que habla Marie-Carmen Garcia),[30] en una palabra, de aportarte a la vez seguridad y emoción, todavía era algo lo bastante poderoso como para empujar a escribir al menos a dos mujeres al mismo tiempo en el mundo —una de las cuales, de haberle preguntado, se habría definido como feminista— y provocar un éxito planetario tan colosal como el de *Cincuenta sombras de Grey*. En 1990, la mítica película de Garry Marshall *Pretty Woman*, en la que una prostituta (Julia Roberts) se encuentra con un hombre de negocios rico y seductor (Richard Gere) que la propulsa a un universo de lujo y abundancia, aportándole a la vez la felicidad amorosa, debió su éxito aproximadamente a los mismos resortes narrativos.

Si echo una mirada retrospectiva a mis años de vida en pareja, podría pensar de entrada que la dependencia, aún presente en mis fantasías, ha estado ausente de mi vida concreta. Éramos periodistas los dos, yo me ganaba la vida, escribía libros... Pero luego recuerdo que, durante un periodo bastante largo, cuando era periodista independiente, mi compañero pagó él solo el alquiler. Yo habría hecho lo mismo por él si hubiese sido necesario, pero no hubo ocasión y no estoy segura de que fuera una casualidad. Y, sobre todo, estaba mi dependencia afectiva, de la que solo más tarde me di cuenta. Yo era una persona angustiada, poco segura de sí misma y, como había topado con el hombre más generoso del mundo, él me tranquilizaba y me animaba constantemente. Seguro que saqué muchísimo provecho de la mirada valorizante que ponía en mí, de sus consejos inteligentes, de la confianza que me infundió. Pero adquirí la costumbre de recurrir constantemente a él, de comunicarle cualquier pequeña duda, para que me reconfortase. Nos instalamos ambos en unos papeles respectivos que, a la larga, no nos beneficiaron ni como individuos ni como pareja. Tras nuestra separación, viví una historia de amor con un hombre que, por toda clase de razones, tenía poco tiempo que dedicarme. Pasé de un extremo al otro, y el *shock* fue duro. Pero, más allá incluso de esa nueva relación, el hecho de vivir sola me obligó a enfrentarme a mi dependencia, a ponerle remedio, a aprender a ser autónoma. Y, francamente, ya era hora (cuando empecé a escribir *Brujas*, le confié a una amiga mi temor de no lograrlo sin la presencia a mi lado de mi excompañero, que me había apoyado mientras escribía mis cinco primeros ensayos; cuando las ventas superaron el listón de los cien mil ejemplares, ella me soltó con una pizca de sarcasmo: «¿Qué?, ¿ya te has convencido de que eres capaz de escribir un libro tú sola?»).

Inconscientemente, me metí sin duda en el papel de la mujer desamparada, sin recursos, con tanta mayor facilidad cuanto que esa actitud «siempre se ha considerado, y se considera aún hoy, como un atributo femenino admirable, y hasta seductor», por retomar las palabras de Penelope Russianoff. Descubrí a esta psicoterapeuta americana en la película de Paul Mazursky *Una mujer descasada* (1978), de la que hablé en *Brujas*. La protagonista va a su consulta tras romper con su marido. Me impresionó su presencia y su belleza atípica, sin saber que se trataba de una verdadera terapeuta y que, unos años después de rodar la película, había dedicado un libro al tema de la dependencia afectiva de las mujeres, con la cual se enfrentaba constantemente en su práctica profesional. En ese libro cuenta una escena de su infancia: un día, entró un murciélago en la casa donde vivía con sus padres y su hermana. Como su padre estaba fuera de la casa, su madre lo llamó. «Él expulsó al animal aterrado, mientras nosotras, aterradas también, nos estremecíamos y temblábamos. Y mi hermana y yo, siguiendo el ejemplo de nuestra madre, lo abrazamos, admiradas también nosotras, cubriéndolo de elogios.» Russianoff sabía, sin embargo, que si su padre hubiese estado ausente, su madre habría podido deshacerse perfectamente ella sola del animal. «Pero había aprendido desde pequeña, como yo lo aprendí de ella, y como mis pacientes, incluso las más jóvenes, lo aprenden de las figuras femeninas de su entorno, a comportarse en presencia de un hombre de forma muy diferente a como lo harían si se encontrasen solas o con otras mujeres.»[31] Es muy probable que yo también hubiese incorporado la idea de que aparentar debilidad e impotencia —a riesgo de cultivar una debilidad y una impotencia reales— era una manera apropiada de manifestar amor por un hombre y recibirlo de él.

En la novela de Elisa Rojas *Mister T. et moi [El señor T. y yo]*, una amiga de la narradora le da este consejo para seducir al hombre del que se ha enamorado:

> —A muchos hombres lo que les gusta en realidad... es que te hagas... el gatito.
>
> —¿El QUÉ?
>
> —¡El gatito!
>
> —¿Y eso qué quiere decir? ¿Que tengo que maullar?
>
> —Quiere decir la chica indefensa pero un poco traviesa que los necesita.
>
> Elisa está aterrada: «¿Hay que mentir? ¡Pero yo no sé hacer eso! Soy incapaz, y además, tampoco tengo ganas. Sería publicidad engañosa. Yo no soy una "cosita frágil" que necesita ayuda. T. lo sabe. ¿Y qué clase de hombres puedes pescar así? ¿A unos tíos a los que les gusta torturar animales?».[32]

Confieso que, contrariamente a Elisa Rojas, yo me he comportado muchas veces como un gatito.

Una precisión importante, sin embargo; y Penelope Russianoff también lo dice: en cierta medida, dependemos todas y todos de los demás. No se trata de pretender que el fin último sea no necesitar a nadie. El sufrimiento que nos causa la desaparición del ser amado, tanto si esa desaparición viene provocada por una ruptura[33] como por la muerte, está en consonancia con la felicidad que nos ha dado. La imbricación estrecha que puede haber entre dos vidas y la riqueza que puede representar una relación amorosa —o una amistad, o un lazo de sangre— son un milagro que hay que saber apreciar. En un encuentro con público en Bruselas, en 2019, una mujer joven me confesó su perplejidad a propósito de la noción de *independencia femenina* que yo desarrollaba en *Brujas*: ella no tenía ganas de estar sola, me dijo. Pero hay mucha diferencia entre retirarse a una isla desierta y pensar que «una no es nada sin un hombre». Esta era, sin embargo, la convicción que Russianoff descubría en la mayoría de sus pacientes, incluso cuando lo negaban. Una de ellas decía suspirando que, de haber encontrado al hombre ideal, no habría tenido necesidad de recurrir a una terapia. Otras, que estaban casadas, habían adoptado los centros de interés y las aficiones de su marido, y jamás salían sin él. Conquistar la independencia no significa prescindir de relaciones (salvo si una lo desea, evidentemente), sino más bien encontrar el sitio justo a partir del cual relacionarse.

Reordenarse a uno mismo

En el momento en que reconquisté mi independencia, me di cuenta de que lo mezclaba todo. En mis accesos de angustia, me preguntaba qué sería de mí si me pasara algo grave: una enfermedad, un duelo. Pero, en aquel momento, me encontraba muy bien, al igual que todas las personas a las que quería. Si me pasaba algo, tendría gente a la que recurrir, empezando por mi excompañero, como pude comprobar en el verano de 2020 cuando sufrí una crisis de pánico posconfinamiento. Mientras tanto, la mayor parte del tiempo, era capaz de cuidar de mí misma. No era una cosita desamparada. Podía superar yo sola las contrariedades del día a día. Podemos esforzarnos por extender al máximo el ámbito de nuestra vida en la cual somos autónomos, práctica o psicológicamente, sin que eso le quite nada al *shock* insustituible del encuentro amoroso; al contrario, incluso. Pienso en estas palabras de la poetisa canadiense Rupi Kaur: «No te quiero / para llenar mis partes vacías, / quiero estar llena por mí misma, / quiero estar llena / hasta poder iluminar una ciudad entera, / y después te quiero en mí / porque nosotros dos juntos / podemos incendiarla».[34]

En su libro *We: para comprender la psicología del amor romántico* (1983), el psicoanalista americano Robert A. Johnson, discípulo de Carl Jung, retoma las tesis de Denis de Rougemont acerca de la pasión. Según él, este es el único lugar de nuestra vida donde aún dejamos que se exprese una pulsión religiosa o espiritual: «El amor romántico, esa curiosa mezcla de sagrado y mórbido, se ha convertido por defecto en el barco dentro del cual nos esforzamos por hacer que quepa todo lo que está excluido del imperio de nuestros egos, todo lo que tiene que ver con nuestro inconsciente, todo lo que es sagrado, insondable, maravilloso, todo lo que nos inspira reverencia».[35] Esta tesis es bastante convincente, si pensamos en la frecuencia de un trasfondo religioso en las mujeres enamoradas de un asesino o de un hombre violento, pero también en las heroínas de las novelas: Emma Bovary, o Ariane, que en *Bella del Señor* lee salmos reemplazando el nombre de Dios por el de Solal. Ahora bien, trasponer un impulso religioso a la vida sentimental equivale no solo a encerrarse en una actitud de sumisión ciega y resignada, sino también a pedir lo imposible a la persona a la que pretendemos amar. Según Johnson, deberíamos repatriar esa pulsión al único lugar donde puede expresarse: dentro de nosotros mismos. Deberíamos aplicarnos a alimentar nuestra vida interior, desplegando una actividad creativa o espiritual. Y considerar nuestras relaciones amorosas de forma totalmente distinta.

Johnson ilustra el cambio que deberíamos hacer contando el sueño de un paciente de unos treinta años, cuyo alcance le parece que supera su caso individual. Ese hombre joven relata: «Transporto una campana que antiguamente pertenecía a la Virgen María hasta la gran basílica que se construyó hace siglos para albergarla cuando se volviera a encontrar. La forma de la campana era conocida y se preparó una hornacina de su tamaño exacto encima del altar. Un sacerdote veló todo el tiempo para recibir la campana cuando la trajeran. Yo camino dentro de la basílica, por la nave central, y presento la campana al sacerdote que la está esperando. Juntos la izamos y la colgamos de su gancho dentro de la hornacina. Encaja perfectamente». Según Johnson, en este relato podemos ver una descripción simbólica del gesto de reparación mediante el cual el modelo pasional occidental descrito por él y por Denis de Rougemont, resultado de una pulsión mal colocada, podría finalmente dejar de causar estragos en nuestras vidas. Podemos ver en él, especialmente, la resolución de la tendencia que empuja a tantas mujeres a esperar la salvación de un hombre *milagroso*.

Conquistar la independencia significa, pues, poner orden dentro de uno mismo, y no renunciar a toda vida sexual o amorosa —ni mucho menos—. Aparte de un caso, tal vez: cuando mantenemos relaciones seguidas o episódicas con hombres no por un deseo real, sino por adicción hacia ellos, por conformismo, porque es «algo que se hace» o por miedo a estar solas. Algunas consideran entonces indispensable aprender a prescindir totalmente de estas relaciones, para volver a ellas más tarde habiendo construido un zócalo de autonomía. En *Revolución desde dentro*, Gloria Steinem habla de Tina, una música conocida suya, que tenía la costumbre de dejar todo lo que estaba haciendo en cuanto un hombre le manifestaba su interés. Acabó adoptando una medida radical: «Durante cinco años, compuso, viajó, vivió sola, vio a amigos, pero rechazó todas las solicitaciones masculinas. Reparó su casa, se fue de vacaciones a lugares desconocidos y enseñó a escribir canciones. Vivió una vida plena, pero una vida que no incluía sexo ni aventuras». Al principio, fue difícil: «Sin verse a través de los ojos de un hombre, ni siquiera estaba segura de existir. Pero, poco a poco, empezó a disfrutar de despertarse sola, de hablar con su gato, de irse de una fiesta cuando le apetecía. Por primera vez, sintió que su "centro" se desplazaba de los hombres a un nuevo lugar dentro de sí misma». Al cabo de cinco años, conoció a un hombre muy diferente de aquellos a los que atraía y que la atraían antes, y se casó con él.[36]

Otras se distancian más aún de los hábitos de pensamiento que les han inculcado. Entre las mujeres entrevistadas por Évelyne Le Garrec en los años setenta figuraba Flora, una periodista de treinta y ocho años que decía: «He descubierto un truco: y es que se puede prescindir muy fácilmente de un hombre. Tal vez sea porque envejezco... Por otra parte, siempre he sabido prescindir, pero había recibido una educación que decía: "Hay que follar, hay que follar..."».[37] En la novela de Sophie Fontanel *El deseo*, que cuenta un periodo de abstinencia sexual deliberada, la narradora oye que un médico en la radio afirma que «cuanto más hace el amor un individuo, más mejora en todos los aspectos»: «Y yo me eché a reír».[38] El mandato de tener una actividad sexual vale para los hombres y las mujeres, pero en el caso de estas últimas se hace tanto más perentorio cuanto que el contacto regular con un cuerpo masculino representa una especie de santificación. Se supone que es una garantía a la vez de estatus social y de equilibrio físico. Lo cual no siempre es sinónimo de placer. En el transcurso de su divorcio, Marielle, de veintisiete años, obrera textil de Roubaix, conoció a un hombre casado y se convirtió en su amante. Contaba que, si un día él le hablase de dejar a su mujer, ella se opondría, por simpatía por la esposa. Y añadía: «Además, no lo amo, ni siquiera me da placer tener relaciones con él, y los días que no puedo tenerlas estoy muy contenta».[39] Asimismo, una paciente de Penelope Russianoff llamada Jane compara sus aventuras de una noche con las visitas al dentista: «No me gusta mucho, pero hay que hacerlo, comprende. Me mantiene con buena salud».

Un día, sin embargo, una gripe impide a Jane salir durante varios días y la hace reflexionar: «Me pregunté qué sacaba de esos encuentros, y la respuesta fue: nada. Ni siquiera una gratificación momentánea la mayoría de las veces. En realidad, me hubiera enriquecido más mirando la televisión». Se impone entonces unos meses de abstinencia: «Era realmente soltera, y descubrí que eso no me volvía ni enferma ni loca. La vagina no se me oxidó». Sophie Fontanel también desmiente ese prejuicio según el cual la ausencia de contacto sexual te marchita irremediablemente. Evoca en estos términos el periodo que sigue inmediatamente a su decisión de dejar de hacer el amor, decisión que tomó durante unas vacaciones en la nieve: «Una vez que los beneficios de la montaña se borraron, no solo conservé esa cara, sino que el resplandor se acentuó. En una foto, descubro que estoy radiante. ¿Qué encuentro me transfiguraba así? ¿A qué cita acudía con los ojos brillantes de confianza y la piel luminosa de una liberada?».[40] ¿Y si el secreto del bienestar físico no fuera ni follar ni dejar de follar, sino hacer lo que nos da la gana? Y Jane añadía: «Ahora, cuando salgo es porque quiero, no porque crea que lo necesite. Y cuando me acuesto con un hombre obtengo más porque obedece a un deseo real, no porque piense que es indispensable para mi salud, o para aliviar mi soledad, o para sentirme validada».[41]

Validada: esta es tal vez la palabra clave. En un episodio de su pódcast *Sexe Club* dedicado a «la cultura del sexo sin compromiso», Samia Miskina vuelve sobre un periodo en el que ella misma multiplicó las aventuras: «Me contaba que me gustaba mucho encadenar esas relaciones, que me sentía libre. No era totalmente falso, puesto que realmente obtuve placer de la mayoría de ellas. Pero, con la perspectiva, me doy cuenta de que en cada encuentro buscaba una validación. La de los hombres, claro está; la que me demostraba que era bonita, deseable, follable. Cada vez que volvía a casa acompañada, era una pequeña victoria». Judith Duportail, por su parte, habla de Tinder como de un «chute de validación». Se pregunta cómo hacer para que los otros se conviertan en «compañeros de viaje, o compañeros de vida, pero que no vengan a validar tu derecho a existir».[42]

Aunque los hombres también sufren la presión del «hay que follar», ellos esperan sacar prestigio del número, de la acumulación, pero no creo que toda su identidad esté modelada por la mirada de las mujeres como la identidad de las mujeres lo está por la mirada de los hombres. Penelope Russianoff se quedaba muchas veces estupefacta al constatar que sus pacientes solo admitían el sexo si era con un hombre. Cuando les hablaba de masturbación, se sentían incómodas: descartaban permitírsela, pues lo habrían visto como un declive. Por mi parte, me reconozco totalmente en la autonomía voluptuosa que describe Sophie Fontanel: «¿Cuándo he sido más feliz que durante esos primeros meses de descanso? Tomaba baños de leche de lavanda. Los japoneses venden unos polvos perfumados que vuelven blanca el agua. Vertiendo el contenido del sobrecito en la bañera, me deleitaba con esa untuosidad, y luego, al meterme dentro, tenía la impresión de que no sé qué divinidad se regocijaba por mí».[43] Hay un hecho inflexible: la felicidad aturdidora de follar nos es inaccesible en ausencia de una pareja. Pero ello no significa que toda nuestra capacidad de gozar deba encerrarse bajo llave, condicionada a una presencia masculina. Muchas otras actividades pueden ser fuente de placer intenso. Para mí: escribir, leer, absorberme en la ficción, caminar, comer, dormir, nadar, bailar, fantasear, embadurnarme de cremas y aceites... Soy ambivalente en cuanto a mis amigas que tienen muchas aventuras. Por una parte, envidio su audacia. Pero por otra, me quedo perpleja cuando las veo dilapidar su energía, sufrir grandes disgustos y sentirse a veces muy heridas en sus relaciones con unos hombres que ni siquiera les gustan tanto. Estoy dispuesta a correr el riesgo de sufrir, pero tiene que ser por alguien que valga la pena. Me pregunto a veces cuál es la parte de deseo real y cuál la parte de necesidad de validación en esa intensa actividad sexual que practican. El resultado también es que preservo mi serenidad mejor que ellas. Un día, una me pidió que leyera un mensaje de ruptura que le había enviado un hombre para que le diera mi opinión. También se lo había mostrado a otra amiga suya. Le dije ingenuamente que el mensaje me parecía más bien conmovedor, y en cambio la otra amiga le había dicho: «¡Qué cabrón!», lo cual inspiró a mi amiga esta conclusión en cuanto a mí: «Estás menos enfadada que nosotras».

Las otras mujeres, un mal menor o unas rivales

Entre las huellas que han dejado en la psique femenina siglos de dependencia total de los hombres está también cierto tipo de relación con las demás mujeres. Durante su encuesta en las dos universidades americanas a principios de la década de 1980, Dorothy C. Holland y Margaret A. Eisenhart observaron que, para las estudiantes, sus compañeras femeninas tenían una existencia meramente «periférica». La única función de las amigas solo era hacer de «grupo de apoyo» en la busca de un novio. Cuando salían en grupo, siempre era con la esperanza de encontrar a «alguien interesante», se entiende que un hombre. Solo la magia de una presencia masculina podía salvar el día o la velada de la mediocridad y la miseria que las embargaba. Un día en que organizan una fiesta, una de ellas se lamenta de que los chicos no hayan ido. Cuando al final llegan algunos, la muchacha exclama: «¡Por fin algo de acción!». Son muy pocas las que consideran que una relación con otra mujer puede tener un valor en sí; fuera de la ayuda que proporciona en la empresa amorosa, únicamente puede ser un mal menor.[44] Una joven paciente soltera de Penelope Russianoff se abstiene directamente de salir con una o varias amigas —de todas formas, jamás ha trabado ninguna amistad femenina—. Teme que eso disuada a un hombre de acercarse a hablarle, o incluso de que le impida fijarse en ella si está «perdida» en medio de otras. También teme ofrecer una imagen patética: «La gente considera muchas veces a dos, o tres, o cuatro mujeres que salen juntas como unas solteronas típicas. Incluso si eres la más popular de todo tu grupo de secretarias y lo sabes, nunca puedes evitar tener la sensación de que te compadecen. ¿Y si el hombre de tus sueños figurase entre esa gente que te mira con compasión? ¿Y si se fijara en ti, pero pensara que tienes un problema por el hecho de estar con todas esas mujeres?».[45]

Cuando las otras no son consideradas como algo sin importancia, o como una compañía desvalorizante (con todo el odio que eso implica), aparecen como una amenaza. Atribuida por las representaciones misóginas a la mezquindad natural de las mujeres, la rivalidad nace directamente de su historia, de la subordinación a la cual están sometidas desde siempre. Viene de la época —probablemente no tan superada— en que todo nuestro destino dependía de nuestra capacidad de ser elegidas, con exclusión de todas las demás mujeres, por un poder a la vez absoluto y caprichoso (este es el régimen bajo el cual todavía viven las actrices, por cierto). Hablando de un modo más general, la puesta en escena de la rivalidad femenina y del poder que esta confiere a los hombres es una constante en la cultura occidental. En su documental realizado para la BBC en 1972, *Modos de ver*, el escritor y crítico de arte John Berger mostraba cómo, en la pintura europea, el tema muy apreciado del «juicio de Paris» (ilustrado por Lucas Cranach el Viejo o por Rubens, que realizó varias versiones) perpetuaba la tradición de hombres que miran a las mujeres y las eligen en función de sus gustos. El príncipe troyano es invitado por las diosas Afrodita, Atenea y Hera a designar a la más bella de las tres y a entregarle la «manzana de la discordia». Paris elige a Afrodita, que le promete el amor de la mujer más hermosa del mundo. Será Helena, la esposa de Menelao, a la que raptará, desencadenando así la guerra de Troya. «La belleza, en ese contexto, está destinada a ser competitiva —observa Berger—. El juicio de Paris será el origen de los concursos de belleza»[46] (cuatro o cinco siglos más tarde, el programa de telerrealidad *The Bachelor*, en el cual un joven soltero es invitado a elegir una compañera entre varias candidatas que van siendo eliminadas sucesivamente, reproducirá el mismo esquema). Por una extraña *mise en abyme*, sin embargo, este episodio de *Modos de ver* acaba con una discusión entre John Berger y un pequeño grupo de mujeres (entre las cuales está su compañera de la época, Anya Bostock Berger), a las que él pide opinión sobre lo que acaba de decirse acerca de la tradición del desnudo femenino. Y no puedo evitar preguntarme si aquellas mujeres no se sintieron compitiendo las unas con las otras para retener la atención, por su encanto y la pertinencia de sus palabras, de aquel hombre tan guapo y carismático...

Esta herencia, así como la ansiedad en la cual se nos mantiene acerca de nosotras mismas, de nuestro valor, de nuestro atractivo, pueden producir comportamientos devastadores. A veces, he conocido a mujeres que parecían vivir sus relaciones con la mitad del género humano en el modo de «o ella o yo», como si no hubiera bastante sitio para todas. Me sentí aniquilada, reducida a un montoncito de cenizas insignificantes. Sobre todo las primeras veces, porque no entendía nada de lo que me estaba pasando. Al principio, pensé que mi sufrimiento procedía simplemente de la revelación de mi nulidad objetiva, antes de comprender que otras mujeres, igual de guapas y brillantes, no me hacían sentir ni mucho menos tan fútil y anonadada. Desde entonces, cuando me enfrento a esa agresividad velada, que a veces puede vestirse de untuosidad o de adulación, se encienden en mí toda clase de alarmas. Me esfuerzo por mantener las distancias con la persona de la que emana. Pero sé de qué inseguridad profunda procede. Sé que es una destructividad que se produce porque se tiene la impresión de que hay que defenderse de una amenaza existencial. Lo sé porque yo también siento esta inseguridad. La mayor parte del tiempo, me encanta ser testigo del talento y los éxitos de otras mujeres; me alegran, me inspiran y me estimulan. Pero también ocurre a veces que la vieja angustia de quedar eclipsada y el miedo a que las cualidades de las otras anulen las mías resurgen con fuerza.

En una crónica, la autora americana Jenny Tinghui Zhang recuerda la primera vez que una de sus amigas, hacia los once o doce años, la hizo dudar de sí misma con un comentario desdeñoso sobre su cuerpo, y la frecuencia con la cual esta experiencia se ha repetido a lo largo de los años. Tuvo que esperar a entrar en la vida profesional, en un sector dominado por hombres, para encontrarse rodeada de mujeres que se apoyaban unas a otras. Allí experimentó por primera vez, dice, esa «sensación de calor, de irradiación», que le produce la compañía empática de otras mujeres. «Desde entonces, la experimento regularmente. En una farmacia, el día de la elección [de Donald Trump], cuando intercambié una sonrisa triste con otra joven clienta. Cuando mi jefa me defiende delante de nuestros colegas masculinos. O simplemente cuando una desconocida me hace un cumplido en la calle sobre la ropa que llevo, sobre mi peinado o mis pendientes. Estos momentos no son superficiales. Para mí, son momentos radicales de comprensión mutua y de transmisión de fuerza. El mensaje que pasa a través de un simple cumplido es: "Sigue así".»[47] La sororidad es una realidad, y una realidad muy hermosa. Pero a veces puede verse impedida u obstaculizada por la persistencia de ese miedo a verse invisibilizada, suplantada, relegada; por el terror a descubrir que una es banal, sin nada que la distinga —«infinitamente olvidable», como escribía Jane Birkin—;[48] por la lógica del «o ella o yo».

Como mujer, te empujan a posar a la vez sobre ti misma y sobre las demás una mirada implacable, hipercrítica —de odio, en realidad—, como si se tratase de sopesar la competencia permanentemente, de reevaluar sin descanso el propio lugar dentro de la gran competición por la atención masculina (o por la atención simplemente), con una mezcla de ansiedad y de agresividad. Este condicionamiento puede socavar nuestros más bellos impulsos de solidaridad. Entre los intermedios cantados y bailados de la serie *Crazy Ex-Girlfriend*, hay uno en el que Valencia Pérez, la profesora de yoga altiva con cuerpo de liana, coge una guitarra e inicia en plena calle un himno a la sororidad bastante improbable por su parte: «Women Gotta Stick Together» [«Las mujeres deben apoyarse unas a otras»]. Los transeúntes se le unen. Cada vez que surge una nueva corista entusiasmada, Valencia refrena su ardor, integrando en la canción un comentario pérfido acerca de ella.

«Las mujeres tienen el poder de provocar un cambio. / Por ejemplo, esta debería depilarse las cejas, y esta otra debería cambiar de vaqueros (la verdad es que necesitas una talla más). / Esta huele a salchicha, pero eso no tiene nada de malo. / Las mujeres deben apoyarse, excepto a Denise Martinez, esa pedorra a la que no puedo ni ver ("ah, hola, Denise"). / El cambio llega en menos tiempo del que necesita Ashley para ponerse de rodillas. / Juntas podemos superar todos los obstáculos, / aparte de Marisa, ya que mide un metro veinte. / Podemos escalar cualquier montaña, / siempre que la cuerda soporte el peso de Haley...»[49]

Si queremos darnos una oportunidad para vencer esa desconfianza que hemos heredado respecto a las demás mujeres, tal vez habría que afrontarla honradamente, sabiendo que no es nuestra generosidad ni nuestra elegancia personal lo que está en entredicho (¡o no solo!). El problema se plantea en todos los ámbitos de nuestra vida: amoroso, profesional, militante... Hagamos lo que hagamos, siempre nos percibimos, aparentemente, como las diosas del «juicio de Paris», o como las prostitutas que la dueña de un burdel hace poner en fila delante del cliente para que este pueda elegir. La rivalidad masculina también existe, pero me parece que nace de un sentimiento de legitimidad, de la seguridad de ejercer un derecho al reclamar atención o una preeminencia cualquiera. No se basa en la misma inseguridad fundamental. Y, sobre todo, no se alimenta desde fuera de la misma manera. Enfrentar a las mujeres unas con otras, a veces sin siquiera darse cuenta, es un reflejo, una tentación irresistible, para las mujeres tanto como para los hombres. En 2020, Gloria Steinem y Eleanor Smeal, otra militante feminista americana de su generación, se levantaron contra la visión sesgada de la historia que presentaba según ellas *Mrs. America*. Aquella miniserie pretendía reproducir la batalla que se desarrolló en los años setenta alrededor de la Equal Rights Amendment (ERA, Enmienda de Igualdad de Derechos), destinada a inscribir el principio de igualdad de los sexos en la Constitución de Estados Unidos. Steinem (encarnada en la serie por

Rose Byrne), Smeal y otras feministas luchaban para que se votara, mientras que una militante conservadora, Phyllis Schlafly (Cate Blanchett), movilizaba contra el texto a las amas de casa republicanas. Al presentar a los dos bandos de esta manera, la serie reducía la lucha a un «tirarse de los moños», según denunciaban Smeal y Steinem en una tribuna común, mientras que según los sondeos una gran mayoría de americanas siempre fue favorable a la ERA. Le reprochaban a la serie silenciar la acción intensa y decisiva de los múltiples *lobbies* que se oponían al texto, en particular el de las aseguradoras, que de votarse el ERA habrían tenido que «dejar de hacer pagar más a las mujeres por un servicio peor». Phyllis Schlafly y sus seguidoras no habían hecho más que «servir de tapadera» a los intereses de esos poderosos sectores económicos, según decían las dos militantes feministas. Y se preguntaban: «¿Se atribuiría un fracaso del movimiento por los derechos civiles a una rivalidad entre los partidarios de Martin Luther King y los de Malcolm X?».[50]

En el invierno de 2021, comentando en Instagram un poema de su libro *todo lo que necesito existe ya en mí*[51] sobre la rivalidad femenina, Rupi Kaur explica que le fue inspirado por la «mentalidad de la escasez», es decir, la mentalidad de la gente que ve la vida como un pastel: creen que si alguien coge un pedazo grande, eso significa que habrá menos para los demás, lo cual es «una estupidez». Durante las giras de promoción de sus libros, muchas mujeres jóvenes le confiaron que las habían educado para razonar así. Querían deshacerse de la idea de que no había lugar «más que para una sola en la mesa». Se negaban a «ser azuzadas las unas contra las otras, a pensar que el éxito de otra persona las privaba de algo». Varias veces, según cuenta Kaur, se levantó alguna espectadora de entre el público y gritó algo así: «¡Cuando una de nosotras triunfa, triunfamos todas!». Y entonces «toda la sala estalló en aplausos».[52]

Es verdad, pero sin duda resulta más difícil acabar con la «mentalidad de la escasez» en el terreno amoroso, donde muchas veces se trata en efecto de ocupar un lugar único. Sin embargo, cuando el hombre amado elige a una, quizá podríamos al menos intentar vivir los desbordamientos de tristeza que nos asaltan sin poner en cuestión todo nuestro ser. Recuerdo mi consternación cuando leí *El idiota* de Dostoievski: dos hombres enamorados de la misma mujer, que están dispuestos a matarse a causa de esa rivalidad y que al mismo tiempo se quieren como hermanos... ¿A quién se le ocurriría hacer llorar a los humildes con la historia trágica de dos mujeres desgarradas entre su amistad a vida y muerte y su amor por el mismo hombre? Para que un caso así sea posible, hay que tener un sentido muy fuerte y muy sólido de la propia identidad y del propio valor; hay que estar muy seguro de la propia soberanía a todos los niveles. Todas ellas características que las mujeres tienen pocas probabilidades de poseer, pero que podemos empezar a cultivar y a conquistar.

¿Y LA DEPENDENCIA MASCULINA?

«En el plano social, sexual, e incluso en cierta medida en el plano económico, las mujeres han progresado enormemente —escribe Penelope Russianoff—. Pero en el plano emocional todavía tienen un largo camino que recorrer.» La dependencia afectiva que padecen le parece invasora, porque se extiende a todos los sectores de la vida. Los hombres, por su parte, se sienten legitimados en el mercado laboral y, por lo que atañe a las clases superiores, están armados para triunfar. Sin embargo, Russianoff subraya que sería un error pensar que ellos no sufren también la dependencia emocional: «Mis pacientes se sienten a menudo desdichados a causa de unas relaciones amorosas difíciles, o de una ausencia de relaciones amorosas. He recibido a bastantes hombres solteros en la consulta para saber que el personaje del *playboy* despreocupado es en gran parte un mito. Hay *playboys*, de acuerdo, pero es raro que escapen totalmente de las preocupaciones que amargan la vida de tantas mujeres en la misma situación. Esos hombres supuestamente tan codiciados vuelven a casa después del trabajo y se abalanzan sobre el teléfono para quedar con alguien. ¡Cualquier cosa antes que pasar una velada solos! Y he tratado a más de un viudo con prisa por volver a casarse para evitar tener que enfrentarse al vacío de su vida».[53]

Esta dependencia pasa desapercibida porque se niega: lesionaría demasiado el ego masculino si se admitiera. En *Carta a D.*, André Gorz declaraba sus remordimientos por haber escrito en uno de sus libros, a propósito del personaje femenino inspirado en Dorine, que «se habría destruido» si su héroe (¡él!) la hubiese dejado, cuando era sobre todo él quien la necesitaba a ella: «¿Por qué, pues, parecía tan seguro de que nuestra separación sería más insoportable para ti que para mí? ¿Para no tener que confesar lo contrario?».[54] Liv Strömquist ha dedicado a esa mezcla de ceguera y de fatuidad unas páginas desternillantes. Muestra en especial cómo las chulerías de ciertos cómicos americanos reaccionarios, que repiten hasta qué punto las mujeres son pesadas y pegajosas, que proclaman su alergia a la intimidad, su desdén por las emociones, etcétera, y la actitud cultural que esas chulerías reflejan y amplifican, enmascaran una necesidad profunda de la presencia de las mujeres y de la seguridad afectiva que ellas aportan. Resume esa mistificación imaginando la conversación entre uno de esos hombres arquetípicos y la mujer que comparte su vida:

> —¿Cómo quieres celebrar San Valentín? —le pregunta ella.
>
> —¡Pero si yo no quiero celebrar San Valentín! —contesta él—. Lo detesto. Detesto el amor. Detesto los sentimientos. Detesto a las mujeres. También detesto todo lo que interesa a las mujeres. Pero, por lo que más quieras, ¡no te vayas! Si te vas, ¡me derrumbaré como un castillo de naipes![55]

La dibujante Emma, por su parte, representa a un hombre que declara, instalado en el salón del domicilio conyugal: «¡Me da cien patadas cuando me reclama flores! O cuando quiere que comamos en la mesa para "hablar", en vez de ver una serie...». Y traza unas flechas para poner en evidencia diversos elementos del decorado que atestiguan atenciones femeninas de las que ese hombre se aprovecha, que aseguran su bienestar sin que él ni siquiera se dé cuenta. Sus ropas: «Camiseta comprada de rebajas porque las otras estaban agujereadas». El vaso que tiene en la mano: «Cerveza preferida, puesta de antemano en la nevera». En la mesa baja, un difusor: «Aceite esencial contra las alergias de la primavera».[56]

Si las mujeres pueden pasar tan a menudo por unas criaturas caprichosas y tiránicas, con exigencias afectivas desorbitadas, y los hombres por seres sólidos, autónomos, con la cabeza fría, es porque las necesidades emocionales de los segundos, contrariamente a las de las primeras, son atendidas y colmadas de forma tan eficiente como invisible. Cuando una mujer es catalogada como demasiado exigente, las más de las veces lo único que hace es reclamar la reciprocidad de las atenciones que prodiga. Hemos visto en el capítulo anterior hasta qué punto las emociones de los hombres son el gran asunto de las mujeres, de los hombres mismos y de la sociedad entera. Para ser algo cuya existencia a veces niegan o que pretenden dominar perfectamente, las emociones de los hombres ocupan realmente mucho espacio. En 2016, la autora Erin Rodgers le dio la vuelta a la expresión *cazafortunas* (*gold digger*, literalmente «buscadora de oro»), empleada habitualmente para designar a las mujeres que buscan a un hombre rico, y propuso aplicarla también a los hombres «que buscan a una mujer que haga toneladas de trabajo emocional para ellos».[57] «Las mujeres leen innumerables libros de autoayuda, escuchan pódcast, consultan asesores profesionales, buscan apoyo en sus amigas, se gastan pequeñas fortunas en terapias para curar antiguas heridas o solucionar nuevos problemas, y los hombres de su vida simplemente se aprovechan de ellas», constata la periodista Melanie Hamlett.[58] Parece que las mujeres sean a la vez buscadas y despreciadas por sus competencias emocionales. En general, también son ellas las que toman la iniciativa de una conversación, o las que sugieren una terapia de pareja, piden hora, etcétera. Ruth, una inglesa entrevistada en los años noventa, cuando tenía treinta y seis años, decía: «Siempre soy yo la que cuida de la relación. La veo como un pequeño jardín, ¿sabe usted? Soy yo la que cuido el jardín, y los hombres vienen y se sientan —se ríe—. Vienen, se sientan, y yo arranco las malas hierbas y podo los rosales...».[59]

Las necesidades afectivas más elementales de las mujeres son estigmatizadas, presentadas como exageradas e irracionales. El término *attachiante*,* que muchas emplean para describirse en las aplicaciones de contactos,[60] tiende a indicar que ellas mismas han integrado el estereotipo. Al releer sus conversaciones en Tinder, de las que había pedido la historia a la empresa en 2017, Judith Duportail comprendió que, frente a los hombres a los que había conocido gracias a la aplicación, le era imposible «osar mostrarse vulnerable, o atreverse a hablar de sus emociones, o expresar sus deseos». «Tenía miedo de pasar por una tía pesada. Quería pasar por una chica *cool*. Era una especie de obsesión [...]. Pero pienso que la chica *cool* es un concepto directamente heredado del patriarcado para acallar nuestras necesidades y nuestras exigencias, que son perfectamente legítimas, no son cosas de histéricas. La chica *cool* es la chica guapa, que sigue siendo follable, que hace bromas de todo, incluso de las peores humillaciones. Y creo que esa especie de tótem que nos empujan a intentar alcanzar es liberticida. Es incluso irrespetuoso para nosotras mismas.»[61]

En su libro *Outdated [Anticuado]*, la autora feminista americana Samhita Mukhopadhyay la emprende contra el estigma de la «chica desesperada». Deplora que la mayoría de las feministas hayan interiorizado ese estereotipo, hasta el punto de estar «dispuestas a todo, incluso a traicionar sus sentimientos y sus instintos

* Neologismo francés formado con *attachante* y *chiante*, que significa persona pesada, pero de la que no se puede prescindir. *[N. de la T.]*

para no ser *una chica de esas*». «*Exigente*, *desesperada*, *pesada* son las etiquetas que se emplean contra las mujeres que se atreven a tener necesidades o demandas en una relación —denuncia—. Se basan en la idea sexista y retrógrada según la cual las mujeres son más emotivas por naturaleza y por lo tanto los hombres deben ponerlas en su sitio.»[62] Estas representaciones negativas tienen como efecto, dice, animar a los hombres a ignorar los deseos de sus compañeras, disuadiéndolas incluso de expresarlos. *Don't Be That Girl [No seas una chica de esas]* es el título del libro de éxito de un «experto» americano en relaciones amorosas, un médico que ha participado en el programa *The Bachelor*. La obra se subtitula: *A Guide to Finding the Confident,* RATIONAL *Girl within [Guía para encontrar a la chica confiada y* RACIONAL *que hay en ti]* —las mayúsculas son mías—, lo cual es muy elocuente acerca del odio a las emociones que subyace en toda esa operación. El autor pasa revista a todos los tipos de mujer que «no hay que ser» si una quiere tener éxito en su vida sentimental: la «tía desesperada», claro, pero también la «obsesionada por el matrimonio», la «tía que siempre dice "sí"», la «reina del drama», la «tía amargada», la «tía insegura de sí misma», la «trepa»...[63] Conclusión: la salvación es simple y llanamente no ser una chica.

Lo que sale de todo esto es una situación sumamente intrincada: cuando una mujer intenta librarse de su tendencia a ser dependiente desde el punto de vista afectivo, no siempre puede saber si se comporta como una adulta autónoma... o si se deja tratar como un felpudo. «¿Ya has evitado reprocharle al tipo con el que salías algo que te ha herido porque te esforzabas en ser la chica desenvuelta, fuerte, independiente, que no necesita nada?», pregunta Samhita Mukhopadhyay. También confiesa: «Recuerdo haber repetido mil veces a mi mejor amiga que no había problema en que siguiese amando a su supuesto novio y que se quedase con él, a pesar de una serie de actos de negligencia por su parte. Al fin y al cabo, me decía tratando de racionalizar, ella no deseaba una relación en el sentido tradicional del término, con lo cual ese tipo de relación "más o menos laxa" quizá era lo que le convenía. La verdad es que no funcionaba para nada. Y es que sentirse insatisfecha, desdichada, abandonada y desestabilizada no puede funcionar».

Hoy, la actitud feminista dominante consiste en apropiarse de lo que históricamente es el «enfoque masculino de la sexualidad», como observa Eva Illouz, reivindicando poder separar el sexo y el amor, y desafiando el estigma de zorra. Pero esa reivindicación también puede utilizarse para justificar unas formas de maltrato. A veces es difícil determinar si el modelo del desapego afectivo es una conquista feminista o si es una manera de conformarse a las expectativas masculinas. A algunos hombres parece servirles de cobertura para realizar su deseo —que ya hemos visto en los capítulos anteriores— de una mujer que presta un servicio y se calla. Uno de los entrevistados por Eva Illouz, un profesor de Finanzas parisino de cuarenta y nueve años llamado Ambroise, describe, por ejemplo, así a la «mujer ideal»: «Cuando te has acostado con una mujer, nunca se va en mitad de la noche; de eso olvídate. Sería demasiado bonito. No, se queda hasta la mañana siguiente, querrá zalamerías y desayunar contigo. Dios mío. La mujer ideal es la que se larga en mitad de la noche y te deja una notita de despedida en la mesa, diciendo que ha sido estupendo y sin dar ningún número de teléfono».[64]

A mayor abundamiento, y conforme a esa regla deliciosa y bien conocida según la cual las mujeres son estigmatizadas por cierto tipo de comportamiento, pero también por el comportamiento inverso, una se expone a ser despreciada cuando vive libremente su sexualidad, con una mínima implicación afectiva, pero también cuando se muestra «demasiado» sentimental. Todo un imaginario de la mujer devoradora, pegajosa y pesada se impone cuando una comete la torpeza de sentir emociones. La implicación amorosa más fuerte en las mujeres es percibida como la manifestación de un sentimentalismo cursi y vergonzoso. ¿Quizá había que defender a la vez el derecho a separar el sexo del amor y el de no censurar los propios sentimientos? Samhita Mukhopadhyay también cuestiona la ejemplaridad del comportamiento sexual llamado «masculino» (que no se trata, una vez más, de considerar que es el de *todos* los hombres): «Después de todo, ¿follar "como un hombre" te convierte en un "hombre", o en una persona desconectada de sus emociones hasta un punto delirante y por tanto incapaz de participar en uno de los mayores placeres físicos de la vida?». Y si los hombres pueden ser presentados por algunos autores de libros de autoayuda reaccionarios como unos seres «sencillos» (mientras que las mujeres, claro está, son «complicadas»), ¿no será porque tienen perfecta conciencia de «que el patriarcado les da ventaja»?[65]

A finales de 2017, tras haber estado apuntada durante dos años a Tinder, Sara-Vittoria El Saadawi escribió un artículo para describir su impresión de haber sido «extrañamente maltratada». Contaba algunos de sus encuentros con hombres que habían insistido a veces en acostarse inmediatamente con ella, a pesar de sus reticencias o de sus ganas de tomarse su tiempo, y que la habían utilizado para realizar *sus propias* fantasías, sin preocuparse de los deseos de ella. La autora Lisa Wade también observa: «Los hombres tienen más orgasmos que las mujeres en la cultura del ligue de una noche *(hookup culture)*, porque esa cultura no favorece la reciprocidad. Está específicamente concebida para el orgasmo masculino».[66] Ya que su placer contaba tan poco, Sara-Vittoria El Saadawi lamentaba no haber cobrado, ya puestos...: «Me digo sinceramente a mí misma que, por mis dulces favores, habría debido exigirles quinientos euros a todos esos tíos odiosos». Y cuando se atrevió a mostrarse un poco cariñosa, la rechazaron sin miramientos: «Se compite para ver quién se muestra más frío, pues hoy es admirablemente normal no sentir nada. Hay que ocultar que eso nos gusta, en el placer hay que ser frío, considerar a la pareja como un objeto de satisfacción y nada más [...]. Esta es la pose que hay que adoptar. Enamorarse, sufrir, ser monógamo, ¡todo esto son sandeces, cosas arcaicas y femeninas!». No solo se topaba con una censura absoluta de cualquier tipo de afecto, sino que ciertos hombres manifestaban una tendencia desagradable a confundir «no comprometerse» con «portarse como un cerdo». Uno se divierte imitando, para ridiculizarla, sus gemidos de placer. Otro, después de bajarle la falda, considerando que sus caderas son demasiado anchas y sus nalgas demasiado rollizas para su gusto, la deja plantada, medio desnuda en la cama, y se larga.[67] En mi entorno, una mujer joven me habla de uno de sus amantes que, sin haberse «comprometido» con ella, se preocupa por su placer, la trata con miramientos, la invita a desayunar al día siguiente y aprecia su conversación. Este tipo de hombre existe, pues, pero no estoy totalmente segura de que sea mayoritario.

Hombres fortaleza y mujeres desfiguradas

Conviene detenerse en esa relación diferente con las emociones y la intimidad que desarrollan a menudo los hombres y las mujeres —numerosos estudios psicológicos y sociológicos lo demuestran—,[68] y en el misterio que eso representa. Durante una encuesta realizada en el Reino Unido en la década de 1990, Wendy Langford habló en profundidad con una quincena de mujeres heterosexuales (de clase obrera y de clase media) acerca de su vida amorosa.[69] Se percató de que la trayectoria de muchas de ellas seguía el mismo esquema. El encuentro y el enamoramiento son vividos por ambos miembros de la pareja como una «revolución». Bajo el efecto del flechazo, cada uno parece librarse de las limitaciones impuestas por su condicionamiento de género: las mujeres se muestran audaces, independientes, seguras de sí mismas, capaces de mover montañas, mientras que los hombres no temen abrirse, mostrarse al desnudo y hablar de sus sentimientos. «No es como los otros hombres», se maravillan entonces sus compañeras. No obstante, si bien los enamorados conocen durante ese periodo una felicidad intensa y unas evoluciones personales espectaculares, muchas veces la felicidad eterna a la cual se creían llamados no se produce. El milagro se revela como terriblemente frágil. La mujer ha sentido que le crecían alas, ha tenido la impresión de no necesitar a nadie, de poder hacerlo todo ella sola, pero esta sensación, paradójicamente, era debida a la mirada valorizante que un hombre posaba sobre ella. Admirativo de su personalidad intrépida, ese hombre se percata enseguida de que ella tiene demandas afectivas respecto a él. Asustado, se encierra entonces completamente. El condicionamiento de género del que ambos se habían librado durante ese paréntesis encantado vuelve a pesar sobre sus espaldas. A la «revolución» del amor, con su gran «liberación de energías reprimidas», le sucede una «contrarrevolución».

Cuando la pareja no explota, se instala en una rutina en la cual el compartir y el comunicar están ausentes. La mujer, no queriendo renunciar a la felicidad que ha conocido, se obstina en reclamar al hombre la intimidad que le había concedido al principio: «Sé que hay en él un hombre más profundo, más cariñoso», se desespera por ejemplo Kate. Pero, cuanto más insiste, más pánico siente él y más se atrinchera en su fortaleza. Ese hombre mudo no es el hombre de comportamiento tormentoso que hemos visto en el capítulo anterior (aunque en algunos casos también puede acabar mostrándose violento), pero no por ello deja de causar un gran sufrimiento. A través de su retraimiento y su mutismo, ejerce un poder temible. Desestabilizada, su compañera empieza a dudar de sí misma. Intenta rectificar su personalidad para obtener de nuevo la aprobación que la había hecho tan feliz. Se «autoobjetiva», como escribe Wendy Langford, es decir, intenta verse desde fuera, desde el punto de vista de él, para comprender qué está haciendo mal. Sus inseguridades, que el encuentro amoroso había adormecido, se han reactivado e incluso han aumentado. Paradójicamente, con la esperanza de recuperar el precioso reconocimiento de su individualidad que ese hombre le había ofrecido, ella desfigura su individualidad y reniega de ella. Se «reduce a sí misma al silencio». Se agota también intentando descifrar la actitud de él, interpretando cualquier pequeña señal y tratando de comprender su estado de ánimo; a veces habla de ello durante horas con su entorno (en general, femenino). Se pierde en conjeturas, hasta olvidarse de sí misma.

Para intentar contrarrestar la tristeza y la frustración profundas que la situación le provoca —algunas caen en la depresión—, encuentra refugio en el maternaje: se encarga de la logística del hogar, del cuidado de los hijos cuando los hay, del presupuesto, de la organización del día a día, del ocio, de las vacaciones... Ante Wendy Langford, algunas exhiben un placer revanchista, teñido de amargura, por sentirse tan competentes y tan adultas. Describen con desprecio la nulidad de su compañero, su infantilismo: «Es como si tuviera tres hijos, salvo que hay uno que va a trabajar y los otros dos no», suelta Diane. A veces, asumen incluso que son ellas las que tienen el poder dentro de la pareja, lo cual parece dudoso, puesto que sus cónyuges las maltratan emocionalmente, a la vez que se aprovechan de los innumerables servicios que ellas les prestan. Pero esa sensación de poder no es más que un consuelo ridículo por lo que una de esas mujeres describe como el «aplastamiento de su personalidad». Incluso el sexo acaba pareciéndoles un «deber maternal», una tarea doméstica más. «Antes —resume Wendy Langford—, el amor parecía un proyecto compartido, con metas comunes, pero ahora la heroína se encuentra teniendo que decidir qué poner en el bocadillo del héroe, mientras él se interesa más por su ordenador que por ella.»[70] Ese tipo de vida en común, en la cual los cónyuges simplemente viven uno al lado del otro, erizados de resentimiento, cada uno encerrado en la prisión de su rol de género, es algo muy extendido.

¿Por qué se produce esta «contrarrevolución»? Wendy Langford recurre al lenguaje del psicoanálisis para explicarlo. Cuando los dos miembros de la pareja se enamoran, dice, cada uno ve en el otro a un progenitor idealizado, que repara todo aquello que en su infancia salió mal, ofreciéndole así una «restauración narcisista». La mujer encuentra una figura de padre perfecto, que le otorga su deseo y la reconoce como su igual. El hombre también encuentra una figura de madre perfecta, cuya independencia y autosuficiencia aparentes lo tranquilizan. Le parece que ella le dará todo lo que desea sin bombardearlo con demandas que él quizá no pueda satisfacer y que lo harían sentir fracasado. No estará obligado a defenderse contra la amenaza fantasmática de verse engullido por una feminidad «invasora e insaciable». El reconocimiento que otorga a la mujer amada «depende paradójicamente de su correspondencia con su ideal inconsciente, y cuando resulta ser la "mala clase de madre" se lo retira». Empieza a responder «con la reticencia y el silencio», regresando a una «masculinidad frustrante y rígida».[71]

Lo que me llama la atención es que los mecanismos descritos por Wendy Langford en 1999 coinciden exactamente con lo constatado veinte años más tarde por Carol Gilligan en *Why Does Patriarchy Persist? [¿Por qué persiste el patriarcado?]*. La psicóloga y filósofa americana se interesa en este libro por la forma en que el patriarcado modela nuestra vida íntima. Porque, según ella, no solo entraña una dimensión política, con sus discriminaciones y sus violencias, sino también una dimensión psicológica. Incluso cuando somos feministas convencidas o en el caso de los hombres profeministas convencidos, totalmente partidarios de la igualdad, seguimos estando prisioneros de ciertos «esquemas de pensamiento inconscientes». No vemos, por ejemplo, que las chicas y los chicos al crecer se infligen una autoamputación, sufren una especie de rito de iniciación que marca su aceptación del patriarcado: «Las chicas se reducen al silencio y los chicos se obligan al desapego».[72] Los hombres deben actuar «como si no tuvieran —o ni siquiera *necesitaran*— relaciones con el prójimo», mientras que las mujeres deben negar su necesidad de una identidad propia. Desapego masculino y autocensura femenina: encontramos de nuevo aquí las actitudes observadas por Wendy Langford en las parejas atrapadas en la «contrarrevolución amorosa», es decir, una intensificación de sus condicionamientos de género respectivos, que el flechazo había disuelto temporalmente.

Esas autoamputaciones causan grandes sufrimientos, escribe Gilligan, pues los hombres necesitan tanto como las mujeres establecer relaciones profundas y satisfactorias con el prójimo, y las mujeres necesitan tanto como los hombres ser auténticamente ellas mismas y expresarse sin autocensura. ¿Por qué, entonces, no nos rebelamos? ¿Por qué el patriarcado sigue imponiendo su ley a todas y a todos? Porque, según ella, al requerir el «sacrificio del amor en nombre de la jerarquía», «se erige un baluarte contra la vulnerabilidad asociada al hecho de amar». Nuestra fidelidad al patriarcado sabotea nuestras historias de amor, y sufrimos por ello, pero nos da miedo sufrir más aún si nos entregamos al amor sin reservas.

Los chicos aprenden a definirse por oposición a todo lo que es femenino. Aprenden que ser un hombre es disimular las propias emociones y fingir independencia, indiferencia y desapego. Las chicas, por su parte, se ven enfrentadas a un dilema imposible de resolver: o expresan sus pensamientos y con ello se vuelven «poco recomendables», o desfiguran su personalidad para poder ser aceptadas e integrarse socialmente. La sociedad las obliga a elegir entre «tener voz o tener relaciones». En definitiva, «acabamos asociando la feminidad con lo seudorrelacional (no tenerse en cuenta a sí misma) y la masculinidad con la seudoindependencia (prevenirse contra todo deseo relacional y toda sensibilidad)». Eso nos permite entender, de paso, por qué el desapego es una actitud tan valorada en las relaciones sexuales y amorosas contemporáneas: «Se considera el desapego como una prueba de madurez, precisamente porque refleja ese ideal de la seudoindependencia masculina, sinónimo de una existencia plenamente humana según los códigos del patriarcado», observa Naomi Snider, la colaboradora de Carol Gilligan y coautora de su libro. La autoamputación que la ley patriarcal exige a los chicos se ha convertido en el valor supremo, al que deben aspirar tanto las mujeres como los hombres.

El rito de iniciación al que están sometidos los chicos al hacerse mayores y que sella su aceptación del patriarcado es lo que Laurent Sciamma evoca en su espectáculo *Bonhomme.* «Habría mucho que decir sobre la manera en que os educan, tíos, pero yo puedo dar testimonio de lo que he visto, por lo que a mí respecta: cuando eres un chico, tu sensibilidad está bien, pero sin pasarse... ¡Tranquilo! Y al final te dices a ti mismo: ¿y qué se saca con eso? Lo sabemos: se sacan bloques. Eso es lo que somos. Bloques. Nada más que piedras grandes. Menhires humanos, que han aceptado completamente censurar sus emociones, prohibir sus sentimientos, reprimir sus afectos esperando que Francia gane la Copa del Mundo para por fin ponerse en modo: "¡Sí! ¡Siento cosas y se nota! ¡Siento cosas y lo asumo! ¡El que no bota es que no está emocionado!".» Más tarde, continúa: «No nos han enseñado a conectarnos con nuestras emociones. Pero hay algo peor aún: nos han enseñado a no hacerlo». De lo que se trata es de definirse con respecto a las chicas: «Las chicas se escuchan y hablan entre ellas, eso no hay que hacerlo. Las chicas llevan un diario íntimo donde escriben y examinan sus sentimientos, eso no hay que hacerlo. Yo recuerdo, cuando éramos pequeños, que mis hermanas[73] tenían un diario íntimo. Pero yo no tenía un diario íntimo... ¡Y me pirraba por tenerlo! Pero, naturalmente, aquella libretita rosa y blanca en la que podías escribir la crónica de tu existencia a mí me fascinaba. La veía en sus mesitas, ahí, "querido diario, hoy me ha pasado esto", yo era del tipo "¡ya me gustaría a mí!". [...] Pero no, el diario íntimo, en el mundo de los chicos, no existe. Ni siquiera existe el objeto material, ¿verdad? No sé, todos hemos ido a las papelerías en nuestra vida, pero yo nunca me topé con ninguna libretita con un pequeño cerrojo y una llavecita colgada de una cadenita tipo "¡Oh, Neymar en la tapa!". Entonces, ¿qué pintas aquí, tío? ¡No, no existe! Nunca ha salido de ninguna imprenta. Ni siquiera sé si los de Clairefontaine se lo han planteado». Y concluye: «Ya ves el poder que tiene una cultura. Como si la sociedad nos hubiera metido un género a presión, y después nosotros fuéramos como ovejitas».

Para hablar de los mismos fenómenos que Wendy Langford, Carol Gilligan recurre a una explicación a partir de los condicionamientos de género, más que a la teoría psicoanalítica. Nos invita a luchar activamente contra los efectos del patriarcado en lo más profundo de nosotros, en vez de confiar en el encuentro amoroso para librarnos de ellos de manera temporal e ilusoria. Nos invita a hacer del amor una revolución permanente. Los sacrificios que nos impone el orden patriarcal no son ineluctables, proclama. Ese orden se subvierte cada vez que un hombre se atreve a «desvelar sus sentimientos» y cada vez que una mujer se atreve a «ver y decir lo que conoce de su fuero interno». Cuando un padre le confiesa, maravillado por la franqueza y la espontaneidad de su hija de once años: «No me gustaría que perdiera eso», ella le contesta: «Entonces, está usted en marcha para el cambio social». Conviene saberlo: si el patriarcado vive y prospera también en nosotros, entonces «el cambio político depende de una transformación psicológica, y viceversa», escriben las dos autoras.[74]

«Porque estás vivo»

Podemos ver cómo se produce esa transformación en la serie británica *Sex Education*. Al descubrirse a sí mismos, al entregarse a las sorpresas del amor, al superar el miedo, la vergüenza y los tabúes, los alumnos del instituto de Moordale, a cuál más atractivo, subvierten la autoridad patriarcal que encarna su director, Michael Groff, un hombre duro y encerrado en sí mismo. El hijo del director, Adam Groff, escolarizado en el instituto, sufre doblemente esa autoridad. Al principio de la serie, Adam (tal vez no sea casual que el personaje lleve un nombre de pila tan cargado de simbolismo) aparece como un arquetipo de virilidad cerril: un bobalicón alto e inexpresivo, con unas capacidades intelectuales y emocionales casi nulas, notoriamente dotado de un sexo enorme, que se pasa el rato brutalizando y extorsionando a los demás alumnos. Su padre, que lo tiene aterrorizado, lo hace andar derecho y lo amenaza constantemente con enviarlo a una escuela militar. Cuando Adam descubre su bisexualidad, se queda paralizado; es incapaz de vivir a plena luz del día la atracción mutua que lo liga a su compañero Eric. Es su madre, Maureen, quien le muestra el camino de la emancipación pidiendo el divorcio, harta de la frialdad de su marido.

«Cuando amas a una persona, siempre hay una parte de ti que siente terror ante la idea de que un día puedas perderla —le explica a su hijo—. Y creo que a tu padre le da tanto miedo esa emoción, que se prohíbe experimentar cualquier sentimiento. Pero debes hacer saber a la gente que la amas, aunque eso te cause un gran dolor.»

«¿Por qué? ¡Parece horrible!», objeta Adam, perplejo ante esa idea.

«Porque estás vivo», le responde ella simplemente.

Estas palabras suscitan en su hijo un clic espectacular. Se apresura a poner en práctica el consejo, y con eso se produce una transformación física impresionante: por primera vez, la cara de Adam, que hasta entonces no era más que una máscara triste e inexpresiva, se anima, irradia y expresa alegría. Como si al invitarlo a abrazar la «vulnerabilidad asociada al hecho de amar», por retomar las palabras de Carol Gilligan, su madre lo hubiese liberado del hechizo patriarcal. Cuando vuelve a toparse con su padre, Adam le suelta un «¿qué tal, papá?», relajado, cuando acaba de declararle su amor a Eric delante de todo el instituto. El temor y la sumisión se han desvanecido, y con ellos el odio.

Pero muchos hombres siguen siendo «menhires». Y lo más triste es quizá que llegamos a erotizar su frialdad y su mutismo, a ver en ellos misterio, profundidad, un rasgo viril y atractivo. Es lo que una amiga mía y yo hemos bautizado como *efecto Don Draper*. Durante una conversación, intentamos descubrir qué era lo que hacía tan seductor al protagonista de la serie «Mad Men», y llegamos a la conclusión siguiente: la actitud de esos hombres es tan frustrante que la menor abertura por su parte, el menor intercambio auténtico, por tímido y efímero que sea, son vividos como una epifanía conmovedora. El tipo te murmura tres palabras un poco personales y te derrites de emoción en la moqueta, fulminada por ese instante de comunión sublime. De hecho, algunas de las escenas más destacadas de *Mad Men* son aquellas en las que ese personaje atrincherado detrás de sus secretos depone la armadura y deja entrever sus sentimientos, su vulnerabilidad, su alma. Eso no ocurre con sus esposas sucesivas, Betty y Megan, mujeres trofeo de belleza espectacular con las cuales mantiene unas relaciones convencionales (y opresivas), sino más bien con otras mujeres: su colaboradora Peggy Olson,[75] o Anna Draper, la viuda del hombre cuya identidad ha usurpado. Con todo, si bien ese mecanismo puede dar espléndidos momentos de televisión, en la vida alienta sobre todo a las mujeres a someterse de nuevo durante seis meses, o diez años, al maltrato psicológico, con la esperanza —en general, vana— de que un día se reproduzca el milagro y se instale ya para convertirse en normalidad. Se ve mejor hasta qué punto es insostenible esta situación si transponemos la penuria emocional a otras necesidades nuestras: ciertamente, cuando padecemos hambre, un cacho de pan seco puede parecer un festín; cuando estamos muertos de sed, un trago de agua putrefacta nos parece de un frescor maravilloso. Sin embargo, ¿podemos condenarnos a un régimen tan pobre y triste? ¿Podemos convertirlo en un principio de vida, y privarnos de los alimentos tan variados como fabulosos, de las mil y una bebidas deliciosas que existen en la Tierra?

La mayor parte del tiempo, por otra parte, las mujeres que tienen un compañero encerrado emocionalmente expresan una desesperación profunda. Cuando Shere Hite hizo su encuesta con cuatro mil quinientas mujeres en los años setenta del siglo XX, el 98 % de las que mantenían una relación con un hombre habrían deseado un «diálogo más íntimo» con él; habrían querido que les hablase más «de sus pensamientos, sentimientos, proyectos, preocupaciones, y que les preguntase por los de ellas». Algunas decían no haberse sentido nunca tan solas como durante su matrimonio; otras lloraban por ello, de noche, al lado de su esposo dormido.[76] No es seguro que las cosas hayan cambiado radicalmente en cincuenta años (ni que sean muy distintas a este lado del Atlántico). En febrero de 2021, en el consultorio sentimental de la página web americana The Cut, bautizada «Ask Polly» [«Pregunta a Polly»], una treintañera británica compartía su estado de ánimo tras una ruptura. En su entorno, decía, todo el mundo los había considerado a ella y a su compañero como una pareja ideal. Y, sin embargo, su deseo de intimidad siempre había sido frustrado. «Pienso que mantener una relación profunda e intensamente alimentada con otra persona es una de las mayores alegrías que la existencia te puede aportar», escribía. Estimaba también que hacer su propio «trabajo en la sombra», tratar de comprenderse a uno mismo, era uno de los aspectos «más fascinantes y más urgentes» del hecho de estar vivo. Él, en cambio, no comprendía lo que ella quería de él y encontraba que complicaba inútilmente las cosas. Ella veía a su alrededor muchas parejas en las que la mujer esperaba también de su compañero la misma implicación emocional y reflexiva que ella ponía. En vano. Llegó a no querer vivir nunca más en pareja con un hombre «que no hubiese pasado por una terapia», decía.

En su respuesta, «Polly» empezaba señalando que en nuestra cultura «individualista y obsesionada por el trabajo», los fundamentos de la felicidad humana son el éxito personal y económico, y el resto se considera una pérdida de tiempo. Incluso la terapia, constataba, se ve a menudo más como un medio de aumentar la propia eficacia que como un trabajo consistente «en explorar los propios traumas, comprender la propia sombra, cultivar la propia vida interior, deshacerse de la vergüenza, desvelando sin cesar nuevos misterios, nuevos estratos». Más que a un hombre que se hubiese sometido a terapia —un criterio algo estrecho, aparte de que no todo el mundo tiene medios para ello—, aconsejaba a su lectora que buscara a un hombre que se mostrase «curioso, abierto, deseoso de aprender cosas nuevas sobre ella, sobre él, sobre sus pasados respectivos y sobre el mundo». Decía que cuando alguien posee esa curiosidad, se ve: son personas que, en vez de cerrar la conversación con un comentario educado, «hacen preguntas abiertas y escuchan las respuestas. Se sienten atraídas por el funcionamiento de tu mente, entusiasmadas por las grandes ideas que pones sobre el tapete, excitadas por el propio proceso del descubrimiento».

Pero también invitaba a la joven a evitar los juicios demasiado rápidos y definitivos. La ponía en guardia contra una visión simplista que clasifica a los hombres en dos categorías muy distintas: por un lado, los «no disponibles, con actitudes de evitación» y, por otro, los «completamente disponibles, abiertos, sensibles, capaces de abrazar sus propios sentimientos». Por su parte, a ella le gustaban «las personas que son ambivalentes pero curiosas, que dan prioridad a su intelecto, pero que también tratan de evolucionar emocionalmente». Y concluía: «Lo que deberías buscar es el *valor*. Alguien que sea curioso, comprometido, interesado por las ideas, y que no tenga miedo a lo desconocido. ¿Hombres así los hay a patadas? Seguro que no, pero existen. ¿Deberías rebajar tus aspiraciones porque son pocos? No lo creo».[77]

Al respecto, también hay que citar un comentario de bell hooks: en los asuntos del corazón, las mujeres se muestran a menudo arrogantes, dice, porque «caen en la trampa mistificadora de su educación sexista, que les hace creer que saben amar». La idea de que las mujeres deberían trabajar *aún más* su capacidad de amar, cuando ya lo hacen *tantísimo más* que los hombres, me irrita muchísimo. Pero hay que admitir que bell hooks tiene buenos argumentos, empezando por este: resulta difícil amar cuando una detesta su cuerpo, lo cual, por culpa de su educación, es el caso de muchas mujeres...[78]

Precisemos no obstante que la intimidad y el compartir dentro de las parejas heterosexuales no es ninguna utopía inalcanzable, como podría deducirse de todo lo anterior. De entre las mujeres que respondieron a las preguntas de Shere Hite, algunas estaban muy contentas desde este punto de vista: «Pasamos por fases de conversación sobre temas íntimos. Es muy intenso. Creo que ninguno de los dos podría vivir con esa intensidad todo el tiempo, por eso no lo hacemos siempre. Hemos seguido una larga terapia de pareja, hemos desnudado nuestras almas. Fue apasionado, lleno de amor, alegre y liberador, todo lo que tenía que ser», decía una. Otra compartía cada día con su compañero momentos «horizontales»: se tumbaban el uno frente al otro, se abrazaban, se contemplaban e intercambiaban confidencias. Una tercera declaraba: «Me pregunta cómo estoy, quiere conocer los pequeños detalles de mi jornada; me dice lo que le ha pasado en el trabajo, nos contamos chistes. Me gusta especialmente que venga a sentarse a mi lado y me hable mientras me doy un baño largo. Entonces puedo relajarme, pensar en voz alta, decir todo lo que se me ocurre. Permanecemos cerca el uno del otro de esta manera».[79] El relato de viaje de la escritora Samantha Bailly y de su compañero Antoine Fesson, que a finales de 2019 recorrieron juntos Canadá, Estados Unidos y Japón, también ofrece un ejemplo impresionante de pareja que mantiene a todas luces una notable intimidad. Aprovechan los trayectos en coche o las veladas en el restaurante para tener conversaciones largas e importantes. Paseando de la mano por las calles de San Francisco juegan a uno de sus juegos favoritos: «Adivina lo que prefiero». Cada uno debe adivinar en qué casa de la calle le gustaría vivir al otro. Una costumbre que da fe de la atención que se prestan el uno al otro, de su deseo profundo de conocerse.[80]

Saber renunciar

Queda una pregunta por plantear a propósito de las mujeres entrevistadas por Wendy Langford, algunas de las cuales hemos visto que son muy desdichadas en su relación de pareja, sin que pueda decirse que vivan en un régimen de terror como las víctimas de violencias conyugales ni dependan financieramente de sus compañeros: ¿por qué no se van? La investigadora cita el caso de Sarah, de veintiocho años, emparejada con Wayne, de veintiséis. Sarah sabe que Wayne tiene aventuras con otras mujeres. Ella cuida su apariencia hasta extremos delirantes, efectúa todo el trabajo doméstico, asiste a los partidos de fútbol de su compañero cuando es algo que le repatea, con la esperanza de que este acabe «comprometiéndose». Justo después de enamorarse de él, se había sentido invencible; ahora, se descompone cada vez más. Pero es víctima de lo que Langford denomina la *paradoja de la seguridad*: una vez que hemos llegado a la seguridad existencial y hemos desarrollado un sentimiento poderoso de nuestra singularidad gracias a una persona concreta, lo más probable es que sigamos buscando esas gratificaciones en la misma relación, incluso si esta, entretanto, ha empezado «a minar nuestra confianza en nosotras mismas y a reforzar toda clase de contradicciones dolorosas en nuestra vida». Cuanto más sufre la autoestima de las mujeres por culpa de su relación de pareja, más dependen de la mirada y del reconocimiento de su compañero, un fenómeno que alcanza su paroxismo en las víctimas de violencia. Langford observa que, por falta de confianza en sus propios recursos, ellas consideran legítimo renunciar «a su autonomía y a su subjetividad» a cambio de una forma de seguridad emocional. Esa lógica acaba por encerrarlas en una prisión psicológica. Tarde o temprano, sin embargo, todas deben afrontar esta verdad dolorosa: si al enamorarse tuvieron la impresión de encontrarse a sí mismas, ahora, para mostrarse fieles a esta nueva personalidad, deben separarse de quien fue el agente de su liberación. La mejor manera de seguir siendo fieles a su sueño de amor es renunciar a él. Cosa que Sarah admite cuando declara a propósito de Wayne: «Tengo la impresión de que la única manera de obtener un poco de respeto por su parte sería echarlo».[81]

El haber sido sensibilizadas a los encantos del amor desde nuestra más tierna infancia, hacer depender una buena parte de nuestro valor de la presencia de un hombre en nuestras vidas, también puede hacer que resulte más difícil marcharse o dejar la relación en el momento preciso. Esta educación no solo nos fragiliza durante una relación, sino también al final de esta. Puede incitarnos a practicar un encarnizamiento terapéutico insensato. La tensión dolorosa entre el apego a la relación amorosa y el valor que una se otorga —o quiere otorgarse— a sí misma, la encontramos en ciertos poemas de Rupi Kaur: «Cuando me atraes hacia ti solo estando ahí de pie, / ¿cómo puedo dar media vuelta para elegirme a mí?», escribe, por ejemplo. O bien: «Te has ido / y yo aún te quería. / Pero merecía a alguien / que quisiera quedarse». O también: «Si el amor fuera él, / estaría aquí, ¿no es cierto?».[82]

En otoño de 2019, el hombre al que amaba puso fin a nuestra relación por segunda vez. No conseguía encontrar un lugar en su vida para una historia de amor. Pero no parecía desear por ello que dejásemos de vernos ni de estar cerca uno de otro; cosa que yo al principio acepté, como ya lo había aceptado después de la primera ruptura. Ello implicaba no decir lo muy herida que me sentía, sentarme en mi decepción y mi tristeza. Ello también me impedía pasar página, y mantenía viva la esperanza de que esa historia volviera a empezar. Pero me parecía impensable que él saliera de mi vida. Me parecía que caería en una especie de agujero negro si no lo veía más. Sin embargo, al cabo de unas semanas, me di cuenta de que esa eventualidad ya no me causaba el mismo pánico. Me distancié y, contra toda expectativa, me sentí muy bien. Estaba en armonía conmigo misma; me hacía justicia. E incluso cuando, al cabo de un tiempo, volvieron los momentos de tristeza y de nostalgia, no me arrepentí de mi decisión. Traduje en actos el hecho de que merecía algo mejor: mejor que una historia tan frustrante (tras unos meses deslumbrantes, también nosotros habíamos vivido nuestra «contrarrevolución»). Yo merecía a alguien que realmente me quisiera, que estuviera dispuesto a hacerme un sitio en su vida. Ya lo había sabido antes, durante nuestra relación, pero no había pasado de ser un saber puramente teórico, inconsistente, desprovisto de peso, mientras que ahora lo sentía. Por primera vez, el beneficio de un distanciamiento se volvía algo tangible, cuando antes siempre había acabado por sacrificarlo, porque me parecía irrisorio comparado con el placer de reanudar el lazo, aunque fuera de forma platónica. Ahora, comprendía que debía asumir plenamente mi consideración por mí misma. Era como una náufraga que, nadando en medio de la noche, de repente se sorprende abordando una playa inesperada.

Durante ese periodo, tuve un sueño. Salía del metro en la Place Maubert, volviendo de no sé dónde, y me disponía a volver a mi casa andando cuando de pronto me topaba con un viejo amigo al que no veía desde hacía tiempo. Me sorprendió soñar con él, porque no había pensado en él desde hacía mucho. Me anunciaba su intención de acompañarme a casa y eso me contrariaba. Aquel hombre me amaba demasiado para mi gusto. Yo sabía que podía ser muy pesado, inestable, imprevisible. Casi tenía miedo de que me agrediese, o de que insistiese en entrar en mi casa, y me preguntaba cómo hacer en tal caso para pedir ayuda, ya que era un amigo y nadie me tomaría en serio. Trataba de escabullirme diciéndole que, en realidad, tenía que irme en la dirección opuesta, pero para gran consternación mía, se daba la vuelta conmigo. Y yo pensaba que decididamente había tenido mala suerte al encontrármelo así, por casualidad. El sueño acababa aquí. Como lo conservaba en la memoria con una claridad especial, se lo conté a una hechicera que conozco, pensando: «Que tengas suerte con ese, querida». Ella empezó haciéndome observar que salía del metro: una vez más, estaba en camino, en movimiento (y, en efecto, en los sueños que tenía en esa época, siempre había un medio de transporte: un patinete eléctrico, una vespa, un autobús...). Luego me recordó que todos los personajes que aparecen en nuestros sueños son partes de nosotros mismos. Encarnan fuerzas que se mueven en el escenario de nuestra psique. Me preguntó qué le diría a ese si me lo encontrase de cara. Reflexioné y contesté: «Que tuve miedo de él, que no estaba segura de poder confiar en él». Y de pronto tuve una iluminación: me pareció que, a través de aquel sueño, había estado en presencia de la parte de mí misma que me había llevado a cortar el contacto con el hombre amado y a sentirme bien al hacerlo; que me había llevado a saborear el pensamiento de que me hacía justicia —en una palabra, esa capacidad nueva de no querer mantener la relación a cualquier precio—. Me había asombrado ese nuevo estado de ánimo, no había comprendido de dónde salía, y me había preguntado si podía confiar en él, si no me llevaría a la ruina y a la desgracia, como con ese personaje que había aparecido a la salida del metro.

En su cómic *La rose la plus rouge s'épanouit [La rosa más roja se despliega]*, Liv Strömquist denuncia el discurso que estigmatiza a las mujeres porque «aman demasiado», porque su amor es demasiado invasivo, indecoroso. Defiende la idea de que se debería poder amar sin reservas, sin preocuparse por la reciprocidad de los sentimientos, simplemente porque amar «es guay»: es el secreto de la felicidad y del sentido de la vida. Strömquist critica la concepción del amor como una inversión de la que hay que esperar un rendimiento. Denuncia «el ideal actual que propone que el camino del amor pasa por la sobreprotección de uno mismo, evitando dar más amor del que se recibe, para mantener la "equidad" en una relación». Cita dos ejemplos de mujeres que se mostraron fieles contra viento y marea a su sentimiento amoroso: *lady* Caroline Lamb, a principios del siglo XX, siguió persiguiendo a lord Byron con sus declaraciones inflamadas después de su ruptura; y la princesa Parvati, que en la mitología hindú, ante la indiferencia del dios Shiva, se exilió varios años en un bosque, hasta que su bienamado fue a ponerla a prueba y a recompensar por fin su fidelidad. La lección de esta segunda historia, escribe Strömquist, es que «el camino del amor pasa por una abnegación total y sin reservas».[83]

Este discurso despierta mi conflicto interior entre mis convicciones feministas y mi visión mística y absolutista del amor. Pero, pensándolo bien, estoy en profundo desacuerdo con la tesis que desarrolla Liv Strömquist en esas páginas. Primero, existe una diferencia entre las dos historias que cuenta: si Parvati se retira a un desierto, *lady* Caroline, en cambio, multiplica los escándalos alrededor de Byron. Strömquist se alegra de que ese comportamiento sea «mucho más penoso para lord Byron» que si su examante se hubiese conformado mostrándose «respetuosa hacia sí misma». Una mujer que se conforma, dice, y a la que se puede abandonar sin sufrir ninguna consecuencia negativa representa «el sueño de todo cabrón egoísta». Salvo que el comportamiento de *lady* Caroline corresponde punto por punto a la definición del acoso, lo cual no deja de ser un problema. Además, un hombre que rompe una relación tal vez sea efectivamente «un cabrón egoísta»..., pero tal vez no. Y aunque lo fuera, se supone que, como adulta, una debe aceptar la decisión del otro cuando este no desea continuar la relación. Me parece complicado reclamar que los hombres dejen de amargar la vida de sus excompañeras reivindicando hacer nosotras lo mismo (aunque las mujeres amenazan raras veces la integridad física y la vida de sus exparejas).

No me arrepiento de haberme rebelado, en un primer momento, contra la ruptura de un lazo que nos embriagaba de bienestar y que nos hacía sentir tan intensamente vivos. Pero tampoco me arrepiento de haberlo dejado correr. Para bailar el tango hacen falta dos; y esto es lo que lo hace hermoso. No implica forzosamente «ahogar el propio sentimiento amoroso en un minuto», como parece pensar Liv Strömquist. De hecho, teniendo en cuenta la educación diferenciada de hombres y mujeres, es casi inevitable que muchas mujeres heterosexuales se encuentren con un exceso de amor no correspondido. Pero por lo menos se puede reflexionar sobre qué hacer con él. Y seguir echándoselo encima a alguien que ya no lo desea no es necesariamente la mejor solución. No se puede amar por dos. No se puede insuflar al otro el deseo que una tiene de que la historia continúe. No siempre podemos repescar la relación que el otro ha echado lejos de sí, como el perro fiel que le devuelve incansablemente la pelotita a su amo. Hay que despejar el espacio necesario para que se exprese la voluntad del otro, aceptando el riesgo de que eso signifique la muerte de la relación, y que la pelotita quede para siempre abandonada entre los arbustos.

Me parece difícil apartar de un manotazo la cuestión del respeto hacia uno mismo. Aquí también, queriendo criticar la aplicación de la racionalidad capitalista a las relaciones amorosas (como hace Eva Illouz, a quien Strömquist se remite), se llegan a legitimar y a justificar peligrosamente las tendencias masoquistas inculcadas a las mujeres. Ridiculizar el afán de «preservarse a una misma», decir a las lectoras que «el camino del amor pasa por una abnegación total y sin reservas» —lo que toda nuestra cultura enseña a las niñas desde la más tierna infancia—, aun a riesgo de entregarlas atadas de pies y manos a unos compañeros maltratadores, me parece criminal. Sí, es cierto: esta sociedad nos enseña la adicción al amor, y luego nos ridiculiza por ello (Strömquist reproduce un meme sexista que muestra la cara de una mujer joven con ojos de loca y estas palabras: «Tengo tu número. Quiero gestar a tu bebé»). En este caso, como en otros, la actitud del patriarcado hacia las mujeres puede resumirse así: «Si sale cara, gano yo; si sale cruz, pierdes tú». Pero no nos libraremos simplemente justificando la dependencia amorosa, que no deja de ser un verdadero problema.

El 12 de agosto de 2018, Sophie Fontanel colgaba en Instagram una foto de la casa donde pasaba las vacaciones, acompañada de estas palabras: «Hoy cultivaba mis ensoñaciones, en este reposo total al que estoy poco acostumbrada, dormitando frente a estas dos puertas que veis aquí: pensaba en mis historias de amor. Especialmente en una, reciente. Y de repente comprendí varias cosas. Hasta hace poco, me afanaba sobre todo con los corazones cerrados o apenas entreabiertos. Ahora descubro que no me interesa esa tendencia que tenía de golpear mi esperanza y lo mejor de mí contra esa especie de muros. Me siento rara porque creo que por fin acabo de perder mi alma de cerrajero. Quizá de ahora en adelante será mi llave lo que un hombre tendrá que encontrar. Todo eso ha terminado madurando aquí, he visto lo absurdo de mis antiguos y recurrentes combates. En el fondo, una se lanza a la conquista porque duda de sí misma. Se convence de que si no hace el trabajo, nada se realizará. La parsimonia me acaba de aportar una enseñanza inestimable. Se puede aprender a cualquier edad. Es como un milagro».

Es muy posible que un día no muy lejano cambie de estado de ánimo, que abandone mis bellas resoluciones y que elija de nuevo continuar una relación, esta u otra, independientemente de las satisfacciones que me aporte (aún no he optado definitivamente por una de las dos opciones). Pero si eso sucede, al menos no volveré exactamente al punto en el que estaba antes —por algo aparecen todos esos medios de locomoción en mis sueños—. Al menos, habré experimentado personalmente ese sentimiento. Habré llegado a esa orilla. Habré dado un paso más hacia la comprensión de que amar el amor, amar realmente, también implica aprender a no emperrarse. Y saber reemprender el propio camino, aunque sea a trancas y barrancas.

CAPÍTULO 4

La gran desposesión

Convertirse en sujetos eróticos

Durante dos años, el artista japonés Keiryû Asakura trabajó para crear la muñeca sexual más puntera, que al tacto diera la impresión de un cuerpo vivo de mujer. «Como un cadáver disecado, ese cuerpo reproduce en tamaño natural el de una joven desollada», escribe la bloguera Agnès Giard, que da cuenta del proyecto de ese Pigmalión[1] moderno. «Sus globos oculares parecen salirse de las órbitas. Sus fémures parecen haber sido raspados a cuchillo. La carne viva de sus manos deja pasar trozos de hueso.» La muñeca está dotada de una «vulva extraíble como las que se pueden comprar en los *sex shops*. Basta insertarla en una cavidad entre sus muslos». El artista explica que tenía la «necesidad de encontrar una forma de satisfacer su libido sin causar daño a nadie y sin tener que implicarse en una relación». Ya en 2004, Agnès Giard había dedicado un artículo a las empresas japonesas que comercializan *love dolls*, unas muñecas de silicona que sirven a la vez de esposas y de compañeras sexuales. Los solteros que las compran las instalan en el salón, las llevan a veces al restaurante o de vacaciones, y componen álbumes de fotos para inmortalizar su vida «a dos». El creador de una de esas empresas explicaba: «Las muñecas no deben sonreír. Deben tener un aire ausente, para que su propietario pueda proyectar en ellas sus fantasías. No deben ofrecer ninguna resistencia y adoptar todos los roles y las personalidades con facilidad. Las muñecas deben devolvernos nuestros sueños como un espejo. También deben estar dotadas de rostros infantiles, pues los compradores quieren mujeres con aspecto de novicia, inexpertas».[2]

Agnès Giard admite que la empresa de Keiryû Asakura «puede parecer macabra»; pero afirma que «no se trata de necrofilia. Al contrario, se trata, de crear la vida».[3] Me cuesta un poco compartir su entusiasmo. De hecho, su artículo me asusta. Tal vez porque en el momento en que lo leo, acabo de pasar unos meses tropezando sin cesar, en mis búsquedas para escribir este libro, con el rechazo obstinado de algunos hombres a aceptar a las mujeres como seres dotados de una personalidad propia. Tal vez porque hay un pequeño detalle que me incomoda: siempre son hombres los que intentan «crear la vida». Curiosamente, nunca nos hablan de una artista japonesa que haya decidido fabricar el muñeco masculino último modelo en el sótano de su casa porque los hombres reales la tienen harta y no le apetece «implicarse en una relación». Las mujeres aceptan en general la subjetividad masculina; incluso les provoca curiosidad y las atrae. Por otra parte, esta mente tan abierta no solo obedece a buenas razones. La posición de dominado o de dominada te obliga a interesarte por el psiquismo del dominante. Así, en muchas empresas, por ejemplo, los empleados pasan un tiempo considerable observando a su patrón, preguntándose por su estado de ánimo y su humor, especulando sobre los misterios de su personalidad, mientras que la inversa no se da. También hemos visto cómo la sociedad entera adopta el punto de vista de los varones, se pone espontáneamente en su lugar, se preocupa ante todo o incluso únicamente por sus deseos y emociones, descentrando permanentemente a las mujeres de sí mismas. Eso también implica que, en una relación heterosexual, se haga hincapié en las fantasías y los deseos de los primeros, en sus puntos de vista, en tanto que de las segundas se espera que correspondan a esa proyección y satisfagan sus expectativas.

Este reparto de los papeles está muy arraigado. En 1972, tres años antes de que la crítica de cine feminista Laura Mulvey teorizara la *male gaze* («mirada masculina»),[4] John Berger mostraba en *Modos de ver* cómo ya en la pintura el desnudo femenino resume esa relación. El protagonista de un cuadro no figura en el marco: es el espectador, considerado necesariamente como un hombre. «Todo está hecho para él. Todo debe aparecer como el resultado de su presencia. Los personajes están desnudos para él.» Berger compara *La gran odalisca* de Ingres, que mira al espectador por encima de su hombro desnudo, con una modelo que mira al objetivo en una revista para hombres, a fin de subrayar la similitud de sus actitudes: «Es la expresión de una mujer que responde con un encanto calculado a un hombre que imagina que la está mirando, aunque ella no lo conozca» (en 1989, Guerrilla Girls, un colectivo de artistas plásticas feministas americanas, creará un cartel en el cual la cabeza de *La gran odalisca* será reemplazada por una cabeza de gorila rugiendo, con esta pregunta: «¿Es necesario que las mujeres estén desnudas para entrar en el Metropolitan Museum [de Nueva York]? Menos del 5 % de los artistas de la sección de arte moderno son mujeres, pero el 85 % de los desnudos son femeninos»). A menudo, la única presencia masculina en el cuadro es la de un Cupido rollizo, que no constituye un rival muy serio para el espectador. Sin embargo, incluso cuando la mujer está representada en compañía de un amante, como en *Baco, Ceres y Cupido* de Hans von Aachen, la mujer no dirige su atención hacia él, señala Berger, sino hacia el hombre que está frente al cuadro, su «verdadero amante». En la *Alegoría del triunfo de Venus* de Bronzino, Venus besa a Cupido, pero «la forma en que su cuerpo está colocado no tiene nada que ver con el beso»: está torcido para ofrecerse al voyerismo de ese espectador invisible. La mirada del espectador aparece como la fuerza de un imán que la atrae hacia él. «El cuadro está hecho para despertar la sexualidad del hombre —comenta Berger—. No tiene nada que ver con la sexualidad de la mujer.»

Esta omnipotencia de la subjetividad y de la mirada masculina tiene como consecuencia que las mujeres aprenden a verse como un espectáculo ofrecido a los hombres y al mundo en general. «Una mujer debe vigilarse constantemente —decía Berger—. La imagen que da de sí misma la acompaña casi siempre. Cuando cruza una habitación o cuando llora la muerte de su padre, no puede no verse caminando o llorando.» Y llegaba a esta conclusión famosa, citada desde entonces en innumerables trabajos feministas: «Los hombres miran a las mujeres; las mujeres se observan siendo miradas». Y añadía: «Esto determina no solo las relaciones entre los hombres y las mujeres, sino también la relación de las mujeres consigo mismas».[5] En 1980, la ensayista feminista Anne-Marie Dardigna[6] publicó un estudio de varias obras de la literatura erótica francesa: *Les châteaux d'Éros [Los palacios de Eros]*. Señala que la única mirada que los personajes femeninos de estas novelas pueden posar sobre su cuerpo es la que «las confirma como objetos»: cuando una de ellas «piensa en su cuerpo, en sus vestidos o en su maquillaje, es en función de lo que verán los hombres; se ve vista por una mirada masculina». Por ejemplo, cuando Rebecca, la protagonista de *La motocicleta* de André-Pieyre de Mandiargues, sola delante del espejo, se quita lentamente el mono de motorista debajo del cual está desnuda, el autor escribe: «E imaginaba lo que él veía, con sus ojos color marisma, y el placer que le producía esa especie de desolladura».[7]

Todo el ser femenino está moldeado por esa relación, por esa conciencia permanente de ser vista, lo cual puede impedirle acceder a sus propios deseos, sensaciones y sentimientos. «A partir de la pubertad, la mujer tiene la experiencia de un cuerpo que se ha convertido en objeto antes incluso de poder ser un cuerpo-para-mí», constata Manon Garcia, retomando los análisis pioneros de Simone de Beauvoir sobre el tema. «El acoso en la calle, los comentarios sexualizados sobre ese cuerpo suyo que está cambiando hacen que tome conciencia de sí misma como objeto antes de poder vivir plenamente ese cuerpo nuevo. Esto es lo que explica las reacciones de incomodidad y de repugnancia de muchas jóvenes en la pubertad, que rechazan ese cuerpo nuevo que atrae sobre ellas unas atenciones a menudo incomprensibles.»[8] Barbara L. Fredrickson y Tomi-Ann Roberts confirman esta observación: «Por primera vez quizá, la adolescente comprende que va a ser vista y evaluada por los demás como cuerpo, y no como ella misma». En un artículo de 1997, estas dos investigadoras americanas propusieron una exploración detallada de la cosificación y de sus efectos sobre la salud mental de las mujeres.[9] Entre sus constataciones: mientras que a los hombres se los representa generalmente en el arte y en los medios con una focalización en los rasgos de la cara, en las mujeres «se hace hincapié en el cuerpo», y más aún cuando se trata de mujeres negras. «Incluso es frecuente que las fotografías de las revistas muestren a mujeres desmembradas, eliminando por entero la cabeza y concentrándose únicamente en trozos de su cuerpo.» Los anuncios para la marca de lencería francesa Aubade, significativamente bautizados «Lecciones de seducción», ofrecen un ejemplo perfecto de esa práctica.

La cosificación, escriben Fredrickson y Roberts, crea un ambiente cultural en el que las chicas y las mujeres «se tratan a sí mismas como objetos destinados a ser mirados y evaluados», no sin motivo, ya que la apreciación de su físico tiene más consecuencias en su vida profesional y amorosa que en el caso de los hombres.[10] Un ejemplo: en *Belleza fatal* mencioné el hecho de que a veces un aumento mamario puede privar a los senos de su sensibilidad a las caricias.[11] La operación implica privilegiar el resultado visual (para los demás) a riesgo de sacrificar las propias sensaciones y el propio placer. Hoy, la posibilidad de exhibirse en las aplicaciones de contactos, en Instagram y en otras plataformas, esperando suscitar el deseo o monetizar las publicaciones, multiplica todavía más esa tendencia. Una periodista británica ha investigado sobre el *lifting* de las nalgas, el *brazilian butt lift* (*BBL*, o levantamiento de glúteos brasileño), la operación de cirugía estética cuya demanda más crece en el mundo, y también la que registra la tasa más alta de mortalidad. Una paciente le explica que, a fuerza de retocar sus fotos en las aplicaciones de contactos, sus amigas ya no se atreven a ir a ninguna cita, porque la diferencia con la realidad es demasiado grande: «Hacerse un BBL es retocar directamente tu cuerpo para que ya no haga falta retocar las fotos». Concebirse a sí misma en dos dimensiones, como un ensamblaje de píxeles, obliga a negarse como ser de carne y hueso, con sus capacidades de placer y de dolor (esta paciente dice que, durante varias semanas después de la operación, cuando alguien roza las zonas de su cuerpo de las que se ha extraído la grasa que le han reinyectado en las nalgas, «lanza un grito de dolor»).[12] Una imagen se supone que no siente nada. No tiene ni sensaciones, ni miradas, ni pensamientos, ni deseos.

Aflojar el cerco de las miradas

Recientemente, dos acontecimientos muy diferentes han contribuido a aflojar la mandíbula de esa relación de las mujeres consigo mismas. Primero, a partir del otoño de 2017, el movimiento #MeToo, que al denunciar las violencias sexuales de forma masiva creó un contexto cultural en el que es un poco más difícil cosificarnos tan alegremente como antes. Sus consecuencias son incalculables, pero me gustaría detenerme aquí en un hecho concreto: ya en enero de 2018, la revista *Marie Claire* observaba que dos marcas de lencería habían optado por algo tan inhabitual como mostrar en sus anuncios a mujeres vestidas.[13] Una de estas campañas mostraba a la escritora Marie-Ève Lacasse, a la campeona de esgrima Ysaora Thibus y a la artista Annina Roescheisen: mujeres elegidas por su personalidad, sus pasiones y sus talentos, y no por una plástica «perfecta», impersonal e intercambiable, tratada como una cosa. La idea era «mostrar a unos individuos con trayectorias estimables más que una carne lánguida», analizaba la periodista. La otra campaña había sido realizada por el fotógrafo

Mario Testino, que decía haber querido «capturar lo que sienten esas mujeres al llevar esa lencería debajo de sus vestidos» —o sea, poner el acento en sus sensaciones y no, o no solamente, en el espectáculo que ellas ofrecían—. «Es la creatividad de las mujeres lo que nos venden, su capacidad de actuar. Una mujer sujeto que nos muestra su vida interior, no el cuerpo. La mujer perchero, sin mirada, corresponde a unos códigos del pasado», comentaba la semióloga Mariette Darrigrand. Naturalmente, eso no tiene nada de revolucionario: el objetivo sigue siendo vender lencería y producir para ello unas imágenes de mujeres deseables según unos criterios bastante convencionales (recordemos además que Mario Testino fue denunciado por acoso y agresiones sexuales por varios modelos masculinos).[14] Se observa de todos modos una diferencia interesante con la cosificación brutal producida por campañas como las de Aubade.

El segundo acontecimiento que, para algunas mujeres, inició una liberación de esa mirada tiránica y a menudo interiorizada que se posa sobre ellas, fue el confinamiento de la primavera de 2020 debido a la pandemia de COVID-19. De pronto extraídas del entorno social que normalmente las acribilla a miradas y juicios, las mujeres se volvieron a centrar en sus sensaciones propias. Algunas lo aprovecharon para adoptar una imagen de sí mismas más natural, pasando de maquillarse y de teñirse.[15] «Personas que aseguraban que no podían salir de casa sin maquillarse se encuentran con que efectivamente no pueden salir de casa —escribía la periodista Aniya Das—. Eso les reporta un ahorro sustancial en productos de maquillaje y en peluquería, pero también más tiempo libre cada día.»[16] Muchas mujeres optaron también por vestidos más cómodos, que dejaban respirar mejor el cuerpo que lo que solían ponerse, abandonando sobre todo el sujetador y adoptando el pantalón de chándal. «Por lo visto, lo primero de lo que la mayoría de las mujeres se deshicieron fue de los vaqueros superapretados y de las faldas que no dejan de subir», constató la periodista Myriam Levain.[17]

Este movimiento produjo una marea de memes y de tuits mostrando los monstruos peludos, repugnantes e irreconocibles en que las mujeres iban a convertirse con el confinamiento (se vio mucho a Chewbacca, el *wookie* hirsuto de *Star Wars*, sobre todo). Los hombres que los colgaban, observó Camille Froidevaux-Metterie, manifestaban su despecho por verse privados de cuerpos femeninos «a disposición»: «Para los más violentos, como los acosadores, los restregadores o los violadores, son presas que desaparecen. Para los otros, son cuerpos que mirar y desear, cuerpos que se desvanecen. La injuria y la burla son los procedimientos que les quedan para que el cuerpo de las mujeres siga siendo un objeto. Al degradarse, ese objeto se volvería odioso. ¡La realidad es que se les escapa!».[18] En los medios encargados de vehicular la industria de la moda y la belleza cundió el pánico. «No podéis parecer una mierda cuando estáis en casa», asestaba brutalmente a sus lectoras el magacín *Madmoizelle* (17 de marzo de 2020). Las llamadas al orden se multiplicaron y llevaron a la asociación Action Critique Médias (Acrimed) a hablar de «acoso editorial».[19] Para reintroducir las miradas externas en la vida de las mujeres, lo apostaban todo a sus últimas conexiones con el mundo: las redes sociales y la videoconferencia. «Colgar tu *look* del día —en Instagram— te permite seguir existiendo en la mirada del otro», sugería *Madame Figaro* (2 de abril de 2020). *Elle* proponía «cinco consejos para petarla en Zoom, Teams, Skype, etcétera» (27 de marzo de 2020), mientras que *Femme Actuelle* avisaba contra los «tres errores que afean en una conversación por vídeo» (24 de marzo de 2020). La desesperación era tal que hasta los *riders* extenuados y explotados se utilizaban para restablecer la *male gaze*: «¡La idea es ser lo bastante excéntrica como para que el *rider* de la *pizza* se sorprenda!» (*Madmoizelle* una vez más). Por todas partes brotaban los mandatos conminatorios a «mantener la línea». Supuestamente ociosa (una suposición muy probablemente infundada), la lectora confinada también se veía alentada a llenar ese tiempo liberado con diversas prácticas de belleza.

En el colmo de la hipocresía, *Madmoizelle* explicaba que estar sola en casa era la ocasión para «ensayar nuevas audacias», para «comprender lo que te sienta bien, cuál es tu estilo»; «en resumen, aprender a conocerte mejor, sin tener que someterte a las opiniones y críticas de los demás, ya sea en el espacio público o en tu entorno». Había pues que suplir la ausencia de miradas ajenas a base de seguir viéndose ante todo desde fuera, multiplicando las pruebas delante del espejo. En su artículo de 1997, Barbara L. Fredrickson y Tomi-Ann Roberts ya señalaban que la cosificación de las mujeres tenía sobre todo como efecto comprometer sus posibilidades de volcarse totalmente en una actividad física o intelectual, «cuando la mente o el cuerpo están totalmente concentrados en la realización de una tarea a la vez difícil e importante».[20] Se trata de uno de los pocos momentos «durante los cuales nos sentimos plenamente vivos, fuera del control de los demás, creativos y felices».[21] Cuanto más numerosos son estos momentos, más aumenta nuestra calidad de vida. Ahora bien, para alcanzar ese estado, hay que poder perder la conciencia de uno mismo, lo cual es imposible cuando te recuerdan constantemente que debes preocuparte por tu apariencia.

Entre las mujeres afectadas por el confinamiento, algunas refirieron su estado ambivalente, o declararon su preferencia —sufrida o reivindicada— por ciertos vestidos, accesorios o prácticas de belleza. Los atributos y los gestos de la feminidad, por otra parte, son demasiado diversos en sus implicaciones, en su grado de nocividad o en el placer que proporcionan como para que podamos meterlos a todos en el mismo saco. Lo esencial es que a un gran número de mujeres se les ofreció ese margen de libertad, esa escapatoria de los condicionamientos exteriores inmediatos; otro tema es el uso que hicieran de él. «Ciertamente, ponerse una mascarilla o hacerse la manicura en casa son pequeños placeres que en ese momento sirven como una actividad o una pausa que se agradece. Pero al cabo de quince días de estar encerradas, empezamos a saber si lo hacemos por nosotras o por los demás», observaba Myriam Levain.[22] «En todos los casos —concluía Camille Froidevaux-Metterie—, y eso es lo que importa, sentimos que nos habían quitado el peso de las conminaciones externas, que éramos libres de presentarnos a nosotras mismas (puesto que ya no a los demás) como quisiéramos. Durante un tiempo, nuestros cuerpos podían pertenecernos realmente.»[23]

Estética versus confort: la mayor parte de las veces, así es como se plantean los términos del debate. La alternativa que se presenta a las mujeres sería ofrecer la apariencia que la cultura exige de ellas (y eso al precio de sufrimientos importantes si hace falta) o bien elegir el propio bienestar sin hacer caso de las miradas externas. Y, de hecho, es importante que el valor de las mujeres —en el terreno social, profesional y amoroso— esté separado de su apariencia, permitirles vivir sin ser guapas. La serie *Gambito de dama* está protagonizada por una joven campeona de ajedrez americana, Beth Harmon, que lucha contra su adicción al alcohol y a los medicamentos; en Twitter, en otoño de 2020, una espectadora criticaba la idea que los guionistas parecían hacerse de una mujer «hundida en la miseria»: se nos mostraba a Beth Harmon, borracha perdida en el sofá, con una camisola de lo más sexi, maquillada, con las piernas depiladas y un moldeado impecable.[24] Sin embargo, me pregunto si además de librarnos de la tiranía de la belleza, no sería también el momento de poner en cuestión nuestra noción de belleza y los presupuestos que la determinan. También habría que cultivar nuestra belleza como sujetos, atraer la atención sobre ella, reclamar que sea reconocida.

Mientras estoy trabajando en este capítulo, en los primeros días de 2021, da la casualidad de que tengo un par de botines nuevos. Son planos, calientes, impermeables, de una ligereza increíble y de una comodidad absoluta (veganos, faltaría más). Sujetan bien el pie, pero mis dedos disponen de todo el espacio que podrían soñar y se agitan de alegría. A cada paso, me amoldo completamente al suelo y luego me separo de él con una facilidad deliciosa. Estos botines transforman mis caminatas diarias —que con los confinamientos y el teletrabajo han adquirido una importancia especial— en momentos de éxtasis. Me dan la impresión de volar, de estar flotando en una nube.[25] También los encuentro muy bonitos: me admiro sin vergüenza delante del espejo antes de salir. Pero soy muy consciente de que no todo el mundo compartiría esta opinión. Es la campesina suiza que hay en mí la que los encuentra bonitos, más que la parisina en la que supuestamente me he convertido tras más de veinte años (ser una mujer en París implica una presión nada desdeñable; por retomar la imagen de Laurent Sciamma, es como ser «*pizzaiolo* en Nápoles»). No son esos zapatitos delicados hechos para unos pies que parece que nunca sudan, duelen, enrojecen o se hinchan. Y, sin embargo, adoptando la perspectiva de la «heterosexualidad profunda» teorizada por Jane Ward que mencionaba en la introducción, me gustaría mucho que un hombre también fuese capaz de encontrar bonitos esos botines. Quisiera que, al verlos, en vez de exhibir una sonrisa mordaz y contrariada al darse cuenta de que no quiero dar una imagen convencional de feminidad, fuese capaz de imaginar lo agradable que me resulta caminar con ellos, o tal vez que se percatase de la soltura con la que ando, y los encontrase bonitos porque compartiera mi placer, porque aprobase el aumento de vitalidad que me proporcionan, porque se alegrase por los dedos de mis pies. Podríamos tratar de inventar una estética basada en la identificación más que en la cosificación; una estética que celebre el bienestar de las mujeres más que las trabas y la estandarización de sus cuerpos (ya sé que es muy audaz).

Historia de un silenciamiento

Ser cosificada no solo implica ser reducida a una imagen, sino también ser reducida al silencio, no tener ningún control sobre los discursos que se emiten acerca de ti como tema (o acerca de cualquier tema), no tener voz ni voto en la fabricación de los relatos y las representaciones. A principios de 2018, había terminado de escribir *Brujas* evocando la brecha abierta por el movimiento #MeToo —nacido tres meses antes— en el control masculino del relato. Desde entonces, esa contestación no ha hecho más que amplificarse. Su ilustración francesa más significativa fue tal vez la publicación del libro de Vanessa Springora *El consentimiento*, en el que relata los años que pasó cuando era adolescente entre las garras de Gabriel Matzneff.[26] Tras haber sido transformada por el «escritor» pedófilo en una figura anónima, atractiva e intercambiable, destinada a satisfacer sus fantasías y las de sus lectores, he aquí que se convierte a su vez en la instancia del discurso, aparece con su nombre, su voz, sus palabras, su experiencia y su punto de vista. Cuenta su trauma y, de paso, pulveriza implacablemente la imagen ventajosa que Matzneff se había construido libro tras libro, presentándose como un amante sublime, un aventurero sulfuroso y subversivo. Esa operación se había aprovechado de la complacencia del ambiente literario parisino: así, por ejemplo, el presentador de televisión Bernard Pivot hablaba con tono ligero, en 1990, de la «cuadra de jóvenes amantes» de su invitado, al que calificaba también de «coleccionista de jovencitas». Springora viene a recordar que esas «jóvenes amantes» y esas «jovencitas» eran personas.

Su libro muestra cómo la «desposesión» que sufrió también fue una privación metódica de la palabra. Matzneff insiste un día en escribir en su lugar una disertación que la joven debe entregar a su profesora de Francés, robándole así la voz. Ella cuenta que jamás se interesa por su diario, ni la anima a escribir: protege su monopolio, su poder. Solo la incita a escribirle cartas, como hace con sus otras amantes, y publica extractos de estas en sus libros. Todas esas cartas «se parecen extrañamente»: «G. nos las apunta en silencio, las insufla en nuestra lengua incluso». Ella misma tiene la impresión de que, al escribirlas, se ha «conformado instintivamente» a una «especie de "pliego de condiciones" implícito». Paralelamente, el diario de Matzneff, que un editor publica a intervalos regulares, se convierte en un instrumento disciplinario destinado a hacerla callar: «Al menor reproche, empuña la pluma: "Te vas a enterar, monada, ¡y toma ya! ¡Aquí tienes un retrato tuyo en mi cuaderno negro!"». Poco a poco, la encierra en una «cárcel de palabras». Más tarde, cuando por fin ha logrado escapar, la lectura del tomo del diario donde Matzneff cuenta su «ruptura» desencadena en ella una crisis de angustia tan violenta que solo una inyección de Valium puede remediarla. Después, cada vez que salga una nueva edición, con la cual Matzneff se hace presente en su recuerdo, le hará el efecto de una «hoja de cuchillo clavada en una herida jamás cicatrizada». Un día, en plena calle, empieza a dudar de su propia existencia: le parece que su cuerpo «está hecho de papel», que por sus venas «corre tinta». En el hospital, le anuncian que acaba de tener un «brote psicótico, con una fase de despersonalización». Ella contesta: «¿Entonces todo esto es verdad? ¿No soy... una ficción?». Mucho tiempo antes de hacer pública su versión de la historia, una «cura por la palabra» con un psicoanalista ya la salvó, como si cada palabra salida de lo más profundo de ella misma la arrastrase poco a poco hacia su realidad de sujeto.

Al final del libro, Vanessa Springora cuenta su asombro al descubrir que Matzneff ha hecho donación de sus manuscritos y su correspondencia al Institut Mémoires de l'édition contemporaine. Ahora, si quiere releer sus propias cartas, debe presentar una solicitud oficial, inventar cualquier pretexto... Esta expoliación en el campo de las palabras corresponde exactamente a la que vivió Emily Ratajkowski en el campo de las imágenes. También en 2020, en un artículo espeluznante, la modelo americana enumera todas las veces que unos hombres, familiares o desconocidos, le robaron su imagen. Habla sobre todo de los «cuadros» producidos por el artista Richard Prince, que consistían simplemente en tirajes gigantes de publicaciones de Instagram. Dos de ellos reproducían unas fotos de la modelo aparecidas en portadas de revistas, que ella había colgado en la red social. Todo el mundo de su entorno, incluido su novio de la época, consideraba aquello como un gran honor que él le hacía. Si ella quería recuperar su propia imagen, publicada por ella misma en su propia cuenta de Instagram, le costaría ochenta mil dólares... Además, antes de hacer los tirajes, Prince había comentado las publicaciones desde su propia cuenta. Debajo de uno de los dos clichés que representaban a Ratajkowski desnuda, preguntaba: «¿Has sido fabricada por adolescentes en un laboratorio?».[27] En definitiva, la invitaba a preguntarse si no era un puro fantasma, una pura creación masculina, igual como Matzneff había logrado hacer creer a Vanessa Springora, hasta provocarle una crisis psicótica, que era una «ficción», sin otra existencia más que la que él le daba.

En cierta medida, y aunque en el caso de Vanessa Springora es particularmente flagrante debido al desequilibrio criminal entre los dos protagonistas en términos de edad y de poder, este encierro de las mujeres en las palabras de los hombres y este dejarlas literalmente sin habla pueden considerarse hechos universales. La ley dominante de nuestro universo amoroso y sexual parece calcada de la que rige en el castillo de Roissy, adonde llevan a O, la protagonista de la novela erótica de Pauline Réage *Historia de O*. Las pensionistas son «sometidas a la regla absoluta del silencio en presencia de un hombre, sea amo o criado». La única vez que O obtiene permiso para hablar es para decir lo que se espera de ella: repite las frases que le dicta su amo, «transponiéndolas a la primera persona como en un ejercicio de gramática».[28] Creada por Pauline Réage para gustar a su amante, el editor Jean Paulhan, que escribió el prefacio de la novela, O «viene a encajar perfectamente en el hueco del imaginario masculino», observa Anne-Marie Dardigna en su estudio de la literatura erótica.[29] Asimismo, el deseo de Roberte, la protagonista de una serie de novelas de Pierre Klossowski, «no es más que una respuesta al del hombre que la desea», señala la ensayista, que ve en ella un símbolo del mutismo impuesto a todas las mujeres.

Escribiendo al final de una década —la de 1970— marcada por

una importante militancia feminista, Anne-Marie Dardigna se acordaba del terror que manifestaban muchos hombres, diez o quince años atrás, cuando varias mujeres se atrevieron a hablar de sus deseos, de sus fantasías o de su visión de la sexualidad: «Se quedaban petrificados en un silencio aterrorizado (literalmente)». Y Dardigna comentaba: «Terrorismo de reprobación silenciosa, que hace sentir a las mujeres a través de todo su cuerpo que tienen prohibida la palabra».[30] La que se atreve a criticar la visión dominante del erotismo, o a ponerse a sí misma como sujeto del relato amoroso o sexual, es percibida como una amenaza que se conjura ridiculizándola, convirtiéndola en una criatura grotesca. Cuando en 1992 Annie Ernaux publicó *Pura pasión*, el relato de una relación tórrida vivida a los cincuenta años con un hombre diez años más joven que ella,[31] «la crítica masculina fue especialmente terrible», recuerda la autora. «Incluso me pusieron el apodo de Madame Ovary. ¡Un autor hombre jamás habría tenido que soportar ese tipo de crítica! Los hombres tienen derecho a escribir sobre la pasión sin que nadie se meta con ellos, las mujeres no. Deben permanecer en su sitio y ser amadas (o no).»[32]

Casi quince años más tarde, todavía se pudo comprobar lo atinado de ese análisis cuando aparecieron los dos tomos del cómic *Fresa y chocolate*, en el cual Aurélia Aurita contaba con un entusiasmo espontáneo su vida sexual con su compañero de la época, el autor y editor Frédéric Boilet.[33] En los foros de la aplicación ActuaBD aún resuenan las reacciones de reprobación epidérmica fechadas en el momento de la aparición de *Fresa y chocolate (integral)*, en 2014. «Una obra maestra de narcisismo masturbatorio», suelta uno. A lo cual otro comentarista desdeñoso responde: «Al mismo tiempo, no hay bastante cuerpo en el dibujo como para poder utilizarlo para eso». Se nota la irritación frente a la intrusión de una mujer en un género sólidamente masculino —y machista—.[34] «¿Se puede llamar en serio un cómic a eso?», responde el primero. «Aurélia Aurita habla de sexo sin pudor, pero todo eso no es realmente excitante», decreta un tercero. «O entonces hay que cerrar los ojos o ser muy imaginativo. Pero les debe de gustar a las feministas que abominan de la imagen clásica de la mujer representada por hombres...» Otro insiste: «De acuerdo contigo. Aparte de que las feministas, las de verdad, no las feministas de lujo, no pierden el tiempo leyendo ese tipo de cosas. Además, está completamente pasado de moda». En resumen: la autora es vanidosa y ombliguista (las mujeres, ya se sabe...), carece de «pudor», dibuja mal y, de todas formas, no es excitante. «Una mujer contando el placer y el sexo se enfrenta siempre a reacciones hostiles, tanto en 2014 como en 2006 —rechina una interviniente, que concluye—: Se habla, sin embargo, del cómic, donde todos los autores tienen cuadernos llenos de tías en pelotas y sacan regularmente libros que contienen sexo. Es desesperante [...] leer siempre tanta hipocresía y mala fe.»[35] En la misma época, *Libération* presenta a Frédéric Boilet diciendo que es conocido por haber sido «objeto de la bulimia sexual de Aurélia Aurita en *Fresa y chocolate*»: una formulación sorprendente, que patologiza a la autora y la convierte en una criatura vagamente amenazadora, como si en esos dos álbumes el espíritu de iniciativa y el apetito sexual no estuvieran equitativamente repartidos.[36]

La mujer que tiene fantasías es un «monstruo»

En 1973, en Estados Unidos, Nancy Friday publicó *Mi jardín secreto*, en el cual unas americanas anónimas hablaban de sus fantasías y del papel de estas en su vida sexual. En el prólogo del libro, relata la acogida —con división de opiniones— que recibió cada vez que se arriesgó ella misma a confesar las suyas a algunos hombres a lo largo de su vida. Asistimos primero a esta escena vivida con un amante. Se entendían tan bien, ella se sentía tan libre sexualmente con él que, cuando una noche que estaban en la cama, él le preguntó: «¿En qué piensas?», ella le contestó sin ninguna autocensura. La reacción de él la dejó estupefacta: «Salió de la cama, se volvió a poner el pantalón y se fue a su casa».[37] Más tarde, pensándolo, se dio cuenta de que en realidad ella no había hecho más que prestarse siempre a las fantasías de él. Escaldada por esta experiencia, guardó silencio con sus amantes ulteriores, hasta que encontró al que iba a ser su marido y se arriesgó a desvelar de nuevo lo que se fraguaba en el escenario de su cerebro. «Su mirada admirativa y divertida me hizo el efecto de una redención. Me di cuenta de lo mucho que me amaba y, puesto que me amaba, amaba todo aquello que me proporcionaba una vida más rica.» Habiendo recuperado su confianza en sí misma, incorporó a la novela que estaba escribiendo un capítulo dedicado a los ensueños eróticos de la protagonista. Pero su editor se escandalizó. Aquello convertía al personaje en un «monstruo», le dijo. Y objetó: «Si le gusta tanto el tío con el que está, si folla tan bien, ¿por qué piensa en todas esas chifladuras? ¿Por qué no piensa en él?».

Más adelante, se toparía muchas veces con la sensación de traición y de pánico que algunos hombres experimentan al descubrir que su compañera tiene fantasías. Uno de ellos responde incluso a su solicitud de testimonios diciendo que le escribe de parte de su esposa, que le hace saber que ella no tiene absolutamente ninguna fantasía; y firma la carta con el nombre de su mujer... Esto la irrita profundamente: «Un hombre puede tener un orgasmo mientras su mujer está pensando en la lista de la compra: ¿acaso es eso preferible?». Los de mente más abierta ganan, sin embargo, con ello una mejora providencial de su propia vida sexual. Una mujer declara: «Mi marido está al corriente [de mis fantasías] y las aprueba totalmente. A veces, incluso, tengo la impresión de que delega en ellas, sobre todo cuando está cansado. Es como si me dijera: "Vamos, querida, recuerda cómo era, devuélvenos allí"». Otra observa que sus fantasías producen, tanto para su compañero como para ella, unas «sesiones más eróticas», que a su vez proporcionan material para nuevas fantasías: «Es como colocar el dinero en el banco».[38]

Nancy Friday sabía que a su editor le podría contestar muchas cosas. Le habría gustado preguntarle por qué los deseos y las fantasías de los hombres se cuentan por doquier sin que nadie vea en ellos una perversión o se sienta molesto; «por qué las de Henry Miller, Norman Mailer o D. H. Lawrence eran reconocidas como lo que efectivamente podían ser: arte». Pero no contestó nada: «Sus insinuaciones, como el rechazo de mi examante, habían afectado al punto que más sensible tenía: el punto que para las mujeres, tan ignorantes del verdadero "yo" sexual unas de otras, es más vulnerable». Su proyecto de colección de fantasías femeninas, a través de entrevistas realizadas en su entorno y gracias a las cartas recibidas tras poner anuncios por palabras en la prensa, estaba destinado a acabar con esa ignorancia mutua, a desculpabilizar y desacomplejar a las mujeres. *Mi jardín secreto* permite comprobar que, cuando publican en un anonimato total los escenarios que las llevan más eficazmente al orgasmo —ya sea solas o con un compañero—, estamos lejos de las representaciones lenificantes de una sexualidad romántica y sentimental: hay dobles y triples penetraciones, hay perros, hay asnos... Lo cual hace suponer que el resto del tiempo las fantasías femeninas no solo son víctimas de la censura masculina, sino también de la autocensura de las propias mujeres, por el afán de sobreprotegerse: cuando toda tu vida has tenido que enfrentarte al riesgo de la violencia sexual, no te apetece dar ninguna justificación al discurso según el cual «a ellas eso les gusta», como si el plano fantasmático pudiera confundirse con el de la realidad, o como si unas fantasías *trash* significasen que estás a disposición del primer cabrón de turno.

Eso no quita para que, en la literatura erótica francesa del siglo XX, las mujeres hayan sido significativamente privadas de la palabra en lo tocante a su experiencia del amor y del sexo. El análisis de los resortes profundos de esa literatura —Pierre Klossowski, Alain Robbe-Grillet, Georges Bataille y algunos más— en *Les châteaux d'Éros* produce el mismo tipo de alivio, de desmitificación brutal y salutífera que *El consentimiento*. Igual que hace Vanessa Springora con Matzneff, Anne-Marie Dardigna pulveriza con varias fórmulas asesinas unas obras que pretendían ser intimidantes e inatacables. Pone al desnudo el conservadurismo profundo que expresan; la manera en que, pretendiendo ser transgresoras, siguen siendo prisioneras de la moral católica y de su obsesión por el pecado; el carácter convencional y ficticio de sus desvaríos sobre el amor y la muerte; su angustia ante el cuerpo y el sexo femeninos, asimilados a una naturaleza incontrolable y desbordante que el civilizador masculino tiene la misión de yugular; su «inflexible rechazo de las mujeres», reducidas a una moneda de intercambio entre hombres; su anclaje en una alta sociedad privilegiada y reaccionaria... En Estados Unidos, Kate Millett realizó el mismo trabajo a finales de la década de 1960, analizando con una agudeza implacable algunas escenas escogidas de las novelas de Henry Miller y de Norman Mailer.[39]

Este trabajo merecería ser continuado. Muestra hasta qué punto, las más de las veces, lo que aprendemos a considerar «sexo heterosexual» es, en realidad, «sexo por y para los hombres», sin que nuestro ojo esté educado para distinguir la diferencia. Esa confusión se alimenta de una subordinación a la vez cultural y económica de las mujeres, que ha acabado por fundirse en el paisaje y parecer algo natural. Me he quedado estupefacta, por ejemplo, al ver a veces la obra de la escritora canadiense Nelly Arcan clasificada como literatura erótica, cuando sus libros, que evocan su experiencia de la prostitución y más en general toda su experiencia de vida como mujer, exhalan una desesperación gélida, atroz, que la llevó al suicidio. Hay algo absurdo en la clasificación que a menudo se establece entre un feminismo llamado «prosexo» y un feminismo «abolicionista» o «radical». Más que «sexo» o «no sexo», la cuestión decisiva debería ser «¿sexo para quién?». En presencia de cualquier situación sexual que implique a mujeres y a hombres, cabría preguntarse si existe para satisfacer los deseos, las fantasías y el placer de sus protagonistas masculinos o también, a partes iguales, los deseos, las fantasías y el placer de sus protagonistas femeninas —y a ser posible, sin que se trate solo para ellas del «placer de dar placer», en línea con el imperativo de la abnegación femenina—.[40] Los resultados serían probablemente un poco deprimentes.

Harrison y yo

¿Pero qué aspecto puede tener la libertad erótica? ¿Es siquiera posible tener unos deseos que estés segura de que te pertenecen, cuando toda tu vida has estado sumida en un mundo regido por la dominación masculina? De niña, sin saber exactamente lo que los adultos podían hacer entre ellos, era una pequeña fábrica de fantasías, y esas fantasías implicaban ya una superioridad muy clara de los chicos, con un aspecto vagamente masoquista. Lo cual, cuando lo recuerdo, me fascina: ¿de dónde me venía aquello? No sabía nada de la vida, acababa de llegar a este planeta, pero por lo visto ya había incorporado algunas grandes leyes de mi entorno. Asimismo, hacia la edad de seis o siete años, en la pequeña habitación abuhardillada de la casa familiar que servía de cuarto de juegos, a mi compañero J. y a mí nos encantaba interpretar una y otra vez el mismo guion: yo fingía ser una mujer que salía de su casa para dar un paseo, y él era una especie de hombre lobo que la acechaba, escondido detrás de un árbol. Yo había dado apenas unos pasos «fuera» cuando él se echaba sobre mí y me arrojaba en medio de los cojines para devorarme. A mí me parecía intensamente satisfactorio aquel juego que asociaba lo masculino con la depredación.

Al llegar a la adolescencia, ese gusto se confirmó. Estaba fascinada por el tipo de virilidad que encarnaba el actor Harrison Ford, tanto en *Star Wars* como en *Indiana Jones*. La escena de *El Imperio contraataca* en la que Han Solo sorprende a la princesa Leia cuando ella está realizando una reparación en un rincón de la nave, la empuja a confesar con medias palabras que él le gusta y luego la besa a pesar de su resistencia, se me antojaba una cima del romanticismo y del erotismo. Amaba esa idea de un hombre que ve claro dentro de ti y que toma la iniciativa del acercamiento; lo cual, probablemente, revela sobre todo hasta qué punto estaba aterrada ante la perspectiva de tener que formular o asumir mis deseos, o de tener que tomar yo misma cualquier iniciativa. De nuevo, el sueño de un hombre providencial que se haga cargo de ti, del que hablaba en el capítulo anterior. En su juventud, el bloguero y *youtuber* Jonathan McIntosh también miró «docenas de veces» las películas de Harrison Ford, identificándose mucho con los personajes que este interpretaba. En un vídeo de 2017, puso en evidencia el esquema seguido en varias «escenas de seducción» del actor (en las sagas antes citadas, pero también en *Blade Runner*, que fue durante mucho tiempo su película favorita, dice).[41] Ignorando las protestas meramente formales de los personajes femeninos, el protagonista las cerca poco a poco, invade su espacio personal hasta que las acorrala y ellas se rinden. La secuencia de *El Imperio contraataca* tiene su paralelo en *Indiana Jones y el templo maldito*, cuando Willie (Kate Capshaw) le anuncia que está harta de él y que «vuelve a Delhi», se da la vuelta muy enfadada, y el aventurero la atrae hacia él con la punta del látigo y la besa. En ambos casos, el beso es interrumpido por una intrusión cómica: la del robot metepatas Z-6PO (o C-3PO) en *Star Wars* y la de un elefante que riega a la pareja en *Indiana Jones*.

Este esquema no es, por supuesto, exclusivo de los personajes interpretados por Ford, aunque en su caso los guionistas hayan abusado de él: McIntosh también muestra, por ejemplo, una escena de 007 en *Spectre*, en la cual James Bond (Daniel Craig), tras arrojar al suelo una copa de *whisky* como signo de implacable determinación viril, avanza lentamente hacia Lucia Sciarra (Monica Bellucci), que retrocede, explicándole que ha hecho muy bien en matar a su marido; cuando ella se halla con la espalda pegada a un espejo, la besa. Así, a través de esos filmes y de muchos otros, millones de espectadoras, entre ellas yo, aprendieron a asociar la fuerza bruta y la amenaza con la seducción, mientras que millones de espectadores, entre ellos Jonathan McIntosh, aprendieron que el «no» de las mujeres no era más que un «sí» que no osaba pronunciarse, que su enfado siempre era fingido y que sus imprecaciones solo representaban una invitación a insistir más. En suma, mi imaginario erótico —y el vuestro también, quizá— está basado en una cultura de la violación.

La escritora y artista de *performances* Wendy Delorme constata que nuestras fantasías nacen por *inception*: se refiere a la película de este nombre realizada por Christopher Nolan que se estrenó en 2010,* cuyo protagonista «tiene la misión de implantar una idea en el subconsciente de un sujeto, de manera que el sujeto crea que la idea ha surgido de él». En un texto de 2013 se remonta a los orígenes de una imagen erótica que le vino a la mente cuando tenía unos doce años. Acostada en la cama, imaginaba a un amo, un hombre cuya cara no distinguía, de pie en el umbral de su dormitorio, acercándose despacio. «Me visualizo atada a la cama, cubierta con una tela fina que él retirará suavemente, deslizándola por encima de mi cuerpo. Yo me estremezco y me siento incapaz de imaginar nada más porque a esa edad no sé qué pasa concretamente "después".» Hasta que pasados los treinta años, al toparse por casualidad en la televisión con una redifusión de *Angélica, marquesa de los ángeles*, que había marcado su infancia, comprende de pronto de dónde le había venido esa fantasía: el amo se inspiraba en el esposo de Angélique. Entonces fue consciente de que, durante la película, la protagonista es «violada cada veinte minutos por diversos agresores». Y que, una vez más, esas violaciones son mostradas como la realización de su deseo profundo: «Cada vez que un hombre está a punto de poseerla por la fuerza, se la muestra debatiéndose con gestos de libélula, y luego sucumbe siempre con las mejillas sonrosadas, los párpados cerrados, desmayada (¿lánguida?), en una postura que se parece tanto a un abandono erótico que resulta muy perturbador». Delorme

* En España, el filme de Nolan fue titulado *Origen*. *[N. de la T.]*

mide entonces el poder de ese «mar de producciones literarias y mediáticas» que, según ella, «forjan nuestros imaginarios eróticos antes incluso de que sepamos lo que es una relación sexual consentida y deseada».[42]

Que nuestras fantasías hayan sido modeladas muy pronto por las influencias culturales sufridas no significa sin embargo que estén grabadas en mármol. Al leerla por primera vez, *Historia de O*[43] me puso en trance. Cuando la volví a leer tras conocer el análisis que había hecho Anne-Marie Dardigna en *Les châteaux d'Éros*, el hechizo había desaparecido. Su mística sacrificial con fuertes tufos de catolicismo me repelía (Dominique Aury decía de sí misma que habría sido una «excelente religiosa»[44] y, once años antes de firmar *Historia de O* con el nombre de Pauline Réage, había publicado *Anthologie de la poésie religieuse française [Antología de poesía religiosa francesa]*. La feminidad infantil de O me irritaba, y la devoción que le inspiraban las figuras masculinas me parecía ridícula. Me molestaba que sufriera tanto, que casi jamás se hablara de su propio placer y que sintiera «asco» ante la idea de masturbarse. Nunca entendí el encanto del látigo, pero aquella vez me provocó auténtica indignación («no hay nada como los libros piadosos para daros buenas ideas de suplicios», decía Pauline Réage).[45] No me gustaba que O fuese un objeto de intercambio entre dos hombres que se la repartían «como seguramente antes, cuando eran más jóvenes, habían compartido un viaje, un barco o un caballo», ni la idea de que «lo que cada uno buscaría en ella sería la marca del otro, la huella del paso del otro».[46] La belleza sublime de la aniquilación de su personalidad, que culminaba con su aniquilación física, se me escapaba. Me sorprendía el ambiente reaccionario que impregnaba todo el relato por su seriedad lúgubre. No me asombró enterarme de que Pauline Réage/Dominique Aury tenía una «vocación militar reprimida». Ni que, para ella, el cuerpo era «algo que está hecho para ser reducido, para ser dominado, sobre lo que hay que mandar».[47] En una palabra, el pacto de lectura se había roto.

Con *Historia de O*, como con *Bella del Señor*, las relecturas a diez, quince o veinte años de intervalo me sirven de marcadores de mi evolución. El riesgo, no obstante, es catapultarme a una tierra de nadie fantasmática: ya no soy tan buen público, ya no me dejo endosar cualquier cosa, pero me cuesta encontrar éxtasis de recambio. Pese a que admiro sinceramente su intención, el porno feminista de Erika Lust, por ejemplo, no despierta muchas veces en mí más que una excitación de cortesía. En *Les chemins du désir [Los caminos del deseo]*, Claire Richard cuenta que se topó con la misma constatación: «Sin embargo, en teoría estoy completamente a favor. Milito por la reapropiación del cuerpo de las mujeres por ellas mismas, soy prosexo, admiro a Ovidie, soy fan de Annie Sprinkle, he leído a Wendy Delorme. Pero el porno feminista no me entusiasma. Lo quiera o no, estoy condicionada. Me excita el porno *mainstream*. Igual que uno puede ser partidario de la agricultura sostenible y adorar secretamente el Triple Whopper de Burger King». Una amiga suya le sugiere una posible explicación: «El porno está asociado a la transgresión, y eso es lo que lo hace tan atractivo. Si está alineado con tus convicciones, deja de ser transgresor».[48]

¿Es la transgresión una parte indispensable de la fantasía? Nancy Friday propone una definición más amplia: «Creo que una gran parte de las fantasías femeninas denotan la necesidad psíquica de una exploración completa de todo lo que nos está prohibido como chicas, de la totalidad de lo que se puede concebir en materia de sexo». Cuando se masturba, una de las mujeres que presta testimonio en su libro, Mary Jane, sueña habitualmente que se pasea sola por una playa, que se quita toda la ropa, se va a nadar al mar y luego se tiende desnuda al sol y siente como la brisa le acaricia la piel; a veces, la escena se desplaza a una cascada de montaña.[49] Eso es todo. En ciertos casos, el elemento transgresor puede, por lo tanto, ser... más bien tenue. Lo que es seguro es que la fantasía implica soltar las riendas de la imaginación, dejar que la mente forme toda clase de imágenes y escenarios que respondan a una necesidad oscura y profunda, haciendo *tabula rasa* de toda consideración moral. Y por eso, efectivamente, puede comportar una gran parte de transgresión. Pero hay mil formas posibles de transgresión. Y podemos elegir las que más nos convengan. Así, me topo por ejemplo con una producción de Erika Lust que me cautiva de verdad: *Safe Word*, una miniserie sadomaso cuya protagonista existe plenamente, con su personalidad, su mirada y sus deseos. Se la muestra en su día a día, en su vida profesional; está dedicada a buscar el placer activamente, la historia se cuenta desde su punto de vista, las escenas pornográficas están rodadas ante todo para mostrar cómo goza ella.[50] En otras palabras, puedo tener mi dosis de transgresión sin tener que identificarme con una catecúmena ectoplasmática como O. Además, aunque busquemos la transgresión, es necesario que algo en lo que leemos o vemos apele en nosotras, de una forma o de otra —aunque sea de la manera más retorcida— a una noción de placer. Y ese estado de ánimo puede variar, como demuestra la evolución que ha hecho desaparecer mi sensibilidad al universo de Pauline Réage.

O, O LA HISTORIA DE UN PIRATEO

No es la fantasía de una reducción a la impotencia total lo que me molesta. Reconozco todavía la fuerza de atracción de *Historia de O*. Es más bien todo lo que la rodea lo que ya no soporto en esa novela. Al retomarla hoy, comprendo que lo que me exaspera sobre todo, más que lo que ya he mencionado, es la manera en que Jean Paulhan pirateó el libro. Su prefacio es una forma de marcar territorio, como si mease concienzudamente alrededor de la obra de su amante. Así, por ejemplo, se enternece con un detalle del texto: «Es que O, el día en que René la abandona a nuevos suplicios, conserva la suficiente presencia de ánimo como para observar que las zapatillas de su amante están desgastadas, habrá que comprar unas nuevas». Y se maravilla: «Eso es lo que a mí me parece casi inimaginable. Es algo que a un hombre jamás se le habría ocurrido o, en todo caso, no se habría atrevido a decirlo». Delicia de ese combo supremo para las fantasías masculinas: la esclavitud doméstica mezclada con la esclavitud sexual (su prefacio se titula «La felicidad en la esclavitud»). Había que saludar, en efecto, esa aportación importantísima de las mujeres a la literatura erótica: la carga mental incluso en medio de los azotes y las cadenas, pobres pequeñas... También me rechinan los dientes cuando releo este otro extracto, célebre, de la prosa de Paulhan (en la edición que poseo, sirve de contraportada, eclipsando la voz de la autora). Paulhan exulta: «¡Por fin una mujer que confiesa! ¿Que confiesa qué? Aquello de lo que las mujeres se han defendido siempre (pero nunca tanto como hoy). Lo que los hombres siempre les han reprochado: que no dejan de obedecer a su sangre; que todo en ellas es sexo, hasta la inteligencia. Que habría que alimentarlas sin cesar, lavarlas y maquillarlas sin cesar, y pegarles sin cesar. Que simplemente necesitan un buen amo, que desconfíe de su bondad». Y, más adelante: «Y es que a las mujeres, al menos, les es dado parecerse, durante toda su vida, a los niños que éramos».[51] ¡Qué asco!

La novela ha sido instrumentalizada, primero por el propio Paulhan para proclamar triunfalmente sus generalizaciones antifeministas, y luego por el conjunto del mundo cultural y mediático. Cuando se estrenó la adaptación cinematográfica de Just Jaeckin (el realizador de *Emmanuelle*), en 1975, *L'Express* puso *Historia de O* en su portada. Se veía a la actriz Corinne Cléry con el pecho desnudo, las manos sobre la cabeza y, debajo de la imagen, reproducidas las palabras de Paulhan: «Por fin una mujer que confiesa», y esta precisión: «Por Jean Paulhan, de la Academia Francesa».[52] Las mujeres en cueros, mudas, ofrecidas a la concupiscencia del público, y los hombres en la Academia: en una Francia en plena efervescencia feminista (y en pleno Año Internacional de la Mujer), cada uno encontraba el lugar que le correspondía. En páginas interiores de la revista, destacaban otro extracto de esa lacra de prefacio: «Es como si en el mundo existiera un equilibrio misterioso de la violencia, cuya afición y hasta cuyo sentido hemos perdido. Y a mí no me desagrada que sea una mujer quien los recupere». Las militantes del Movimiento de Liberación de las Mujeres (MLF) hicieron un escrache ante la redacción del *L'Express* al grito de «¡no al dinero sobre nuestros cuerpos!» y «la policía protege la violación».[53]

Pero Pauline Réage/Dominique Aury no puede ser considerada como directamente responsable del uso político que se ha hecho de su obra. En una entrevista, en 1988, ella misma estimaba, por cierto, que el prefacio «no correspondía totalmente al libro», admitiendo veladamente que Paulhan se había dado un gustazo: «El punto de vista adoptado respondía a un gusto personal suyo. Mala suerte si había causado más escándalo aún que la novela».[54] Ella misma no había escrito para ser publicada y «ni por un segundo» se había imaginado que fuera posible. Y añadía: «Se publicó porque él [Paulhan] quería que se publicara, a mí me daba igual». *Historia de O* no era una novela, sino una «carta», insistía ella, de la cual su amante era el único destinatario: «Es un poco como Sherezade».[55] Se puede comprender su exaltación durante esas noches de verano en que le escribía desde la soledad de su habitación (Paulhan estaba casado, ella divorciada), enviándole capítulo tras capítulo por la mañana. Consiguió un relato muy hermoso: «Los días eran interminables, y la luz de la mañana se colaba a horas insólitas hasta las polvorientas cortinas negras de defensa pasiva, últimos vestigios de la guerra. Pero bajo el pequeño faro iluminado en la cabecera de la cama, la mano que sostenía el lápiz corría sobre el papel sin preocuparse de la hora ni de la claridad. La muchacha escribía como se habla en la oscuridad con el hombre al que se ama, cuando las palabras de amor se han contenido durante demasiado tiempo y por fin se desbordan. Por primera vez en su vida escribía sin vacilaciones, sin detenerse, sin tachar, sin rechazar, escribía como quien respira, como quien sueña».[56]

Es cierto: con este relato, quería responder a las expectativas de Paulhan. «Una muchacha enamorada le dice un día al hombre al que ama: yo también podría escribir esas historias que te gustan...»[57] Una empresa de la cual él celebra el éxito pleno: «O expresa, a su manera, un ideal viril. Viril, o por lo menos masculino».[58] Pero sería un error decretar que esa novela es una alienación total. De todos modos, las fantasías que describe son las *de ella*, muy antiguas (se remontaban a cuando tenía catorce o quince años, dice): «Realmente, solo pensé en tratar de contar aquellas historias que al fin y al cabo me había contado a mí misma para dormirme, para darme placer a mí misma en el momento de dormir».[59] El castillo de Roissy adonde llevan a O está inspirado por el sótano cuya existencia imaginó de niña bajo la casa familiar. Efectivamente, O es pasiva, muda, y no hace otra cosa más que repetir las palabras que su amante le dicta (o murmurarle «te amo»). Pero Pauline Réage sí que habla. Construye esa historia, elige cada palabra. Pese a todo lo que se le pueda reprochar, *Historia de O* también expresa la pulsión vital de una mujer, su amor y su deseo por un hombre. La vida es corta, y la urgencia de vivir, de amar, de gozar, obliga a trabajar con el imaginario tal como es, aunque esté lleno de todo el fárrago de una educación conservadora.

Además, Dominique Aury —que no confirmó oficialmente ser Pauline Réage hasta 1994, a la edad de ochenta y seis años en *The New Yorker*— jamás adoptó públicamente posiciones antifeministas, como puede hacerlo hoy una Catherine Millet. No le gustaba el MLF, pero decía que «siempre había sido feminista». Preguntada en 1975 por la sentencia de Jean Paulhan (muerto en 1968) según la cual *Historia de O* demostraría que «todo es sexo» en las mujeres, «hasta la inteligencia», contestaba, no sin cierta insolencia: «Esto también es cierto en los hombres, todo en ellos es sexo, ¿por qué no?». Y añadía: «Cuando se trata de erotismo o de amor, los hombres olvidan que una mujer también es un ser humano, que no es únicamente un objeto erótico. En parecidas circunstancias, las mujeres casi nunca convierten al hombre en un objeto erótico, y cuando lo hacen, ellos no lo perdonan y se ofenden».[60]

Su caso demuestra que una mujer, incluso cuando escribe un bestseller internacional, puede ser amordazada, aplastada y subestimada por su entorno. Existen muy pocas entrevistas con Dominique Aury; y, sin embargo, en la de 1988, publicada por Gallimard en 1999, un año después de su muerte, su interlocutora le pregunta casi exclusivamente por Paulhan —sin duda alguna, un gran editor, pero que no dejó ninguna obra memorable— y por todos los demás grandes hombres a los que trató a lo largo de su vida, ya que fue durante veinticinco años la única mujer en el comité de lectura de Gallimard. La invita a dar su opinión de experta sobre temas como «dicen que Jean Paulhan hablaba siempre de pie» (en efecto, el mundo quiere saberlo), o a hablar de Gaston Gallimard: «¿Quién era en el fondo Gaston?». De ciento diecisiete páginas, solo trece están dedicadas a *Historia de O*...[61] Es fácil, luego, atribuir a Dominique Aury una «vocación» por la «clandestinidad»: tenía interés en que le gustara eso, ¡la pobre! ¡Como si le hubieran dejado elegir! Aunque, por otra parte, la clandestinidad del seudónimo debió de tener su encanto. Oír a Albert Camus decretar delante de ella que era imposible que *Historia de O* hubiera sido escrita por una mujer,[62] por ejemplo, debió de ser bastante gustoso...

Un veneno..., ¿o un contraveneno?

No es seguro que las fantasías de los hombres sean más genuinamente suyas, algo que también puede contrariarlos. Pero, al menos, su impregnación por la dominación masculina no implica el mismo elemento de masoquismo que para las mujeres. No se ven confrontados con esa sensación desagradable de que una parte de ellos mismos —la más íntima, la más secreta, la que se refiere a su búsqueda de placer y de realización— se haga cómplice de un orden que los oprime. La «voz ajena» que entra en la cabeza de Claire Richard resume bien esa turbación: «No, pero ¿cómo puedes ser feminista y excitarte con historias en las que las mujeres son tratadas como perras? ¿Cómo puedes leer a Christine Delphy y soñar que te tratan de puta? Hay algo en ti que no funciona. Ahora mismo vas a ponerte a releer a Monique Wittig».[63] Frente a lo que parece una disociación alarmante, Wendy Delorme rehúsa absolutamente avergonzarse o dejarse acusar del condicionamiento sufrido. Tras haber escrito una escena en la que se imagina en el centro de un *gang bang*, concluye: «No siento ninguna culpabilidad. Sin esa fantasía, tal vez tardaría más de veinte minutos en correrme, a lo mejor no gozaría, no lo sé». Y eso, añade, aunque es consciente de que lo que la hace gozar «es un síntoma de que el mundo está mal hecho, de que siglos de opresión no se borran en sesenta años de feminismo, de que es jodido no poder fantasear fuera de la jaula mental que otros han construido para mi cuerpo».[64]

Pero haber aclarado esta cuestión no lo resuelve todo. De acuerdo, no es culpa nuestra, pero ¿es grave? ¿Es algo con lo que podemos convivir o habría que tratar de cambiarlo? ¿Tiene consecuencias o no? ¿Nos hace daño sin nosotras saberlo? En 1983, irritada por no oír hablar de liberación sexual más que en términos de conocimiento anatómico (aunque admitía su importancia), la feminista australobritánica Lynne Segal consideraba que «ser capaz de tener un orgasmo gracias a fantasías intensamente masoquistas no tiene el sabor de una liberación». Y que no le digan que no se preocupe porque, de todas formas, «las fantasías evolucionan con el tiempo»: «Evolucionar con el tiempo es exactamente lo que las fantasías masoquistas no hacen. En general, sobreviven pese a nuestra búsqueda creciente de fuerza y autonomía en nuestra vida cotidiana». Dice que se rebela contra ellas y «contra la desconexión que ocasionan respecto a unos amantes que, al menos en estos últimos tiempos, son tan considerados, dulces y físicamente estimulantes como yo podría desear». Su temor no es en absoluto que esas fantasías alienten una sumisión real (no cree que eso ocurra), sino que «conviertan a la pareja en secundaria, reduciendo el sexo a la masturbación».[65]

Otras piensan que no hay problema en aceptar esa contradicción aparente entre las propias convicciones y las aspiraciones imaginarias. Entre 2010 y 2012, la escritora americana Cheryl Strayed, autora del intenso *Salvaje*,[66] dirigió anónimamente, con el título «Dear Sugar» [«Querida Sugar»], un consultorio sentimental en la página literaria de un amigo. Respondía a los dilemas de todo tipo que le sometían sus corresponsales, anónimos también, hombres o mujeres. Estos intercambios se recogieron en un libro.[67] Una de estas cartas, enviada por una mujer heterosexual de treinta y cuatro años que se define como «fuerte, independiente y feminista», se titula «Los pensamientos lúgubres me excitan». Su autora explica que sus fantasías versan sobre el incesto, sobre la idea de ser poseída brutalmente, de ser sometida. Se avergüenza aún más, dice, porque su padre, muerto en un accidente de coche cuando ella tenía ocho años, se mostraba «ligeramente abusivo» hacia ella. Le pregunta a Sugar lo que, según ella, debería hacer con estos pensamientos, «¿aceptarlos o combatirlos?». Añade que detesta las relaciones de fuerzas desequilibradas «fuera de la alcoba», que el sadomasoquismo no le interesa y que la única forma de dominación que le gustaría experimentar en la cama sería «casi únicamente conversacional».

En su respuesta, Cheryl Strayed empieza por tranquilizarla sobre su normalidad. Después le aconseja que no subestime el peso de su historia familiar y que emprenda una terapia para explorarla. Eso también le permitirá, dice, descubrir si sus fantasías están conectadas con esa historia. Ella misma piensa que puede haber una conexión, pero eso no significa en ningún caso que desee o haya deseado ser violada por nadie: «Podría significar más bien que has perdido algo o que has sido herida en un lugar que tus deseos sexuales intentan quizá —pero solo quizá— reconquistar o reparar». La invita a no tenerles miedo: «El principio de la fantasía es que es *de mentira*. Y cuando se pone en práctica una fantasía, se hace entre adultos consintientes. Hay una distancia enorme entre ser violada y pedirle a alguien que te arranque la ropa y te folle». Y remata: «Tú no quieres que te fuercen a hacer algo que no quieres hacer. Quieres lo contrario: quieres que alguien te haga lo que tú deseas que te haga». Para convencerla de que no corre ningún peligro, le recuerda un divertimento mediante el cual en el mundo anglosajón los niños juegan a darse miedo: el de «Mary Worth» o «Bloody Mary». Según la leyenda, esa mujer habría muerto en unas circunstancias espeluznantes (cuyo relato varía). El ritual consiste en ponerse delante de un espejo e invocar su nombre un determinado número de veces. Su cara ensangrentada aparecería entonces en el espejo, y podría incluso romperlo para echarse sobre ti, atacarte y matarte. Sugar aconseja a su corresponsal que se coloque también ella delante de un espejo y repita unas cuantas veces: «Los pensamientos lúgubres me excitan». «¿Se resquebrajará el espejo y se pondrá a chorrear sangre? ¿Aparecerá una cara terrorífica? ¿Saldrás chillando de la habitación? Espero que no.»[68]

Hay una pista interesante en esa idea de que unos escenarios que nos parecen comprometedores y humillantes podrían en realidad ayudarnos, tener una función terapéutica, una función de resolución. Nancy Friday considera que «somos ganadoras en todas nuestras fantasías». Incluidas las fantasías de violación: «El pretendido "violador" no es más que el *deus ex machina* que hacemos entrar en escena para catapultarnos más allá de una vida entera de tabúes femeninos en torno al sexo». Nos libera de la culpabilidad de nuestro deseo, como escribía yo más arriba. Por otra parte, la mayoría de las veces se trata de una visión de la violación totalmente irreal: nos imaginamos forzadas al principio y luego no solo consintientes, sino extáticas. Por inverosímiles que sean esos escenarios, y por problemática que sea su omnipresencia en las producciones culturales que consumimos, al menos no recurren a un masoquismo real. E incluso si entre las mujeres que han prestado testimonio en *Mi jardín secreto*, algunas tienen fantasías pobladas por los peores suplicios, eso no implica ningún deseo de transposición en el plano de la realidad. «Detesto lo que me ocurre en mis fantasías, pero están mezcladas de forma inextricable con mi placer, y este sí es real», dice una de ellas.[69]

Quizá cuando las mujeres juran que no tienen ningún deseo de ser realmente sometidas, torturadas o violadas, que les importa su integridad física y psíquica, que son independientes, feministas, etcétera, podríamos... creerlas. Quizá podríamos creernos a nosotras mismas. Puesto que se forman en momentos en que intentamos alcanzar un bienestar máximo, podemos pensar que nuestras fantasías están destinadas a allanar todas las dificultades que se nos plantean, por todos los medios posibles. ¿Y si incorporasen elementos masoquistas no como un veneno que se infiltra a pesar nuestro, sino como un contraveneno? Son de una gran plasticidad, aparecen en un abrir y cerrar de ojos, y desaparecen con la misma velocidad si no nos satisfacen; son pragmáticas, usan todo lo que les conviene. Podemos suponer que mezclan toda clase de elementos heterogéneos, que se funden unos con otros: algunos sacados de situaciones que realmente quisiéramos vivir, las estratagemas que permiten la liberación de nuestros deseos de las que habla Nancy Friday, y otras que tienen que ver con la conjuración o la reparación. Cada día, en efecto, hasta la menos feminista de las mujeres debe gastar una energía considerable, conscientemente o no, para defenderse de la dominación masculina, llegar a compromisos con ella o luchar contra ella —aunque solo sea permaneciendo vigilante cuando camina sola por la calle de noche, por ejemplo, y en toda clase de otras circunstancias—. Cabe suponer que es extenuante y que crea una tensión que, de vez en cuando, necesita relajarse.

Por momentos, tanto si somos feministas convencidas como si rechazamos esta palabra, tal vez necesitemos convertirnos mentalmente en cerditas bonitas que se revuelcan alegremente en el fango de la dominación masculina, porque es demasiado agotador estar todo el tiempo intentando evitar las salpicaduras. La fantasía de ser sumisa a uno o a varios hombres, la aceptación e incluso la reivindicación de los calificativos degradantes que nos echan a la cara, la búsqueda activa, imaginariamente, de las violencias con las que nos amenazan continuamente tal vez estén destinadas a neutralizar esa dominación, a subvertirla. El hecho de que, muchas veces, nos imaginemos que esas violencias nos dan placer (algo que solo puede producirse en el universo de la fantasía) implica que entonces ya no nos puede ocurrir ningún mal. Nuestra mente puede utilizar este ardid para convencernos de que estamos protegidas, de que somos invencibles.

Con esta hipótesis en mente, releo desde una perspectiva totalmente distinta las observaciones que he referido más arriba. «Leer a Christine Delphy» y «soñar que te tratan de puta» no implicaría ninguna contradicción, sino que, simplemente, representaría dos escapatorias distintas y complementarias frente al sexismo, dos herramientas psíquicas que usamos alternativamente. Esta podría ser también la razón por la cual las fantasías masoquistas «no evolucionan» ni siquiera cuando nos volvemos más libres y autónomas, como observaba Lynne Segal: si no desaparecen es porque la dominación masculina tampoco ha desaparecido y, por lo tanto, aún las necesitamos. Eso podría explicar por qué hay lesbianas que a veces también tienen fantasías de sumisión heterosexual, como atestigua Wendy Delorme. Asimismo, el porno feminista no nos convence del todo porque le falta esa función de conjuración. Quizá sea esto lo que quería decir la amiga de Claire Richard cuando señalaba que el porno feminista no era lo bastante «transgresor».

Eso no implica que, para nuestro propio alivio psíquico, tengamos que atracarnos de vídeos donde otras mujeres se dejan explotar y violentar de manera totalmente real (¡qué horror!). Para eso, los *hentai*, por ejemplo, los dibujos animados japoneses pornográficos —de los que también habla Claire Richard—[70] son interesantes: las fantasías pasan en ellos directamente de un cerebro al otro, sin necesitar el sacrificio de mujeres reales. Y su renuncia a cualquier tipo de realismo, que abre unas posibilidades infinitas, puede resultar liberador: no es nada plausible que te dé placer ser violada, pero de todas formas tampoco es nada plausible que te rapte un monstruo espacial con tentáculos. Si te hiciera falta una confirmación de que todo eso es pura ficción, ahí la tienes. No estoy propugnando la multiplicación de las imágenes pornográficas violentas; pero esas imágenes existen porque existe la dominación masculina. Y, mientras esto sea así, es posible que algunas mujeres las desvíen para hacer de ellas un uso defensivo.

No sé si esta hipótesis en cuanto a la función de algunas de nuestras fantasías es exacta. Pero las otras explicaciones me parece que presentan demasiadas afinidades con los viejos prejuicios sobre las mujeres como para no desconfiar: demostrarían nuestra duplicidad profunda, nuestro masoquismo innato... En cuanto a la idea de que estaríamos envenenadas por las producciones culturales que nos rodean (la *inception* de la que habla Wendy Delorme), ¿no deberíamos suponer que, en los momentos en que nuestro cerebro intenta darnos el máximo placer y hacernos alcanzar la relajación más completa, es capaz de defendernos contra ese tipo de infiltraciones indeseables? ¿No deberíamos confiar en él, aunque a veces utilice procedimientos que nos parecen algo... perturbadores?

El hecho de que la escena en la que Han Solo sorprende a la princesa Leia en *El Imperio contraataca* me impresionara tanto tal vez no traduzca la vulnerabilidad de mi mente a la cultura de la violación, sino, al contrario, el alivio que me produjo ver representada en la pantalla una actitud amenazadora que no era una verdadera amenaza: era obra de un hombre guapo, deseable y esencialmente bien intencionado que formaba parte de los «buenos»; la mujer también quería que aquello sucediera; la escena terminaba con una nota cómica que confirmaba su carácter inofensivo y enternecedor... Quizá al mirarla no aprendí a asociar la amenaza con la seducción, como escribí más tarde, sino que me sentí aliviada al ver que una amenaza resultaba ser en verdad seducción, y por tanto quedaba desactivada.

Tal vez yo lo necesitara. En aquella época, ya sabía lo que era una verdadera amenaza. A los trece años, tres alumnos mayores que yo me arrastraron diez metros en un pasillo del colegio, durante un recreo, diciendo que me iban a violar en los lavabos. Después, durante semanas, miré con repulsión en la estantería de mi armario el jersey que llevaba aquel día —un jersey de H&M de color turquesa— y creo que no me lo puse nunca más. Aunque jamás he asociado conscientemente ese tipo de episodios con mis fantasías amorosas, ¿es posible que estén totalmente desconectadas de ellos? De acuerdo: esa escena de *El Imperio contraataca* no es ninguna maravilla. A la hora de representar relaciones heterosexuales, podemos y debemos hacer algo mejor. Pero si mi cerebro la utilizó para tranquilizarme y consolarme, no quiero reprochárselo. Más bien quiero darle las gracias.

Por otra parte, incluso si las escenas impregnadas de la cultura de la violación que vemos o leemos en toda clase de obras de ficción nos marcan enormemente, sobre todo cuando somos jóvenes, y se incorporan a nuestros ensueños, ¿son acaso realmente el origen de nuestras fantasías de sumisión? Como ya he dicho, creo que las mías empezaron muy pronto, de hecho, ya en el parvulario. En aquella época, yo no sabía leer y aún no veía la televisión. ¿Hay que deducir que ya sufría la dominación masculina y que ya podía sentir una necesidad de resolver la tensión psíquica que eso me provocaba? Pues bien, ahora que lo pienso, sí. Recuerdo en particular que un niño de mi clase un día me dijo que su padre era policía, que tenía un fusil y que vendría a mi casa y me mataría. Estaba convencida de que era verdad y de que nadie podría protegerme; estaba aterrada. Estallé en sollozos y, al volver a casa, temblé de miedo toda la tarde. ¿Es posible que mis fantasías, que ponían a los niños en posición de poder, hayan tenido que ver con ese tipo de miedos, y que el juego en el que J. se arrojaba sobre mí para devorarme haya tenido como finalidad también permitirme domesticar, controlándola, la amenaza que sentía, convirtiéndola precisamente en un juego, lo cual podría explicar la satisfacción intensa que me proporcionaba?

Si este análisis es exacto, entonces es evidente el error de Jean Paulhan cuando cree ver en *Historia de O* una «confesión» sobre la naturaleza «esclava» de las mujeres. Pauline Réage no confiesa nada de nada, aparte, indirectamente, de que los falócratas como Paulhan la ponen mala (decía haberse dado cuenta tardíamente, tras recibir una carta indignada de un lector que le reprochaba mostrar a los hombres como unos cerdos, que su novela podía ser una forma de «vengarse en general de la raza masculina»).[71] Podemos suponer, pues, que también ella necesitaba relajar la tensión creada por la experiencia de la dominación. Al transformar la producción imaginaria íntima de su amante en un objeto público, en un libro de gran difusión, al tomarla al pie de la letra para hacer de ella un uso antifeminista, para alimentar la gran máquina del sexismo cotidiano, Paulhan podría haber sido, sin saberlo, a la vez un manipulador y la víctima de un enorme malentendido. Asimismo, el escenario de «violación» en el cual empezamos por debatirnos para finalmente sentir un placer que, en el secreto de nuestro cerebro, nos permite desactivar nuestros tabúes sobre el sexo, cambia completamente de sentido y de función cuando se incorpora a una obra cultural cualquiera y acredita la idea de que, cuando una mujer dice «no», en realidad piensa «sí».

No están solo las voces que se acallan, se entierran y se descalifican: también están las que se desvían, las que se utilizan y se traicionan, las que se cubren hablando más fuerte que ellas. ¿Me equivoco al pensar que eso es lo que Jean Paulhan hizo con Pauline Réage? ¿O es mi propia interpretación la que la traiciona? No lo sé. Prefiero citarla a ella:

> Estas mudas milenarias que son las mujeres, mudas por prudencia, mudas por decencia, todas tienen en la cabeza un universo del amor que no es necesariamente el de O, por supuesto que no. Y hasta

> puede ser que el de O las horrorice, pero tienen uno. Callaban. Pues se acabó. Ahora hablarán, ahora hablan.[72]

Esperemos que cada vez sean más y que cada vez hablen más alto. Y que sus voces ocupen, por fin, todo el lugar que les corresponde en la definición de lo que llamamos amor.

AGRADECIMIENTOS

Doy las gracias especialmente a mi amiga Chenda Khun (Aurélia Aurita, la autora de cómics), que a través de múltiples conversaciones me ha permitido sacar provecho de sus lecturas, observaciones y reflexiones sobre el tema del amor heterosexual, y que ha sido además mi primera lectora.

Gracias por el apoyo, las conversaciones, el aliento o las sugerencias a Akram Belkaïd, Denise Chollet, Simon Chollet, Irina Cotseli, Ludmila Dallon Koechlin, Khadija Delaval, Constance Frei, Jean-François Hugel, Vincent Jacquemet, Daria Michel Scotti, Naïri Nahapétian, Isabelle Olivier, Serge Rezvani, Elisa Rojas y Victoire Tuaillon.

Gracias por sus valiosas lecturas y comentarios a Meryem Belkaïd, Katia Berger, Johanna Bourgault, Dominique Brancher, Sébastien Fontenelle, Frédéric Le Van, Thomas Lemahieu, Anne-Marie Lugan Dardigna, Joyce A. Nashawati y Sylvie Tissot.

Gracias a Laurent Sciamma, que ha tenido la bondad de pasarme el texto de su (formidable) espectáculo *Bonhomme*.

Gracias a mi director, Serge Halimi, y a mi redactor jefe, Benoît Bréville, que me concedieron un permiso sabático para trabajar en este libro.

Gracias, por último, a mi editor, Grégoire Chamayou, así como a mi agente, Ariane Geffard, y a todo el equipo de la editorial La Découverte, en particular a Stéphanie Chevrier, Thomas Deltombe, Pascale Iltis, Marieke Joly y Delphine Ribouchon.

NOTAS

Introducción. La ilusión del oasis

1. *A Lady Comes to Her Lover's House in a Rainstorm*, Tercera Colección Edwin Binney, Museo de Arte de San Diego, *c.* 1830.

2. Alain Badiou (con Nicolas Truong), *Éloge de l'amour*, París, Flammarion, 2009 (trad. cast.: *Elogio del amor*, Madrid, La Esfera de los Libros, 2011).

3. Annie Ernaux, *Passion simple*, París, Gallimard, 1991 (trad. cast.: *Pura pasión*, Barcelona, Tusquets, 1998).

4. Fuente: colectivo Féminicides par Compagnon ou Ex (en España, ese mismo año de 2020, cuarenta y cinco mujeres fueron asesinadas por sus parejas; en 2021, la cifra fue de cuarenta y tres; véanse <https://elpais.com/sociedad/2021-01-04/2020-el-ano-con-menos-asesinadas-pero-no-menos-violencia-machista.html> y <https://www.publico.es/sociedad/violencia-genero-2021-disminuyen-feminicidios-duplican-asesinatos-menores.html>, respectivamente *[N. de la T.]*).

5. Cristina Nehring, *A Vindication of Love: Reclaiming Romance for the Twenty-First Century*, Nueva York, HarperCollins, 2009 (trad. cast.: *A favor del amor*, Barcelona, Lumen, 2022).

6. Wendy Langford, *Revolutions of the Heart: Gender, Power and the Delusions of Love*, Londres, Routledge, 1999.

7. Cristina Nehring, *A Vindication of Love*, *op. cit.*

8. Escuchar en particular el pódcast de Victoire Tuaillon «Le cœur sur la table» [«El corazón sobre la mesa»], Binge Audio, 2021.

9. Amandine Dhée, *À mains nues*, Lille, Éditions La Contre-Allée, 2020.

10. Liv Strömquist, *Les sentiments du prince Charles*, París, Rackham, 2016 [2012] (trad. cast.: *Los sentimientos del príncipe Carlos*, Barcelona, Reservoir Books, 2019), *I'm Every Woman*, París, Rackham, 2018, y *La rose la plus rouge s'épanouit*, Rackham, París, 2019 (a partir de esta última novela gráfica, se ha creado el pódcast en castellano *La rosa más roja se despliega*, en <https://podimo.com/es/shows/697e0a55-1b85-4109-a830-ac14cb15ad71> *[N. de la T.]*).

11. Fanny Arlandis, «Joumana Haddad: "L'écriture a allégé le poids de mon identité"», *Télérama*, 6 de octubre de 2019.

12. Es su seudónimo, y pide que se escriba con las iniciales en minúscula para significar que es la sustancia de sus libros lo que importa, y no su persona.

13. bell hooks, *Communion: The Female Search for Love*, Nueva York, Harper Perennial, 2002.

14. Mona Chollet, capítulo «Une vie à soi», *Sorcières: la puissance invaincue des femmes*, París, Zones, 2018 (trad. cast.: *Brujas: ¿estigma o la fuerza invencible de las mujeres?*, Barcelona, Ediciones B., 2020).

15. Cristina Nehring, *A Vindication of Love*, *op. cit.*

16. bell hooks, *All about Love: New Visions*, Nueva York, Harper, 2000 (trad. cast.: *Todo sobre el amor*, Barcelona, Paidós, 2021).

17. Patricia Mercader, Annik Houel y Helga Sobota, «L'asymétrie des comportements amoureux: violences et passions dans le crime dit passionnel», *Sociétés Contemporaines*, n.º 55, 2004, págs. 91-113.

18. En RTL, el 10 de marzo de 1971, Ménie Grégoire presentó en directo una edición de su programa (*Allô, Ménie*) titulada «L'homosexualité, ce douloureux problème» [«La homosexualidad, ese problema doloroso»]. Presentes en la sala, los militantes del Front homosexuel d'action révolutionnaire (FHAR) realizaron ese día su primera acción.

19. Alice Coffin, *Le génie lesbien*, París, Grasset, 2020.

20. Citado por Jane Ward, *The Tragedy of Heterosexuality*, Nueva York, New York University Press, 2020.

21. Una de las nueve manifestantes que el 26 de agosto de 1979, en el Arco de Triunfo de París, depositaron una corona en memoria de la mujer del soldado desconocido, para celebrar el nacimiento del Movimiento de Liberación de las Mujeres (MLF).

22. Emmanuèle de Lesseps, «Hétérosexualité et féminisme», *Questions Féministes*, n.º 7, 1980, págs. 25-43.

23. Adrienne Rich, «La contrainte à l'hétérosexualité et l'existence lesbienne», en *La contrainte à l'hétérosexualité, et autres essais*, Ginebra/Lausana, Éditions Mamamélis/Nouvelles Questions Féministes, 2010 [1980].

24. En su conferencia «The Straight Mind», impartida en el Barnard College de Nueva York, en abril de 1979. Monique Wittig, *La pensée straight*, París, Éditions Amsterdam, 2018 [1992] (trad. cast.: *Pensamiento heterosexual y otros ensayos*, Barcelona, Egales, 2005).

25. Annick Cojean, «Virginie Despentes: "Cette histoire de féminité, c'est de l'arnaque"», *Le Monde*, 9 de julio de 2017.

26. Véase @hets_explain_yourselves.

27. Jane Ward, *The Tragedy of Heterosexuality*, *op. cit.*

28. Marie-France Hirigoyen, *Femmes sous emprise: les ressorts de la violence dans le couple*, París, Oh! Éditions, 2005 (trad. cast.: *Mujeres maltratadas: los mecanismos de la violencia en la pareja*, Barcelona, Paidós, 2006).

29. Jane Ward, *The Tragedy of Heterosexuality*, *op. cit.*

30. Véase al respecto Mélanie Gourarier, *Alpha Mâle: séduire les femmes pour s'apprécier entre hommes*, París, Seuil, 2017.

31. Jane Ward, *The Tragedy of Heterosexuality*, *op. cit.*

32. El patriarcado es un sistema de organización social donde los hombres ejercen el poder y detentan la autoridad en todos los ámbitos.

33. Emmanuèle de Lesseps, «Hétérosexualité et féminisme», art. cit.

34. Alice Coffin, *Le génie lesbien*, *op. cit.*

35. Emmanuèle de Lesseps, «Hétérosexualité et féminisme», art. cit.

Prólogo. Entre conformismo y nihilismo

1. Sally Rooney, *Normal People*, París, L'Olivier, París, 2021 [2018] (trad. cast.: *Gente normal*, Barcelona, Literatura Random House, 2019).

2. bell hooks, *All about Love*, *op. cit.*

3. André Gorz, *Lettre à D.: histoire d'un amour*, París, Galilée, 2006 (trad. cast.: *Carta a D.: historia de un amor*, Barcelona, Paidós, 2008).

4. Benoîte Groult y Paul Guimard, *Journal amoureux, 1951-1953*, París, Stock, 2021.

5. Anne-Marie Dardigna, *Les châteaux d'Éros, ou les infortunes du sexe des femmes*, París, Maspero, 1980.

6. Denis de Rougemont, *L'amour et l'Occident*, París, 10/18, 2001 [1939] (trad. cast.: *El amor y Occidente*, Barcelona, Kairós, 1993).

7. *Ibidem.*

8. Albert Cohen, *Belle du Seigneur*, París, Gallimard, 1998 [1968] (trad. cast.: *Bella del Señor*, Barcelona, Anagrama, 1987).

9. Denis de Rougemont, *L'amour et l'Occident*, *op. cit.*

10. Albert Cohen, *Belle du Seigneur*, *op. cit.*

11. «Radioscopie», France Inter, 2 de abril de 1980.

12. Anne-Marie Dardigna, *Les châteaux d'Éros*, *op. cit.*

13. Eva Illouz, *La fin de l'amour: enquête sur un désarroi contemporain*, París, Seuil, 2020 (trad. cast.: *El fin del amor: una sociología de las relaciones negativas*, Madrid, Katz, 2020).

14. Clément Arbrun, «Pourquoi les femmes souffrent du "caca-shaming"», *Terrafemina*, 20 de septiembre de 2019.

15. *Ibidem.*

16. Natasha Hinde, «Elle tente de récupérer son caca chez son "match" Tinder et ça se termine très mal», *HuffPost*, 7 de septiembre de 2017.

17. Sandra Lorenzo, «Le désormais célèbre "rendez-vous Tinder caca" a eu son happy end», *HuffPost*, 13 de septiembre de 2017.

18. «Fariha Róisín, Writer», *Into the Gloss*, septiembre de 2019, <https://intothegloss.com>.

19. «Radioscopie», France Inter, 1 de abril de 1980.

20. Nancy Huston, *Professeurs de désespoir*, Arlés, Actes Sud, 2004.

21. Reflejan las del propio Albert Cohen. En el programa «Radioscopie» (4 de abril de 1980), en France Inter, afirmaba que entre hombres y mujeres debería haber unas «relaciones de feudalismo». Exigía que se dijera «Solal y Ariane», por este orden: «Sí, el hombre primero, por supuesto». De Marguerite Yourcenar decía, frente a un Jacques Chancel escandalizado: «No he leído nada, es demasiado fea.

De ese cuerpo horrible no puede salir nada grande. [...] Está demasiado gorda. Y además, le gustan las mujeres, todo eso me desagrada mucho».

22. Véase al respecto Dossie Easton y Janet W. Hardy, *La salope éthique: guide pratique pour des relations libres sereines*, Milly-la-Forêt, Tabou, 2019 [1997] (trad. cast.: *Ética promiscua: una guía práctica para el poliamor, las relaciones abiertas y otras libertades en el sexo y el amor*, Santa Cruz de Tenerife, Melusina, 2020, 3.ª ed.).

23. Cristina Nehring, *A Vindication of Love, op. cit.* Para una visión más crítica, Julie Beauzac, «Vénus s'épilait-elle la chatte? 2/2», pódcast *Frida Kahlo, au-delà du mythe*, 26 de febrero de 2020, <www.venuslepodcast.com>.

24. Citado por Jane Ward, *The Tragedy of Heterosexuality, op. cit.*

25. Denis de Rougemont, *L'amour et l'Occident, op. cit.*

26. Judith Duportail, *L'amour sous algorithme*, París, Éditions Goutte d'Or, 2019 (trad. cast.: *El algoritmo del amor*, Barcelona, Contra, 2019).

27. Denis de Rougemont, *L'amour et l'Occident, op. cit.*

28. Véase Mona Chollet, «Éloigner les hommes et les femmes», en el capítulo «L'hypnose du bonheur familial», *Chez soi: une odyssée de l'espace domestique*, París, La Découverte, 2018 [2015].

29. Marlène Duretz, «Les nostalgiques du confinement rechignent à quitter leur cocon», *Le Monde*, 12 de mayo de 2020.

30. Gloria Campana, *L'énigme Rezvani*, MC4 Production, 2003.

31. Rezvani, *Le roman d'une maison*, Arlés, Actes Sud, 2001.

32. Séverine Auffret, *Des blessures et des jeux: manuel d'imagination libre*, Arlés, Actes Sud, 2003.

33. André Gorz, *Lettre à D., op. cit.*

34. Véase Mona Chollet, «Comme si ta vocation était de me conforter dans la mienne», *La Méridienne*, 28 de diciembre de 2017, <www.la-meridienne.info>.

35. Cristina Nehring, *A Vindication of Love, op. cit.*

36. Grace Dent, «Gwyneth Paltrow Is Right – Living Apart from My Partner Is like Having My Cake and Eating It», *The Guardian*, 22 de junio de 2019.

37. Nancy Huston, *Journal de la création*, Arlés, Actes Sud, 1990.

38. Citado por Cristina Nehring, *A Vindication of Love, op. cit.*

39. Eva Illouz, *La fin de l'amour*, *op. cit.*

40. Julia Sklar, «When Living Apart Keeps You Together», *Curbed*, 12 de febrero de 2020, <www. curbed.com>.

41. Voltairine de Cleyre, *Le mariage est une mauvaise action*, París, Éditions du Sextant, 2009 [1907].

42. *Ibidem.*

43. Evelyne Le Garrec, *Un lit à soi*, París, Seuil, 1979.

44. Julia Sklar, «When Living Apart Keeps You Together», art. cit.

45. Véase Mona Chollet, capítulos «Métamorphoses de la boniche» y «L'hypnose du bonheur familial», *Chez soi*, *op. cit.*, y sección «Des femmes toujours "fondues"» y siguientes, y el capítulo «Une vie à soi», Sorcières, *op. cit.*

46. Véase @taspensea, Instagram, 5 de marzo de 2021.

47. Marie-Carmen Garcia, *Amours clandestines: sociologie de l'extraconjugalité durable*, Lyon, Presses universitaires de Lyon, 2016.

Capítulo 1. ¿«Hacerse pequeñita» para ser amada?

1. «Non, Nicolas Sarkozy n'a pas été retouché pour apparaître plus grand», *Paris Match*, 4 de julio de 2019, <www.parismatch.com>.

2. Pauline Thurier, «Pourquoi la une de Paris Match avec Nicolas Sarkozy et Carla Bruni pose problème», *Les Inrockuptibles*, 5 de julio de 2019, <www.lesinrocks.com>.

3. Manon Garcia, *On ne naît pas soumise, on le devient*, París, Climats/Flammarion, 2018 (trad. cast.: *No nacemos sumisas, devenimos*, Ciudad de México, Siglo XXI, 2021).

4. Katrin Bennhold, «Keeping Romance Alive in the Age of Female Empowerment», *The New York Times,* 30 de noviembre de 2010.

5. Nicolas Herpin, «La taille des hommes: son incidence sur la vie en couple et la carrière professionnelle», *Économie et Statistique,* junio de 2003.

6. Daphnée Leportois, «Pourquoi on voit si peu de couples où l'homme est plus petit que la femme», Slate.fr, 23 de agosto de 2019.

7. *Ibidem.*

8. Véronique Kleiner, *Pourquoi les femmes sont-elles plus petites que les hommes?*, Point du jour, 2013.

9. Priscille Touraille, *Hommes grands, femmes petites: une évolu-*

tion coûteuse. Les régimes de genre comme force sélective de l'adaptation biologique, París, Éditions de la Maison des sciences de l'homme, 2008.

10. Véronique Kleiner, *Pourquoi les femmes sont-elles plus petites que les hommes?*, *op. cit.*

11. Véase Mona Chollet, sección «Femmes et nourriture, un rendez-vous toujours manqué», *Beauté fatale: les nouveaux visages d'une aliénation féminine*, París, La Découverte, 2015 [2012] (trad. cast.: *Belleza fatal: la tiranía del look o los nuevos rostros de una alienación femenina*, Barcelona, Ediciones B., 2020).

12. Citado por Peggy Sastre, «Si les femmes sont plus petites que les hommes, ce n'est pas à cause du steak», Slate.fr, 22 de diciembre de 2017. Véase también Philippe Huneman, «Sur une polémique concernant une hypothèse relative au dimorphisme sexuel de la stature chez les humains», 3 de mayo de 2020, <https://philippe-huneman.medium.com>.

13. Mona Chollet, *Beauté fatale*, *op. cit.*

14. Mona Chollet, capítulo «L'ivresse des cimes», *Sorcières*, *op. cit.*

15. Noémie Renard, «L'impuissance comme idéal de beauté des femmes», *Sexisme et Sciences Humaines*, 2 de enero de 2016, <https://antisexisme.net>.

16. Poppy Noor, «What Is "Sexy Baby Voice"? We Spoke to a Sociologist to Find out More», *The Guardian*, 26 de febrero de 2020.

17. «La voix neutre n'existe pas», *Parler comme jamais*, Binge Audio, 7 de abril de 2020.

18. Catherine Schwaab, «Anna Mouglalis: le jour où "je décide de garder ma voix... et trouve ma voie"», *Paris Match*, 6 de noviembre de 2019.

19. Marie Piat, «Photos: ces stars féminines trop musclées!», *Public*, 27 de octubre de 2013, <www.public.fr>.

20. Géraldine Sarratia, «Paul B. Preciado: "Ma masculinité dissidente est aussi délirante que la masculinité normale"», *Le Goût de M*, 22 de mayo de 2020, <www.lemonde.fr>.

21. Alice Zeniter, *Je suis une fille sans histoire*, París, L'Arche, 2021.

22. Citado por Erika Nicole Kendall, «Female Athletes often Face the Femininity Police – Especially Serena Williams», *The Guardian*, 14 de julio de 2015.

23. George Butler, *Pumping Iron II: The Women*, White Mountain Films, 1985.

24. «Feed the Man Meat», anuncio de la Australian Meat and Livestock Corporation en la década de 1970.

25. Gloria Steinem, «The Strongest Woman in the World», *Moving Beyond Words: Age, Rage, Sex, Power, Money, Muscles: Breaking the Boundaries of Gender*, Nueva York, Simon & Schuster, 1994.

26. Mathieu Palain y Cécile Laffon, *Des hommes violents*, episodio 3, France Culture, 21 de noviembre de 2019.

27. En Francia, los hombres ganan de media un 22,8 % más que las mujeres. Véase «Les inégalités de salaires entre les femmes et les hommes: état des lieux», *Observatoire des Inégalités*, 25 de marzo de 2019, <www.inegalites.fr> (la brecha salarial en España entre hombres y mujeres fue de un 20,29 % en 2020; en 2022 ascendió al 34,6 %. Véase<https://www.lavozdegalicia.es/noticia/economia/2022/02/21/ertes-disparan-brecha-salarial-mujeres-hombres-durante-pandemia-346/00031645442787093816758.htm> *[N. de la T.]*).

28. Sendhil Mullainathan, «The Hidden Taxes on Women», *The New York Times*, 2 de marzo de 2018.

29. Lauren Provost, «Le divorce: la malédiction de l'Oscar, selon une étude canadienne», *HuffPost*, 27 de febrero de 2012.

30. Olle Folke y Johanna Rickne, «Top Jobs Lead to Divorce for Women, but Not for Men», *LSE Business Review*, 11 de julio de 2019, <https://blogs.lse.ac.uk>.

31. Raymond Fisman, Sheena Iyengar, Emir Kamenica e Itamar Simonson, «Gender Differences in Mate Selection: Evidence from a Speed Dating Experiment», *The Quarterly Journal of Economics*, vol. 121, n.º 2, febrero de 2006.

32. bell hooks, *Communion*, *op. cit.*

33. Sophie Fontanel, *Nobelle*, París, Robert Laffont, 2019.

34. Eva Illouz, *La fin de l'amour*, *op. cit.*

35. Un recuerdo del Festival Albertine, organizado en otoño de 2017 por los servicios culturales de la embajada de Francia en Nueva York y dedicado ese año al feminismo, con Steinem como comisaria.

36. Eva Illouz, *La fin de l'amour*, *op. cit.*

37. «Le jour où Keanu Reeves a protégé Winona Ryder sur le tournage de *Dracula*», *Vanity Fair*, 23 de junio de 2020.

38. Newsletter *Slate x Titiou*, 26 de junio de 2020.

39. *C à vous*, France 5, 8 de marzo de 2019.

40. Jean Duncombe y Dennis Marsden, «Love and Intimacy: The Gender Division of Emotion and "Emotion Work": A Neglected Aspect of Sociological Discussion of Heterosexual Relationships», *Sociology*, vol. 27, n.º 2, mayo de 1993, págs. 221-241.

41. Jane Birkin, *Munkey Diaries (1957-1982)*, París, Fayard, 2018, y *Post-Scriptum (1982-2013)*, París, Fayard, 2019. Totas las citas que siguen están sacadas de estos libros.

42. Pierre Loti, *Madame Chrysanthème*, París, Flammarion, 1900 [1887] (trad. cast.: *Madama Crisantemo*, La Coruña, Ediciones del Viento, 2006). Lo mismo para las citas siguientes.

43. Michel Brix señala que Kuchuk Hanem «residía en Esneh (Esna), en el Alto Egipto, en la orilla occidental del Nilo. El Gobierno egipcio había relegado en Esneh a las prostitutas, lo cual en aquellla época convertía a esa localidad en una "atracción turística", como diríamos hoy» (Michel Brix, «Flaubert et Kuchuk Hanem: un sonnet retrouvé», Centre Flaubert, <https://flaubert.univ-rouen.fr>).

44. Gustave Flaubert, carta a Louis Bouilhet, 13 de marzo de 1850.

45. Edward W. Said, *L'orientalisme: l'Orient créé par l'Occident*, París, Seuil, 1997 [1978] (trad. cast.: *Orientalismo*, Barcelona, Debolsillo, 2003).

46. Gustave Flaubert, carta a Louise Colet, 27 de marzo de 1853.

47. Louis Malleret, *L'exotisme indochinois dans la littérature française depuis 1860*, París, Larose, 1934.

48. Elisa Camiscioli y Christelle Taraud, «Économie politique de la sexualité coloniale et raciale», en Gilles Boëtsch *et al.* (comps.), *Sexualités, identités & corps colonisés*, París, CNRS Éditions, 2019.

49. Serge Tcherkézoff, «La construction du corps sexualisé de la Polynésienne», en Gilles Boëtsch *et al.* (comps.), *Sexualités, identités & corps colonisés*, *op. cit.*

50. Jean-François Staszak, «Paul Gauguin», en Pascal Blanchard, Nicolas Bancel, Gilles Boëtsch, Christelle Taraud y Dominic Thomas (comps.), *Sexe, race et colonies: la domination des corps du XVe siècle à nos jours*, París, La Découverte, 2018.

51. Léo Pajon, «Gauguin: Voyage de Tahiti: la pédophilie est

moins grave sous les tropiques», *Jeune Afrique*, 21 de septiembre de 2017.

52. Tarita Tériipaia (con Lionel Duroy), *Marlon: mon amour, ma déchirure*, París, XO Éditions, 2005 (trad. cast.: *Marlon, amor imposible*, Barcelona, Ediciones B, 2005).

53. Rokhaya Diallo y Grace Ly, «La geisha, la panthère et la gazelle», *Kiffe ta race*, Binge Audio, 9 de octubre de 2018.

54. Catherine Durand, «Grace Ly: "Je ne laisse plus rien passer"», *Marie Claire*, abril de 2021.

55. Franchesca Ramsey, «The Weird History of Asian Sex Stereotypes», «Decoded», MTV, 25 de mayo de 2016.

56. Jean-François Staszak y Christelle Taraud, «Les nouveaux territoires de la sexualité postcoloniale», en Gilles Boëtsch *et al.* (comps.), *Sexualités, identités & corps colonisés*, *op. cit.*

57. Clément Pouré, «La Yellow Fever n'est rien d'autre qu'un fétichisme raciste», Vice.com, 5 de julio de 2018.

58. Julien Brygo, «Profession, domestique», *Le Monde diplomatique*, septiembre de 2011.

59. Robin Zheng, «Why Yellow Fever Isn't Flattering: A Case against Racial Fetishes», *Journal of the American Philosophical Association*, vol. 2, n.º 3, otoño de 2016, págs. 400-419.

60. *Ibidem.*

61. Pauline Verduzier, «Le problème avec les hommes qui n'aiment que les femmes asiatiques», Slate.fr, 19 de enero de 2019.

62. «"They're All so Beautiful": Seeking Asian Female», YouTube, 27 de marzo 2013.

63. Marion Bottero, «Le fantasme de la femme thaïlandaise et la crise occidentale de la masculinité», *Moussons*, n.º 29, 2017, págs. 187-208.

64. «Vincent Cassel: "Les hommes? On n'est un peu que notre bite..."», *Closer*, 9 de febrero de 2011.

65. Valentin Etancelin, «Après les César, ce message de Vincent Cassel passe très mal», *HuffPost*, 3 de marzo de 2020.

66. Dalia Gebrial, «Decolonising Desire: The Politics of Love», Verso, 13 de febrero de 2017, <www.versobooks.com>.

67. Robin Zheng, «Why Yellow Fever Isn't Flattering: A Case against Racial Fetishes», art. cit.

68. Grace Ly, «"Je suis une femme asiatique et je n'en peux plus

des hommes qui ne sortent qu'avec des Asiatiques"», *Elle*, 8 de enero de 2019.

69. Citado por Marion Bottero, «Le fantasme de la femme thaïlandaise et la crise occidentale de la masculinité», art. cit.

70. Adila Bennedjaï-Zou, *Heureuse comme une Arabe en France* (serie documental), episodio 3, «Les ambitieuses», LSD, France Culture, 29 de mayo de 2019.

71. Simone de Beauvoir, *Le deuxième sexe*, tomo I, París, Gallimard, 2016 [1949] (trad. cast.: *El segundo sexo*, Madrid, Cátedra, 2017).

Capítulo 2. Hombres de verdad

1. Shere Hite, *Women and Love: A Cultural Revolution in Progress*, Nueva York, Alfred A. Knopf, 1987 (trad. cast.: *Mujeres y amor*, Barcelona, Plaza & Janés, 1988).

2. Lorraine de Foucher, «Féminicides: "La logique patriarcale la plus pure se loge au cœur de l'intime"», *Le Monde*, 3 de junio de 2020.

3. Véase Irene Zeilinger, *Non, c'est non: petit manuel d'autodéfense à l'usage de toutes les femmes qui en ont marre de se faire emmerder sans rien dire*, París, La Découverte, 2018 [2008].

4. Lorraine de Foucher, *Féminicides*, France 2, 2 de junio de 2020.

5. Eva Illouz, *La fin de l'amour*, *op. cit.*

6. Véase @judithduportail, Instagram, 22 de diciembre de 2020.

7. Liv Strömquist, *La rose la plus rouge s'épanouit*, *op. cit.*

8. Marie-France Hirigoyen, *Femmes sous emprise*, *op. cit.*

9. *Ibidem.*

10. Véase Mona Chollet, sección «Quand les femmes commencent à répondre», en el capítulo «L'ivresse des cimes», *Sorcières, op. cit.*

11. *Ibidem.*

12. Annette Lucas y Jane Evelyn Atwood, *À contre-coups*, París, Xavier Barral, 2006.

13. *Ibidem.*

14. Marie-France Hirigoyen, *Femmes sous emprise, op. cit.*

15. Judith Duportail, *Qui est Miss Paddle?*, episodios 5 y 6, Pavillon Sonore, 30 de abril de 2020.

16. Sophie Lambda, *Tant pis pour l'amour, ou comment j'ai survécu à un manipulateur*, París, Delcourt, 2019.

17. Elisende Coladan, «Pervers narcissiques ou enfants sains du patriarcat?», 1 de marzo de 2019, <www.therapie-feministe-elisende.com>.

18. Marie-France Hirigoyen, *Femmes sous emprise*, *op. cit.*

19. Annette Lucas y Jane Evelyn Atwood, *À contre-coups*, *op. cit.*

20. *Ibidem.*

21. Mathieu Palain y Cécile Laffon, *Des hommes violents*, episodio 2, France Culture, 21 de noviembre de 2019.

22. «Affaire Bertrand Cantat: le document inédit», *Enquête exclusive*, M6, 24 de noviembre de 2019.

23. Mathieu Palain y Cécile Laffon, *Des hommes violents*, episodio 1, France Culture, 21 de noviembre de 2019.

24. La respuesta institucional es muy importante. Mientras que en Francia el porcentaje de recidivas es del 45 %, en Douai bajó hasta el 6 % cuando Luc Frémiot, que había tomado la iniciativa de implementar medidas más taxativas, era fiscal allí (entre 2003 y 2010). El magistrado consideraba que los cursos de dos días no servían para nada y preconizaba un mínimo de cuatro meses. Véase Flora Sauvage, «Violences conjugales: "Beaucoup de femmes victimes vivent dans des camisoles de force qui entravent leurs libertés"», Public Sénat, 28 de mayo de 2020, <www.publicsenat.fr> (en España, el índice de reincidencia de los condenados por violencia de género oscila entre el 21 y el 35 %, según un metaanálisis de Bab-Cock realizado en 2019, <https://cadenaser.com/ser/2019/02/14/tribunales/1550173136_478137.html>. Por su parte, según datos también de 2019, «el 93 % de los condenados por violencia de género que participaron en un programa de tratamiento terapéutico no reincidieron», <https://www.eldiario.es/andalucia/violencia-de-genero-reinsercion-justicia-justicia-reincidencia-instituciones-penitenciarias_1_1588561.html> *[N. de la T.]*).

25. John Stoltenberg, *Refuser d'être un homme: pour en finir avec la virilité*, París/Quebec, Syllepse/M Éditeur, 2013 [1989].

26. Alexandra Lange (con la colaboración de Laurent Briot), *Acquittée,* París, Michel Lafon, 2012.

27. Annette Lucas y Jane Evelyn Atwood, *À contre-coups*, *op. cit.*

28. Annik Houel, Patricia Mercader y Helga Sobota, *Crime passionnel, crime ordinaire*, París, Presses universitaires de France, 2003.

29. «"Le crime passionnel n'existe pas en droit français"», *Elle*, 3 de noviembre de 2017.

30. John Stoltenberg, *Refuser d'être un homme*, *op. cit.*

31. Alissa Wenz, *À trop aimer*, París, Denoël, 2020.

32. Lucile Cipriani, «Mort de Marie Trintignant: nul n'a su contourner l'agresseur», *Le Devoir*, 3 de septiembre de 2003.

33. Edward Podolsky, *Sex Today in Wedded Life: A Doctor's Confidential Advice*, Nueva York, Simon Publications, 1947. Citado por Jane Ward, *The Tragedy of Heterosexuality*, *op. cit.*

34. Mathieu Palain y Cécile Laffon, *Des hommes violents*, episodio 1, *op. cit.*

35. Peggy Orenstein, *Sobre las chicas y el sexo*, Planeta, 2019.

36. Claire Fleury, «"La première fois qu'il m'a frappée..."», *Le Nouvel Observateur*, 7-13 de junio de 2007.

37. Marie-France Hirigoyen, *Femmes sous emprise*, *op. cit.*

38. Annette Lucas y Jane Evelyn Atwood, *À contre-coups*, *op. cit.*

39. Annik Houel, Patricia Mercader y Helga Sobota, *Crime passionnel, crime ordinaire*, *op. cit.*

40. Annette Lucas y Jane Evelyn Atwood, *À contre-coups*, *op. cit.*

41. Claire Fleury, «"La première fois qu'il m'a frappée..."», art. cit.

42. Anne-Sophie Jahn, «Bertrand Cantat, enquête sur une omerta», *Le Point*, 29 de noviembre de 2017. En enero de 2020, Cantat perdió el juicio que había iniciado contra el semanario por dicho artículo.

43. Véase Alice Coffin, «*Libération* est-il un allié contre le sexisme?», 28 de mayo de 2016, <https://alicecoffin.wordpress.com>.

44. Luc Le Vaillant, «Non violente», *Libération*, 30 de marzo de 2004.

45. «Affaire Bertrand Cantat: le document inédit», art. cit.

46. Alexandra Lange (con Laurent Briot), *Acquittée*, *op. cit.*

47. Annette Lucas y Jane Evelyn Atwood, *À contre-coups*, *op. cit.*

48. *Ibidem.*

49. Sophie Lambda, *Tant pis pour l'amour*, *op. cit.*

50. Annette Lucas y Jane Evelyn Atwood, *À contre-coups*, *op. cit.*

51. Alexandra Lange (con Laurent Briot), *Acquittée*, *op. cit.*

52. #NousToutes, formación en línea sobre la violencia contra las mujeres, 30 de mayo de 2020, <www.noustoutes.org>.

53. Alexandra Lange (con Laurent Briot), *Acquittée*, *op. cit.*

54. Mathieu Palain y Cécile Laffon, *Des hommes violents*, episodio 1, *op. cit.*

55. Isabelle Horlans, *L'amour (fou) pour un criminel*, París, Le Cherche Midi, 2015.

56. Sheila Isenberg, *Women Who Love Men Who Kill*, Nueva York, Simon & Schuster, 1991.

57. Isabelle Horlans, *L'amour (fou) pour un criminel*, *op. cit.*

58. *Ibidem.*

59. Sheila Isenberg, *Women Who Love Men Who Kill*, *op. cit.*

60. Isabelle Horlans, *L'amour (fou) pour un criminel*, *op. cit.*

61. *Ibidem.*

62. Ann Rule, *Un tueur si proche*, París, Michel Lafon, 2020 [1980].

63. Isabelle Horlans, *L'amour (fou) pour un criminel*, *op. cit.*

64. Sheila Isenberg, *Women Who Love Men Who Kill*, *op. cit.*

65. Isabelle Horlans, *L'amour (fou) pour un criminel*, *op. cit.*

66. Sheila Isenberg, *Women Who Love Men Who Kill*, *op. cit.*

67. «*Oh c'mon please now / Talk to me / Tell me things I could find helpful*».

68. Anne-Cécile Sarfati, «Guy Georges, l'aveu fait aux femmes», *Elle*, 2 de abril de 2001.

69. *Ibidem.*

70. Patricia Tourancheau, «"Avez-vous tué...?" "Oui"», *Libération*, 28 de marzo de 2001.

71. Citado por Nathalie Malet, «"Il manque encore des réponses"», *Libération*, 28 de marzo de 2001.

72. Citado por Patricia Tourancheau, «"Avez-vous tué...?" "Oui"», art. cit.

73. La Direction départementale des affaires sanitaires et sociales, que durante mucho tiempo fue la encargada de los niños colocados en familias de acogida.

74. Citado por Anne-Cécile Sarfati, «Guy Georges, l'aveu fait aux femmes», art. cit.

75. Isabelle Horlans, *L'amour (fou) pour un criminel*, *op. cit.*

76. R. J. Parker, *Serial Killer Groupies*, CreateSpace, 2013.

77. Isabelle Horlans, *L'amour (fou) pour un criminel*, *op. cit.*

78. *Ibidem.*

79. R. J. Parker, *Serial Killer Groupies*, *op. cit.* Se trata evidentemente de un punto de vista muy parcial y paradójico del papel de compañera de un preso, muy lejos de las dificultades y de la estigmatización que viven las mujeres que sufren esa condición.

80. Isabelle Horlans, *L'amour (fou) pour un criminel*, *op. cit.*

81. Gwen Gowen y Alexa Valiente, «How a Florida Woman and Convicted Serial Killer on Death Row Met and Fell in Love», ABC News, 21 de agosto de 2015.

82. Sheila Isenberg, *Women Who Love Men Who Kill*, *op. cit.*

83. Isabelle Horlans, *L'amour (fou) pour un criminel*, *op. cit.*

84. Sophie Lambda, *Tant pis pour l'amour*, *op. cit.*

85. Isabelle Horlans, *L'amour (fou) pour un criminel*, *op. cit.*

86. Annette Lucas y Jane Evelyn Atwood, *À contre-coups*, *op. cit.*

87. Alissa Wenz, *À trop aimer*, *op. cit.*

88. Robin Norwood, *Ces femmes qui aiment trop*, París, J'ai lu, 2013 [1985] (trad. cast.: *Las mujeres que aman demasiado*, Barcelona, Ediciones B, 2019).

89. @toilets_queens_berlin, Instagram, 3 de diciembre de 2017.

90. Annik Houel, Patricia Mercader y Helga Sobota, *Crime passionnel, crime ordinaire*, *op. cit.*

91. Hélène Châtelain, Claude Faber y Armand Gatti, «Bertrand Cantat reste des nôtres», *Le Monde*, 16 de agosto de 2003.

92. Nelly Kaprièlian, «Cantat, un héros romantique?!», *Les Inrockuptibles*, 3 de septiembre de 2003.

93. Valérie Toranian, «La mort de Marie», *Elle*, 11 de agosto de 2003.

94. Véase Sébastien Fontenelle, Mona Chollet, Olivier Cyran y Laurence de Cock, *Les Éditocrates 2: le cauchemar continue...*, París, La Découverte, 2018.

95. Bernard Comment, «Je n'oublie pas qui est Bertrand Cantat», *Les Inrockuptibles*, 27 de agosto de 2003.

96. Véase también Francis Dupui-Déri, «La banalité du mâle. Louis Althusser a tué sa conjointe, Hélène Rytmann-Legotien, qui voulait le quitter», *Nouvelles Questions Féministes*, vol. 34, n.º 1, 2015, págs. 84-101.

97. Annik Houel, Patricia Mercader y Helga Sobota, *Crime passionnel, crime ordinaire*, *op. cit.*

98. Véase «Houellebecq et Les Inrocks: l'intégralité des épisodes de la série», *Les Inrockuptibles*, 4 de enero de 2019, <www.lesinrocks.com>.

99. Liv Strömquist, *Les sentiments du prince Charles*, *op. cit.*, y *I'm Every Woman*, *op. cit.*

100. Nelly Kaprièlian, «Cantat, un héros romantique?!», art. cit.

101. Elizabeth Gilbert, *Comme par magie: vivre sa créativité sans la craindre*, París, Le Livre de poche, 2017 [2015] (trad. cast.: *Libera tu magia: una vida creativa más allá del miedo*, Madrid, Aguilar, 2016). A quienes desdeñan esta referencia (Elizabeth Gilbert es conocida sobre todo por el bestseller *Comer, rezar, amar*), les aconsejo la lectura de su extraordinaria novela *L'empreinte de toute chose*, París, Calmann-Lévy, 2013 (trad. cast.: *La firma de todas las cosas*, Barcelona, Ediciones B, 2015), así como el excelente *Au bonheur des filles*, París, Calmann-Lévy, 2020 (trad. cast.: *Ciudad de mujeres*, Madrid, Suma, 2019).

102. Alissa Wenz, *À trop aimer*, *op. cit.*

103. Elizabeth Gilbert, *Comme par magie*, *op. cit.*

104. Mona Chollet, «Machisme sans frontière (de classe)», *Le Monde Diplomatique*, mayo de 2005.

105. Yann Perreau, «Ali MacGraw & Steve McQueen Lost Story», *Elle*, 3 de abril de 2020.

106. Manou Farine, «Miles Davis & Frances Taylor, Kings of Cool», *Elle*, 7 de mayo de 2020.

107. Citado por Marie-France Hirigoyen, *Femmes sous emprise*, *op. cit.*

108. Denis de Rougemont, *L'amour et Occident*, *op. cit.*

109. bell hooks, *All about Love*, *op. cit.*

Capítulo 3. Las guardianas del templo

1. Annie Ernaux, *Passion simple*, *op. cit.*

2. Sonia Dayan-Herzbrun, «Production du sentiment amoureux et travail des femmes», *Cahiers Internationaux de Sociologie*, vol. 72, enero-junio 1982, págs. 113-130.

3. Véase Mona Chollet, *La tyrannie de la réalité*, París, Gallimard, 2005 [2004].

4. Albert Cohen, *Belle du Seigneur, op. cit.*

5. Sonia Dayan-Herzbrun, «Production du sentiment amoureux et travail des femmes», art. cit. *J'attendrai* es una canción de Rina Ketty (1938) recuperada sobre todo por Dalida en 1975.

6. «L'amour c'est pas pour les garçons», *Les couilles sur la table*, Binge Audio, 1 de diciembre de 2017.

7. André Gorz, *Lettre à D., op. cit.*

8. Shere Hite, *Women and Love, op. cit.*

9. Mona Chollet, *Beauté fatale, op. cit.*

10. En especial, Edgar Cabanas y Eva Illouz, *Happycratie: comment l'industrie du bonheur a pris le contrôle de nos vies*, París, Premier Parallèle, 2018 (trad. cast.: *Happycracia: cómo la ciencia y la industria de la felicidad controlan nuestras vidas,* Barcelona, Paidós, 2018); Julia de Funès, *Développement (im)personnel: le succès d'une imposture*, París, Éditions de l'Observatoire, 2019.

11. bell hooks, *All about Love, op. cit.*

12. «Reading is sexy», *Konbini*, 26 de mayo de 2020.

13. Melody Beattie, *Vaincre la codépendance*, París, Pocket, 2011 [1991] (trad. cast.: *Libérate de la codependencia*, Barcelona, Sirio, 2002).

14. bell hooks, *All about Love, op. cit.*

15. Samia Miskina, «La culture du sexe sans engagement», *Sexe Club*, Spotify, 25 de marzo de 2020.

16. Véase <http://lesrivieres.maihua.fr>.

17. Marie-Carmen Garcia, *Amours clandestines, op. cit.*

18. Jane Ward, *The Tragedy of Heterosexuality, op. cit.*

19. En economía, el *dumping* consiste en reventar los precios, o en minimizar las exigencias en materia de salarios, protección social o respeto al medioambiente, para atraer inversores.

20. Véase Céline Bessière y Sibylle Gollac, *Le genre du capital: comment la famille reproduit les inégalités*, París, La Découverte, 2020, así como el pódcast de Titiou Lecoq dedicado al dinero en la pareja, *Rends l'argent*, en <www.slate.fr>.

21. Eva Illouz, *Pourquoi l'amour fait mal: l'expérience amoureuse dans la modernité*, París, Seuil, 2012.

22. Sonia Dayan-Herzbrun, «Production du sentiment amoureux et travail des femmes», art. cit.

23. Wendy Langford, *Revolutions of the Heart*, *op. cit.*

24. Eva Illouz, *La fin de l'amour*, *op. cit.*

25. «Quarante ans d'évolution de la société française», *Insee*, 19 de noviembre de 2019.

26. Zohor Djider, «Huit femmes au foyer sur dix ont eu un emploi par le passé», *Insee Première*, n.º 1463, agosto de 2013, <https://www.insee.fr/fr/statistiques/1281066>.

27. Dorothy C. Holland y Margaret A. Eisenhart, *Educated in Romance: Women, Achievement, and College Culture*, Chicago, University of Chicago Press, 1992.

28. Colette Dowling, *Le complexe de Cendrillon: les femmes ont secrètement peur de leur indépendance*, París, Grasset, 1982 [1981] (trad. cast.: *El complejo de Cenicienta: el miedo de las mujeres a la independencia*, Barcelona, Debolsillo, 1993). Las siguientes citas están sacadas de esta obra.

29. E. L. James, *Cinquante Nuances de Grey*, París, JC Lattès, 2012 (trad. cast.: *Cincuenta sombras de Grey*, Barcelona, Random House, 2015).

30. Marie-Carmen Garcia, *Amours clandestines*, *op. cit.*

31. Penelope Russianoff, *Why Do I Think I Am Nothing without a Man?*, Nueva York, Bantam Books, 1982 (trad. cast.: *¿Por qué creo que no soy nada sin un hombre?*, Barcelona, Paidós, 1991). Las citas siguientes están sacadas de esta obra.

32. Elisa Rojas, *Mister T. et moi*, París, Marabout, 2020.

33. Véase Claire Marin, *Rupture(s),* París, Éditions de l'Observatoire, 2019 (trad. cast.: *Rupturas: cómo superar el desgarro que produce una experiencia dolorosa*, Barcelona, Alienta, 2020).

34. Rupi Kaur, *Lait et miel*, París, Pocket, 2019 [2015].

35. Robert A. Johnson, *We: Understanding the Psychology of Romantic Love*, San Francisco, Harper, 2009 [1983] (trad. cast.: *We: para comprender la psicología del amor romántico*, Buenos Aires, Errepar, 2001).

36. Gloria Steinem, *Revolution from Within,* Londres, Bloomsbury Publishing PLC, 1992 (trad. cast.: *Revolución desde dentro: un libro sobre la autoestima,* Barcelona, Anagrama, 1995).

37. Évelyne Le Garrec, *Un lit à soi*, *op. cit.*

38. Sophie Fontanel, *L'envie*, París, J'ai lu, 2013 [2011] (trad. cast.: *El deseo*, Barcelona, Lumen, 2012).

39. Évelyne Le Garrec, *Un lit à soi*, *op. cit.*

40. Sophie Fontanel, *L'envie*, *op. cit.*

41. Penelope Russianoff, *Why Do I Think I Am Nothing without a Man?*, *op. cit.*

42. Samia Miskina, «La culture du sexe sans engagement», *Sexe Club*, Spotify, 25 de marzo de 2020.

43. Sophie Fontanel, *L'envie*, *op. cit.*

44. Dorothy C. Holland y Margaret A. Eisenhart, *Educated in Romance*, *op. cit.*

45. Penelope Russianoff, *Why Do I Think I Am Nothing without a Man?*, *op. cit.*

46. John Berger, *Ways of Seeing*, episodio 2, BBC, 1972 (el documental está disponible en YouTube). En versión libro, en francés: John Berger, *Voir le voir*, París, Éditions B42, 2014 [1972] (trad. cast.: *Modos de ver*, Barcelona, Gustavo Gili, 2016).

47. Jenny Tinghui Zhang, «That Feeling when Another Woman Hypes You Up», *The Cut*, 4 de febrero de 2020.

48. Jane Birkin, *Munkey Diaries*, *op. cit.*

49. «I'm Going to the Beach with Josh and His Friends!», *Crazy Ex-Girlfriend*, temporada 1, episodio 9, The CW, 25 de enero de 2016. La secuencia se puede ver en YouTube.

50. «Steinem and Smeal: Why "Mrs. America" Is Bad for American Women», *Los Angeles Times*, 30 de julio de 2020.

51. Rupi Kaur, *Home Body*, Kansas City, Andrews McMeel Publishing, 2020.

52. Véase @rupikaur_, Instagram, 26 de febrero de 2021.

53. Penelope Russianoff, *Why Do I Think I Am Nothing without a Man?*, *op. cit.*

54. André Gorz, *Lettre à D.*, *op. cit.*

55. Liv Strömquist, *Les sentiments du prince Charles*, *op. cit.*

56. Emma, *La charge émotionnelle et autres trucs invisibles*, París, J'ai lu, 2018.

57. Erin Rodgers, «I Want the Term "Gold Digger" to Include Dudes Who Look for a Woman Who Will Do Tons of Emotional Labour for Them», Twitter, 2 de junio de 2016.

58. Melanie Hamlett, «Men Have no Friends and Women Bear the Burden», *Harper's Bazaar*, 2 de mayo de 2019. Citado por Jane Ward, *The Tragedy of Heterosexuality*, *op. cit.*

59. Citado por Wendy Langford, *Revolutions of the Heart*, *op. cit.*

60. Según la observación de Stéphane Rose, *En finir avec le couple*, París, La Musardine, 2020.

61. Samia Miskina, «La culture du sexe sans engagement», *Sexe Club*, Spotify, 25 de marzo de 2020.

62. Samhita Mukhopadhyay, *Outdated: Why Dating Is Ruining Your Love Life*, Berkeley, Seal Press, 2011.

63. Travis L. Stork (con Leah Furman), *Don't Be That Girl: A Guide to Finding the Confident, Rational Girl within,* Nueva York, Gallery Books, 2008.

64. Eva Illouz, *La fin de l'amour*, *op. cit.*

65. Samhita Mukhopadhyay, *Outdated*, *op. cit.*

66. Citado por Eva Illouz, *La fin de l'amour*, *op. cit.*

67. Sara-Vittoria El Saadawi, «Plus pute que toutes les putes: comment je suis entrée dans la prostitution gratuite», *Diacritik*, 28 de noviembre de 2017, <https://diacritik.com>.

68. Wendy Langford, *Revolutions of the Heart*, *op. cit.*

69. *Ibidem.*

70. *Idem.*

71. *Idem.*

72. Carol Gilligan y Naomi Snider, *Pourquoi le patriarcat?*, París, Climats, 2019 (lo mismo para las citas siguientes). Escuchar también la entrevista de Carol Gilligan con Victoire Tuaillon (en inglés): «Ce que le patriarcat fait à l'amour», «Les couilles sur la table», Binge Audio, 28 de noviembre de 2019.

73. Incluida la futura cineasta Céline Sciamma.

74. Carol Gilligan y Naomi Snider, *Pourquoi le patriarcat?*, *op. cit.*

75. En particular, en el magistral episodio «The Suitcase» [«La maleta»], temporada 4, episodio 7.

76. Shere Hite, *Women and Love*, *op. cit.*

77. Heather Havrilesky, «I Only Want to Date Men Who've Been through Therapy!», *The Cut*, 3 de febrero de 2021, <www.thecut.com>.

78. bell hooks, *Communion*, *op. cit.*

79. Shere Hite, *Women and Love*, *op. cit.*

80. Samantha Bailly y Antoine Fesson, *Parenthèse: carnet de voyage de Montréal à Okinawa*, Bruselas, Les Impressions nouvelles, 2021.

81. Wendy Langford, *Revolutions of the Heart*, *op. cit.*

82. Rupi Kaur, *Le soleil et ses fleurs*, París, NiL Éditions, 2019 (trad. cast.: *El sol y sus flores*, Barcelona, Seix Barral, 2018).

83. Liv Strömquist, *La rose la plus rouge s'épanouit*, *op. cit.*

Capítulo 4. La gran desposesión

1. En la mitología griega, el escultor Pigmalión se enamora de su estatua, Galatea, a la cual la diosa Afrodita da vida.

2. Agnès Giard, «Tu m'aimes, poupée?», *Glamour*, diciembre de 2004.

3. Agnès Giard, «Une marionnette sexuelle anatomique?», *Les 400 Culs*, 23 de noviembre de 2020, <http://sexes.blogs.liberation.fr>.

4. Laura Mulvey, «Visual pleasure and narrative cinema», *Screen*, vol. 16, n.º 3, otoño de 1975, págs. 803-816. En francés: Laura Mulvey, *Au-delà du plaisir visuel: féminisme, énigmes, cinéphilie*, Sesto San Giovanni, Éditions Mimésis, 2017.

5. John Berger, *Ways of seeing*, *op. cit.*

6. También autora de un estudio de la prensa femenina cuya reedición tuve el placer de prologar: Anne-Marie Lugan Dardigna, *Femmes-femmes sur papier glacé: la presse «féminine», fonction idéologique*, París, La Découverte, 2019 [1974].

7. Anne-Marie Dardigna, *Les châteaux d'Éros*, *op. cit.*

8. Manon Garcia, *On ne naît pas soumise, on le devient*, *op. cit.*

9. Barbara L. Fredrickson y Tomi-Ann Roberts, «Objectification theory. Toward understanding women's lived experiences and mental health risks», *Psychology of Women Quarterly*, vol. 21, n.º 2, junio de 1997, págs. 173-206.

10. *Ibidem.*

11. Mona Chollet, sección «Les femmes sont-elles des objets?», en el capítulo «Le soliloque du dominant: la féminité comme subordination», *Beauté fatale*, *op. cit.*

12. Citado por Sophie Elmhirst, «Brazilian Butt Lift: Behind the World's Most Dangerous Cosmetic Surgery», *The Guardian*, 9 de febrero de 2021.

13. Emmanuelle Ducournau, «Quand la lingerie se rhabille», *Marie Claire*, 4 de enero de 2018.

14. La actriz Tina Fey también contaba en 2011 que al fotografiarla le había dicho: «Levanta la barbilla, querida, que ya no tienes dieciocho años». Y añadía: «Estoy segura de que les dice lo mismo a las modelos de diecinueve años» («Miss Bossypants in Vogue», *Vogue*, 22 de abril de 2011).

15. Dorothée Duchemin, «Poids, cheveux blancs, visage au naturel: le confinement a aidé des femmes à mieux s'accepter», Slate.fr, 30 de septiembre de 2020.

16. Aniya Das, «Now that beauty routines are over, I'm letting my 'tache grow out», *Gal-Dem*, 10 de abril de 2020, <https://gal-dem.com>.

17. Myriam Levain, «Journal du confinement: la revanche du jogging», *Cheek Magazine*, 29 de marzo de 2020, <https://cheekmagazine.fr>.

18. Citado por Audrey Renault, «Le confinement est-il l'occasion de dire fuck aux injonctions à la féminité?», *Cheek Magazine*, 9 de abril de 2020, <https://cheekmagazine.fr>.

19. Alain Geneste, Denis Perais, Elsa Tremel, Kahina Seghir, Olivier Moreau y Pauline Perrenot, «"Sois belle! Garde la ligne! Travaille! Éduque!" – Les injonctions assourdissantes des magazines féminins (1/2)», Action Critique Médias, 4 de mayo de 2020, <www.acrimed.org>.

20. Un estado teorizado y descrito por Mihaly Csikszentmihalyi, *Flow. The Psychology of Optimal Experience*, Nueva York, Harper & Row, 1990 (trad. cast.: *Fluir (flow): psicología de la felicidad*, Barcelona, Debolsillo, 2008).

21. Barbara L. Fredrickson y Tomi-Ann Roberts, «Objectification theory», art. cit.

22. Myriam Levain, «Journal du confinement: la revanche du jogging», art. cit.

23. Camille Froidevaux-Metterie, «Féminisme et confinement, du pire vers le meilleur?», *Libération*, 24 de marzo de 2020.

24. «Male Authors Trying to Show a Woman at Rock Bottom», @thatconnieshin, Twitter, 28 de noviembre de 2020.

25. Y me topo con estas palabras de bell hooks: «Nuestros pies nos plantan en la Tierra, y su bienestar es el zócalo sobre el cual debemos reposar si queremos amarnos a nosotros mismos. Muy pronto, el movimiento feminista llamó la atención sobre los pies de las mujeres, y sobre los modelos destinados por unos estilistas que no reco-

rrían ellos mismos ni un metro, y menos un kilómetro, con ese tipo de calzado. Las mujeres deben recordar lo importante que es preocuparse por el bienestar de sus pies» (bell hooks, *Communion*, *op. cit.*).

26. Vanessa Springora, *Le consentement*, París, Grasset, 2020 (trad. cast.: *El consentimiento*, Barcelona, Lumen, 2020).

27. Emily Ratajkowski, «Buying Myself Back: When Does a Model own Her own Image?», *The Cut*, 15 de septiembre de 2020, <www.thecut.com>.

28. Pauline Réage, *Histoire d'O, suivi de Retour à Roissy*, París, Le Livre de poche, 1999 [1954 y 1970] (trad. cast.: *Historia de O*, Barcelona, Tusquets, 2011; *Retorno a Roissy*, Barcelona, Tusquets, 1986).

29. Anne-Marie Dardigna, *Les châteaux d'Éros*, *op. cit.*

30. *Ibidem.*

31. En la adaptación cinematográfica realizada por Danielle Arbid que se estrenó en 2020, la diferencia de edad se mantiene, pero con un desajuste de diez años: la actriz tiene cuarenta años y el actor treinta y uno...

32. «Céline Sciamma et Annie Ernaux, sœurs de combat», entrevista cruzada, *La Déferlante*, n.º 1, marzo de 2021.

33. Aurélia Aurita, *Fraise et Chocolat* 1 y 2, Bruselas, Les Impressions nouvelles, 2006 y 2007 (trad. cast.: *Fresa y chocolate* 1 y 2, Tarragona, Ponent Mon, 2006 y 2007).

34. Véanse los testimonios recogidos en la página del Collectif des créatrices de bande dessinée contre le sexisme: <https://bdegalite.org>.

35. Aurélia Aurita, *Fraise et chocolat: l'intégrale*, Bruselas, Les Impressions nouvelles, 2014, <www.actuabd.com> (trad. cast.: *Fresa y chocolate [integral]*, Tarragona, Ponent Mon, 2014).

36. Quentin Girard, «L'amour dure "286 jours"», *Libération*, 21 de febrero de 2014.

37. Nancy Friday, *My Secret Garden*, Nueva York, Pocket Books, 2008 [1973] (trad. cast.: *Mi jardín secreto*, Barcelona, Ediciones B, 1993). Lo mismo para las citas siguientes. El libro contiene algunos aspectos problemáticos (el capítulo sobre la fantasía «del hombre negro»...), pero sigue siendo una fuente esencial sobre un tema poco tratado.

38. Reacción de una correctora del manuscrito de este libro: «Ja, ja, yo no debo de tener el mismo banco que ella».

39. Kate Millett, *La politique du mâle*, París, Stock, 1971 (trad. cast.: *Política sexual*, Madrid, Cátedra, 2017).

40. Lamento amargamente haberme posicionado hace unos años a favor de la penalización de los clientes de la prostitución, creyendo en las promesas que se hacían entonces de garantizar la seguridad física y material de las personas prostituidas. Pero también encuentro asombroso que se renuncie a todo análisis crítico de la prostitución, y en particular de su significación como un «derecho al sexo» para los hombres (que representan la abrumadora mayoría de los clientes), de una sexualidad totalmente dedicada a la satisfacción de sus deseos. Debería ser posible combinar la solidaridad y la crítica, igual que se pueden defender a la vez los derechos de los trabajadores y las trabajadoras, y criticar el sistema que implica el trabajo asalariado.

41. Jonathan McIntosh, *Predatory Romance in Harrison Ford Movies*, Pop Culture Detective, YouTube, 31 de marzo de 2017.

42. Wendy Delorme, «Merveilleuse Angélique», en Isabelle Boisclair y Catherine Dussault Frenette (comps.), *Femmes désirantes: art, littérature, représentations*, Montreal, Les Éditions du remue-ménage, 2013.

43. En esta novela erótica de Pauline Réage, publicada en 1954, una mujer joven, O, es llevada por su amante, René, a un castillo donde, como otras cautivas, es puesta a disposición de todos los hombres presentes y azotada regularmente. Cuando vuelve a París, René se la «da» a uno de sus amigos, un inglés mayor llamado sir Stephen. Detrás del seudónimo de Pauline Réage se ocultaba Dominique Aury, secretaria general de la NRF (Gallimard), quien había escrito esta historia para su amante, Jean Paulhan, director de la NRF.

44. Régine Deforges, *O m'a dit: entretiens avec Pauline Réage*, París, Le Livre de poche, 1985 [1975].

45. *Ibidem.*

46. Pauline Réage, *Histoire d'O*, *op. cit.*

47. Régine Deforges, *O m'a dit*, *op. cit.*

48. Claire Richard, *Les chemins du désir*, París, Seuil, 2019.

49. Nancy Friday, *My Secret Garden*, *op. cit.*

50. Erika Lust, *Safe Word*, 2020, <https://lustcinema.com>.

51. Jean Paulhan, «Le bonheur dans l'esclavage», en Pauline Réage, *Histoire d'O*, *op. cit.*

52. «Le choc d'Histoire d'O», *L'Express*, 1 de septiembre de 1975.

53. «La polémique sur *Histoire d'O* s'amplifie», *Le Monde*, 19 de septiembre de 1975. Las militantes del MLF subrayaban que el estreno de la película coincidía con la decisión de la justicia de perseguir simplemente por «golpes y heridas» y «atentado al pudor» a los autores de la violación de dos jóvenes lesbianas belgas en Marsella. Las abogadas de las jóvenes, entre ellas Gisèle Halimi, consiguieron que fueran juzgados por lo criminal, y convertir el juicio en un momento decisivo en el reconocimiento de la violación como un crimen castigado con quince años de reclusión (en 1980).

54. Dominique Aury, *Vocation: clandestine*, París, Gallimard, 1999.

55. Régine Deforges, *O m'a dit*, *op. cit.*

56. Pauline Réage, «Une fille amoureuse», *Histoire d'O*, *op. cit*

57. *Ibidem.*

58. Jean Paulhan, «Le bonheur dans l'esclavage», en Pauline Réage, *Histoire d'O*, *op. cit.*

59. Régine Deforges, *O m'a dit*, *op. cit.*

60. *Ibidem.*

61. Dominique Aury, *Vocation: clandestine*, *op. cit.*

62. *Ibidem.*

63. Claire Richard, *Les chemins du désir, op. cit.*

64. Wendy Delorme, «Merveilleuse Angélique», en Isabelle Boisclair y Catherine Dussault Frenette (comps.), *Femmes désirantes*, *op. cit.*

65. Lynne Segal, «Sensual Uncertainty, or Why the Clitoris Is Not Enough», en Sue Cartledge y Joanna Ryan (comps.), *Sex and Love: New Thoughts on Old Contradictions*, Londres, The Women's Press, 1983.

66. Cheryl Strayed, *Wild*, 10/18, París, 2014 (trad. cast.: *Salvaje*, Barcelona, Roca Editorial, 2013). El libro fue adaptado a la pantalla en 2014, bajo la dirección de Jean-Marc Vallée, por iniciativa de Reese Witherspoon, quien produjo el filme e interpreta al personaje principal.

67. Cheryl Strayed, *Tiny Beautiful Things: Advice on Love and Life from Dear Sugar*, Nueva York, Vintage Books, 2012 (trad. cast.: *Pequeñas cosas bellas: consejos sobre la vida y el amor de alguien que ya lo ha vivido*, Barcelona, Roca Editorial, 2015).

68. *Ibidem.*
69. Nancy Friday, *My Secret Garden*, *op. cit.*
70. Claire Richard, *Les chemins du désir*, *op. cit.*
71. Régine Deforges, *O m'a dit*, *op. cit.*
72. *Ibidem.*

Impreso en España